THE QUEEN OF CRIME
繁體中文版
20 週年
紀念珍藏

順水推舟

著——阿嘉莎・克莉絲蒂
譯——孟紅雲、周允程

Taken at the Flood

策畫者的話

通俗是一種功力

吳念真（導演、作家）

通俗是一種功力。絕對自覺的通俗更是一種絕對的功力。

這樣的話從我這種俗氣的人的嘴巴說出來，大概很多人要笑破褲底了。不過，笑完之後請容我稍稍申訴。這申訴說得或許會比較長一點，以及，通俗一點。

小時候身材很爛，各種遊戲競爭完全任人宰割，唯一隱遁逃避的方法是躲起來看書或聽大人瞎掰。那年頭窮鄉僻壤的小孩能看的書不多，小學二年級時最喜歡的是超大本的《文壇》，老師借的。看著看著，某天老師發現我的造句竟出現：「捧著：朝陽捧著一臉笑顏為群山剪綵」這樣亂七八糟的文字，就拒絕再讓我看那些超齡的東西了。

老師的書不給看，我開始抓大人的書看。一種是厚得跟磚塊一樣的日文書，對我來說那完全是天書，但插圖好看，經常有限制級的素描。另一種書是比較薄的，通常藏得很嚴密，只是裡面有太多專有名詞、重複的單字和毫無限制的標點，比如「啊啊啊」、「……！！！」

老讓我百思不解。有一天，充滿求知欲地詢問大人竟然換來一巴掌後，那種閱讀的機會和樂趣也隨著消失了。

所幸這些閱讀的失落感，很快從大人的龍門陣中重新得到養分。講到這裡，我似乎先得跟一個村中長輩游條春先生致敬，並願他在天之靈安息。

我所成長的礦區，幾乎全是為著黃金而從四面八方擁至的冒險型人物，每人幾乎都有一段異於常人的傳奇故事。這些故事當事人說來未必精采，但一透過游條春先生的嘴巴重現，有時連當事人都聽得忘我，甚至涕泗縱橫，彷彿聽的是別人的故事。

條春伯沒當過日本兵，可是他可以綜合一堆台籍日本兵的遭遇，一如連續劇般從入伍、受訓、逃亡荒島，面對同鄉同袍的死亡，並取下他們的骨骸寄望帶回故鄉，乃至骨骸過多搞不清哪是誰的等等，讓聽的人完全隨他的敘述或悲或笑，彷彿跟他一起打了一場太平洋戰爭。此外他也可以把新聞事件說得讓一個三、四年級的小孩，到現在仍記得當時腦中被觸動的畫面。例如當年瑠公圳分屍案的凶手做案之後帶著小孩到安東街吃麵（這讓我一直以為台北的安東街是條專門賣麵的街道），還有甘迺迪總統被暗殺、賈桂琳抱住她先生、安全人員跳上飛快的車子保護賈桂琳……當然，這記憶全來自條春伯的嘴巴而不是報紙。我的記憶全是畫面，有畫面，是因為條春伯說得精采，說得有如親臨他至死都還搞不清地理位置的達拉斯命案現場。

於是這小孩長大後無條件地相信：通俗是一種功力，絕對自覺的通俗更是一種絕對的功力。透過那樣自覺的通俗傳播，即使連大字都不識一個的人，都能得到和高階閱讀者一樣的感動、快樂、共鳴，和所謂的知識、文化自然順暢的接軌。也許就是因為這些活生生的例子，俗氣的自己始終相信：講理念容易講故事難，講人人皆懂、皆能入迷的故事更難，而能隨時把這樣的故事講個不停的人，絕對值得立碑立傳。

條春伯嚴格地說是有自覺的轉述者，至於創作者，我的心目中有兩個。一個是日本導演山田洋次，一個是推理小說家阿嘉莎．克莉絲蒂。

山田洋次創造了寅次郎這個集合所有男人優點跟缺點的角色，在以《男人真命苦》為名的系列下，總共完成百部左右的電影。它們的敘述風格、開頭、結尾的方法不變，唯一改變的是故事，是時代，是遍歷日本小鄉小鎮的場景。數十年來，看《男人真命苦》幾已成為日本人每年的一種儀式，一如新春的神社參拜。

數十年前訪問過山田導演，他說，當他發現電影已然有它被期待的性格時，電影已經不是導演自己的。他說：當所有人都感動於美人魚的歌聲時，你願意為了讓她擁有跟你一樣的腳，而讓她失去人間少有的嗓音嗎？

人間少有的嗓音與動人的歌聲，都來自山田導演絕對自覺的通俗創造。

再如阿嘉莎．克莉絲蒂，如果我們光拿出她說過的故事和聽過她故事的人口數字，就足以嚇死你。五十多年的寫作生涯，她總共寫出六十六本長篇推理小說，外加一百多篇短篇小說和劇本。其中有二十六本推理小說被改編，拍了四十多部電影和電視劇集。作品被翻譯成一百零三種文字的版本，銷量超過二十億本。

夠了。你還想知道什麼？知道二十億本的意義是什麼嗎？二十億本的意義是全世界平均三個人就有一個人讀過她的書，聽過她說的故事。

說來巧合，她和山田洋次一樣，創造出個性鮮明的固定主角（當然，前前後後她弄出來好幾個），然後由他（或是她）帶引我們走進一個犯罪現場，追尋真正的罪犯。

故事就這樣？沒錯，應該說這是通常的架構。那你要我看什麼？不急，真的不急，克莉絲蒂會慢慢冒出一堆足夠讓你疑惑、驚嚇、意外，甚至滿足你的想像力、考驗你的耐心和智商的事件來。

推理小說不都是這樣嗎？你說得沒錯，大部分是這樣，不一樣的是……對了，她像條春伯，像山田洋次，她真會說，而且她用文字說。

文字的敘述可以讓全世界幾代的人「聽」得過癮、「聽」個不停，除了聖經，也許就是克莉絲蒂。她不是神，但她真的夠神。

數十年前，台灣剛剛出現她的推理系列中譯本，那時是我結婚前，常有同齡的文藝青年來我租住的地方借宿，瞄到我在看克莉絲蒂，表情詭異地說：「啊？你在看三毛促銷的這個喔？」

我只記得他抓了一本進廁所，清晨四點多，他敲開我的房門說：「幹，我實在很討厭那個白羅……再拿一本來看看，我跟你說真的，要不是你的書，我真的很想把那個矮儸壓到馬桶吃屎！」

我知道他毀了，愛吃又假客氣，撐著尊嚴騙自己。克莉絲蒂再度優雅地撕破一個高貴的知識份子的假面具，她的手法簡單，那手法叫通俗，絕對自覺的通俗，無與倫比、無法招架的功力。

昔日的文藝青年如今跟我一樣，已然老去，但不時還會看到他寫一些充滿理念和使命感極重的文章，在報紙和雜誌上出現。我知道他要說什麼，只是常常疑惑他想跟誰說；同樣，我記得他說過什麼，但轉眼間忘記他說了什麼。但請原諒我，幾十年前那個晚上，他在我家看完的那兩本克莉絲蒂的小說內容，我可還記得清清楚楚。

也許有一天再遇到他的時候，我會問他之後是否還看過克莉絲蒂其他的書，如果沒有，我會跟他說，想讀要趁早，因為你會老、會來不及。至於白羅那個矮儸，大概永遠不會消失。哦，對了，還有一個叫瑪波，你說不定會來不及認識……

老派偵探之必要

冬陽（推理評論人，台灣推理作家協會理事長）

「讀者非常喜歡白羅這個人物，表示『那個開朗的小個子，過氣的比利時名偵探』。顯然白羅是這本小說受歡迎的一個原因，雖然白羅可能不贊同用『過氣』二字來形容他。」知名編輯兼作家經紀人約翰．柯倫（John Curran）在《阿嘉莎．克莉絲蒂的秘密筆記》一書如是說，文中提到的「這本小說」，正是克莉絲蒂初試啼聲、名偵探赫丘勒．白羅優雅登場的《史岱爾莊謀殺案》，一部於一個世紀前出版的偵探推理作品。

百年光陰的淬鍊顯然證明了白羅絕無過氣的疲態，連帶讓我聯想起電影《金牌特務》（*Kingsman*）上映後，大眾熱議西裝如何能帥氣俊挺歷久不衰——或許可以從這個切入角度，在這裡跟老書迷、新讀友探究這個蛋頭翹鬍子偵探（我沒有影射哪款洋芋片食品喔）的魅力所在。

且讓我們話說從頭。

「我敢打賭你寫不出好的推理小說。」一九一六年，阿嘉莎．米勒（克莉絲蒂婚前的舊姓）在媽媽的打字機上敲擊，打算回應姐姐梅姬這挑釁的話語。她努力嘗試，但故事寫得不好，於是改從身旁熟悉的事物著手——比方說毒藥。阿嘉莎在藥房工作過，曾在某個夜裡驚醒，匆匆回到調劑室重新配置，因為她不記得有沒有漏做一個重要步驟，否則病患就要去見閻王了——噢，這似乎是個謀殺好點子。

阿嘉莎還記得姨婆對她的叮嚀：要注意他人覬覦她珍藏的首飾，時時留意是不是有人偷偷拉長了耳朵聽她們的竊竊私語。小阿嘉莎不但執行得徹底，還把這個習慣寫進小說裡。同時她還注意到，因為世界大戰爆發，家鄉托基湧入許多比利時難民，不如讓一個逃難到英國的比利時退休警官擔任偵探？一定很有趣！

啊，偵探小說顧名思義，只要塑造出一個教人印象深刻的偵探，大概就成功一半。這個人物必須要有特色、有個性，甚至是怪癖，而且聰明又自負。好幾個名字浮現在她腦海裡：莫里斯．盧布朗（Maurice Leblanc）筆下的怪盜紳士亞森．羅蘋、卡斯頓．勒胡（Gaston Leroux）創造的新聞記者胡爾達必，當然還有那最最知名的夏洛克．福爾摩斯——連帶創造一個華生型的助手好了。該怎麼安排呢……

於是，一位偵探的樣貌漸漸成形：五呎四吋的小個兒，蛋型臉上蓄著保養得宜、梳理有型的鬍子，衣著一塵不染，漆皮鞋擦得錚亮。他有嚴重的潔癖，說話不時夾雜法語，喜歡成雙成對的東西，喜歡方的不喜歡圓的（雞蛋為什麼不是方的呢？），口頭禪是「動動灰色的腦細胞」。阿嘉莎心想，他應該要有個像福爾摩斯一樣響亮的名字，取名「赫丘勒斯」怎麼樣？希臘神話中的大力士。姓氏叫白羅，不過搭赫丘勒斯這個名字好像不配……改一下，赫丘勒．白羅好像不錯？就這麼定了吧！

白羅很聰明，懂得觀察入微沒錯，但這並不表示他就得是台獨尊腦袋、缺乏情感的冰冷思考機器，尤其要在人物關係錯綜複雜的莊園宅邸查案追凶，交際手腕得高明些才行。他不是在謀殺發生、屍體出現後才開始像頭獵犬四處嗅聞，而是憑藉旺盛的好奇心與強烈的同理心接觸各種人事物，進而探入被害者、犯罪者、各個看似無辜但多少都和事件沾上邊的關係者的心靈深處，佐以現今稱作鑑識、法醫等等科學鐵證（哎，證據人人知道，可是要怎麼跟真相合理地連結到一塊，這就是名偵探的功力啦），讓原本叫人束手無策的事件得以畫下完美句點。也因此，白羅偶爾能預測進而制止罪案的發生，甚至對殘酷但值得憐憫的罪行網開一面，這樣才合乎人性不是嗎？

婚後以阿嘉莎．克莉絲蒂為名，推出《史岱爾莊謀殺案》後深獲好評，相隔六年的《羅傑艾克洛命案》更是引發街談巷議，而克莉絲蒂全球暢銷前十大作品中，還包括《東方快車謀殺案》、《尼羅河謀殺案》、《ABC謀殺案》、《藍色列車之謎》、《底牌》、《五隻小豬之歌》，合計八部皆由白羅擔綱演出。讀者不只喜愛這個聰明角色，還臣服於平實流暢的文筆及相對顯得衝突的複雜劇情，冷酷的謀殺動機隱藏在細膩的人際關係裡，穿透看似單純、帶點童話氣息的表象後，端賴名偵探明察秋毫、撥亂反正。尤其讓一個比利時人在英國土地上辦案，是克莉絲蒂的小心思，因為「英國人總是不信任外國人，也不相信睿智」（語出英國偵探俱樂部主席馬丁・愛德華茲〔Martin Edwards〕），讀者同兇手一樣輕忽不設防，卻也得到了參與鬥智競賽的意外驚奇和美好滿足。

這樣的閱讀感受，我稱之為「老派偵探之必要」，因為它純粹簡約，經得起反覆咀嚼，猶如前述的西裝革履，在潮流更迭的時間長河裡維持恆久的優雅風範——呼應吳念真先生寫在「策畫者的話」中的一段文字，那不是惺惺作態的高傲睥睨，而是「絕對自覺的通俗，無與倫比、無法招架的功力」所致。

不信？往下讀去就知道。而且我敢打賭，你有很高的比例會將整個白羅系列嗑完，然後是瑪波小姐系列以及其他系列，當然也不可能錯過像名列暢銷首位的《一個都不留》這類獨立之作……

註　克莉絲蒂推理全集一至三十八冊為「神探白羅系列」，三十九至五十二冊為「神探瑪波系列」，五十三至八十冊包含鬼豔先生、湯米與陶品絲、雷斯上校、巴鬥主任等名探故事。

獻詞

阿嘉莎．克莉絲蒂是世界讀者最眾，也最廣受喜愛的女作家。
身為克莉絲蒂的孫兒，我相信奶奶會非常樂見這次出版，
因為她極以自己作品中的趣味與娛樂為豪。
歡迎所有喜歡本系列的台灣新讀者參與這場饗宴！

——馬修．培察（Mathew Prichard）

紛擾的人世間總有一股浪潮，
只要順水推舟，便能航向財富；
如果忽略了它，整個人生航程
勢必只有擱淺和痛苦。

我們現在正在浩瀚汪洋中漂流，
時機成熟時我們當乘風破浪，
否則將痛失前程。

引言

每家俱樂部都會有個討人嫌的傢伙，加冕俱樂部自然也不例外。而即使外面有不間斷的空襲轟炸，對俱樂部的運作卻不曾產生絲毫影響。

前駐印度陸軍軍官波特少校將手中的報紙甩了甩，一面清清嗓子。每個人都躲著他的目光，可是沒用。

「我看到《泰晤士報》刊出了戈登．柯洛德的死訊，」他說，「當然，措辭很謹慎，說是『十月五日，敵軍空襲所致』。沒有寫出地址。事實上，事情就發生在舍下附近，在開普敦山丘的一棟大宅裡。這事還真讓我震驚。大家都知道，我是個民防隊員。柯洛德才剛從美國回來。他當初去美國是為了一筆政府的採購交易，後來在那裡結了婚。對方是個年輕寡婦，安得海夫人，年輕到可以當他的女兒。事實上，我在奈及利亞出任務的時候，還認識她的第一任丈夫。」

波特少校頓了頓。沒人表示興趣，也沒人要求他繼續說下去，大家都把報紙高舉在眼前，彷彿看得聚精會神，可是波特少校並沒有因此打退堂鼓。他總有很多又臭又長的故事要說，而且主角多半誰也不認識。

「有意思。」波特少校毅然說下去，目光無意間落在一種他非常不以為然的鞋子上，一雙極為尖細的漆皮鞋。「一如我所說，我是個民防隊員。這場爆炸太邪門了，我怎麼也想不通它怎麼會這樣，地下室被炸了個粉碎，屋頂也掀了，可是二樓幾乎毫髮無傷。當時房子裡有六個人，三個下人，包括一對夫婦和一名女傭、戈登．柯洛德夫婦，還有他的大舅子。當時所有的人都在地下室，除了柯洛德的大舅子……他喜歡待在二樓舒適的臥室裡。他待過突擊隊。上天保佑，他逃了出來，只有幾處瘀傷，而那三個下人全給炸死了……戈登．柯洛德的身價起碼也超過一百萬英鎊！」

波特少校再度停下話頭。他的目光從那雙漆皮鞋面往上游移。條紋長褲、黑色外套、蛋形頭、濃密的八字鬍……是個外國人！就說嘛，難怪會穿那種鞋子。

「真是的，」波特少校心想，「這個俱樂部是怎麼了？連在這裡也擺脫不了外國人。」這條思緒列車和他的敘述同時並進。

儘管這位外國人正全神貫注地聽著波特少校的敘述，不過少校對他的偏見並沒有減弱分毫。

「她不可能超過二十五歲，」他繼續說，「是第二次做寡婦了。不過話說回來，那是她自己的說法……」

他又頓了頓，希望引起大家的好奇心，讓大家提出一點議論。結果毫無回應。只是他依然義無反顧地說下去。

「老實說，我對這件事有自己的看法。這事很怪。我剛說過，我認識她的前夫安得海。好人一個，曾經擔任奈及利亞的地方行政官，絕對的盡忠職守，是一流的人才。那女孩是他在開普敦時娶過來的。當時她在那裡巡迴演出。她一副命運不濟、可憐無助的模樣，長得又楚楚動人，每次聽到安得海大談他的管轄區和那些曠野生活的時候，她總會嘆出長長一口氣：『那不是很棒嗎？』還說她好想『擺脫這裡的一切』。就這樣，她嫁給了他，也擺脫了那裡的一切。他深深愛著她，可憐的安得海，可是這樁婚姻打一開始就很不順利。她討厭叢林，害怕土著，無聊得要命。她理想的生活是周遊各地，結交演藝界人士，和圈內人士聊八卦。兩個人孤孤單單的在叢林裡生活，根本不合她的口味。請注意，我從來沒見過她，這些話都是我從可憐的安得海那裡聽來的。這對他打擊很大。他做了一件了不起的事：把她送回老家，同意她離婚的要求。我就是那時候遇到他的。每當有人和他談話，他總是坐立不安，情緒緊繃。在某些方面，他很守舊，因為他是天主教徒，所以很不願意離婚。他對我說：『應該還有其他辦法給女人自由。』『聽著，老弟，』我說，『別做傻事。世上沒有哪個女人值得你去送死。』

「他說他根本沒有這樣的想法。『只是我孤家寡人一個，』他說，『沒有親戚會為我傷心。如果有一份我的死訊傳回來，羅莎琳便會變成寡婦，如此就可以遂了她的心願。』我問：『那你自己怎麼辦呢？』他說：『唉，也許遠在千里之外的地方會出現一位伊諾克．亞登先生，改頭換面開始新生活。』我提醒他：『有朝一日你可能會變成她的負擔，』他說：『哦，不會，我願意賭一賭。正是，羅伯特．安得海即將死去。』

「這件事我隨後就置諸腦後，可是六個月後，我便聽說安得海在某處叢林得熱病發高燒去世了。他的部下是一群值得信賴的人。他們回來後，把事情的經過說得繪聲繪影，還帶回安得海在臨終時潦草寫就的幾句遺言。安得海說，他們已經盡了最大的努力挽救他，只是自己油盡燈枯了。他對他的副手極盡讚美，那人對他忠心耿耿，其他人也是，如果他要他們對什麼發誓，他們都會照做。事情就是這樣。也許安得海已經被葬在赤道附近的非洲某處，也許沒有……如果沒有，戈登．柯洛德夫人搞不好哪天真會大吃一驚。要我說，她活該。我從來沒有見過她，可是我很了解這種淘金女的模樣！她讓可憐的安得海傷透了心。這故事真是曲折。」

波特少校向四周望望，希望看到有人對他表示贊同。他發現有兩對厭倦而呆滯的眼神望著他：年輕的梅隆先生，目光幾乎是半閃半躲；赫丘勒．白羅，其專注則顯然是出於禮貌。

這時候，報紙又沙沙響了起來。一位頭髮灰白的男人，臉上一無表情，靜靜地從火爐旁的扶手椅裡站起身，走出房門。

波特少校的下巴差點掉下來，年輕的梅隆先生則小小吹了一聲口哨。

「看你做的好事！」他說，「你知道那人是誰嗎？」

「上帝保佑我的靈魂，」波特少校以煩躁的口氣說道。「我當然知道。我們的關係不算密切，可是我認識他。他是傑米．柯洛德，戈登．柯洛德的兄弟，是不是？真是倒楣，正好讓他聽到！如果我早知……」

「他是一名律師，」梅隆先生說，「我敢打賭，他會以誹謗或詆毀人格之類的罪名控告你。」

年輕的梅隆先生很樂於在這種地方製造慌亂和緊張，反正國法也沒禁止。

波特少校依舊心煩意亂，口裡不斷說著：「真倒楣，真倒楣。」

「今晚這件事一定會傳遍整個沃斯利石南村，」梅隆先生說，「那是柯洛德家族居住的地方。他們會在那裡談個通宵，討論要採取什麼行動。」

這時候，俱樂部傳來了送客的廣播。年輕的梅隆先生不再使壞，輕輕拉著他的朋友赫丘勒．白羅走出房間，來到街上。

「氣氛糟透了，這些俱樂部，」他說，「淨是一些無聊透頂的人。而波特無疑是其中之最。他可以花上四十五分鐘形容印度的吹笛繩索特技，而不管什麼人，只要和印度沾上一點邊，他沒有一個不認識！」

這是一九四四年的秋季。一九四六年的晚春，有人上門前來拜訪赫丘勒．白羅。

§

一個宜人的五月早晨，赫丘勒．白羅端坐在他整潔的寫字檯前。他的管家喬治走上前來，畢恭畢敬地輕聲說道：「主人，有位女士想見您。」

「什麼樣的女士？」白羅慎重地問。

他向來欣賞喬治一絲不苟的精確描述。

「主人，如果要我說，她大概在四十到五十歲之間，不修邊幅，看上去有點藝術家氣質。她穿著一雙上等的便鞋，粗革厚底；身上是斜紋軟呢大衣和裙子，可是襯衫鑲有蕾絲。戴著一條不像是真貨的埃及珠項鍊，身披藍色雪紡綢圍巾。」

白羅身體輕顫了一下。

「我想，」他說，「我還是不見也罷。」

「主人，那我是不是要回覆她說，您不願意見她呢？」

白羅若有所思地看著他。

「我想，你已經告訴她我正忙於要事，不能打擾，對吧？」

喬治又咳了一聲。

「主人，她說她是特地從鄉下上來見您的，她不在乎要等多久。」

白羅嘆口氣。

「看來該來的還是躲不掉，」他說，「如果一個戴著假埃及珠的中年女人存心要見大名鼎鼎的赫丘勒・白羅，而且是專程從鄉下趕來的，那麼她說什麼也不會改變心意。她會坐在門廳一直等下去，直到達成目的為止。請她進來吧，喬治。」

喬治退了下去，沒多久又回來鄭重地宣布：「這位是柯洛德夫人。」

那個穿著老舊斜紋軟呢、頸項圍巾飄動的身影走進房內，臉上洋溢著快樂的光彩。她伸出手迎著白羅走去，那條珠子項鍊叮噹作響，晃動不已。

「白羅先生，」她說，「我是在神靈的指引下來見你的。」

白羅輕輕眨了眨眼。

「好，夫人，也許你願意坐下來告訴我……」

他沒把話說完。

「兩種方法都是這種結果，白羅先生。我用過自動書寫術和占卜板。那是前天夜裡的事。我和艾瓦理夫人（她是個很了不起的女人）一起算那個占卜板。幾次占卜的結果都是兩個大寫字母：HP，HP，HP。當然，我並不是馬上就領悟到它的真正含義。你知道，這得花點時間。在這個俗世凡間，一般人是參不透天機的。我絞盡腦汁拚命思考，這是什麼人的姓名縮寫呢？我知道，這一定和上一回的降神會有關……那一回真是夠震撼的，但我還是經過了一段時間才明白。後來我買了一本《郵政畫報》（你看，這又是神靈的引導，因為我通常是買《新政客》），那上頭有你的照片，還記述了你的事蹟。太奇妙了，白羅先生，萬事萬物都有理數可循，你不覺得嗎？顯而易見，你就是神靈派來闡釋這件事的人。」

白羅若有所思地打量著柯洛德夫人。說也奇怪，她最吸引他的是那雙異常敏銳的淺藍色眼眸，因為這雙眼睛，她這段沒頭沒尾的說明，彷彿也有了道理。

「那麼，柯……洛德夫人，我沒叫錯吧？」他皺著眉。「我好像聽過這個名字……」

她用力點點頭。

「你應該是指我可憐的大伯，戈登。他非常有錢，經常在報端露面。一年多前，他在一次空襲中遇難，這對我們來說是個重大打擊。我的丈夫是他弟弟，是個醫生，萊諾．柯洛德醫生……當然，」她說，只是壓低了聲音。「他不知道我來找你幫忙。他不會同意的。我發現，醫生的世界觀是完全唯物的，而那些神靈之事，很奇怪，對他們也避之唯恐不及。他們一心仰仗科學，可是我要說，什麼是科學？它有什麼用？」

對赫丘勒．白羅而言，要回答這個問題似乎沒有其他辦法，只能詳盡地對她講解巴斯德、利斯特、漢弗萊．大衛發明礦工安全燈的故事，外加電力為家庭帶來的便利和幾百個類似的科學發明。不過，那顯然不是萊諾．柯洛德夫人想要的答案。事實上，這就像是她其他無數的問題一樣，根本就不是個問題。那只是一種肯定的反問句罷了。

赫丘勒．白羅於是心安理得地實事求是。

「柯洛德夫人，你要我怎麼幫你呢？」

「白羅先生，你相信真有神靈世界嗎？」

「我是個忠實的天主教徒。」白羅謹慎地說。

柯洛德夫人以一抹同情的微笑，將白羅的天主教信仰掃到一旁。

「盲目！教會都是盲目、愚蠢而心存偏見。它們不接受那隱藏在後面的另一個美麗世界。」

「十二點，」赫丘勒．白羅說，「我有個重要約會。」

這話說得時機再恰當不過了。柯洛德夫人身子向前一傾。

「那我非開門見山進入主題不可。白羅先生，你能不能去找個失蹤的人？」

白羅挑起眉毛。

「我想應該可以，」他的回答很謹慎。「不過，親愛的柯洛德夫人，要說找人，警方比我有效率得多。必要的裝備他們應有盡有。」

柯洛德夫人把警察也掃到一旁，如同剛才她對他的天主教信仰一樣。

「不，白羅先生，面紗後面那位神靈要我找的人是你。聽著，我大伯戈登去世前幾個星期才新娶了一個年輕寡婦，安得海夫人。她的第一任丈夫據說死在非洲（可憐的孩子，真夠她傷心的了）。一個謎樣的國家，非洲。」

「應該說，」白羅指正她。「一塊謎樣的大陸。他是在哪個地區……」

她搶白說下去。

「中非洲，就是那個產生巫毒教和還魂術……」

「還魂術是在西印度群島。」

柯洛德夫人自顧自往下說：「妖術、神祕詭異儀式的地方。在那種地方，一個人失蹤後可能從此杳無音訊。」

「有可能，很有可能，」白羅說，「不過，在倫敦的皮卡地里廣場也一樣。」

柯洛德夫人又把皮卡地里廣場掃到一邊。

「白羅先生，最近有兩次，有個自稱羅伯特的靈魂傳來一個訊息。兩次的內容都一樣：『沒有死』。我們感到莫名其妙，我們又不認識叫羅伯特的人。在進一步追問下，我們得到這樣的信息：『RU，RU，RU』，然後是『告訴R，告訴R』。『告訴羅伯特嗎？』我們問。『不，來自羅伯特。RU』。『那麼U代表什麼呢？』緊接著，白羅先生，就是最關鍵的回答：『憂鬱的小男孩，憂鬱的小男孩，哈哈哈！』你明白了嗎？」

「不，」白羅說，「我不明白。」

她望著他，目光帶著同情。

「就是那首童謠〈憂鬱小男孩〉的歌詞：『乾草堆下好入睡』（Under the Haycock fast asleep）——安得海[1]！你明白了嗎？」

白羅點點頭。他忍住沒問，既然拼得出「羅伯特」這個名字，為什麼「安得海」就拼不出來，反而要用這種不上道的地下間諜術語。

「我的新嫂子叫作羅莎琳，」柯洛德夫人得意地說，「你明白了吧？真被這些R給搞昏了。但其中的含義還是相當清楚：『告訴羅莎琳，羅伯特·安得海沒有死。』」

「啊哈，那你告訴她了嗎？」

柯洛德夫人似乎有點吃驚。

「呃，這個……沒有。我的意思是，呃，人都會多心，我敢肯定羅莎琳也是這樣。再說，那可憐的孩子，這消息可能會讓她十分難過，因為既不知道他的下落，又不知道他在做什麼。」

「而且，還用那種隔空傳訊的方式？確實。這種報平安的方式實在很怪異，不是嗎？」

「啊，白羅先生，看來你不是外行。可是我們怎麼知道他的處境如何？可憐的安得海上尉（或是少校），現在可能被關在非洲內陸的某個黑暗深處。可是，如果有人找到他，白羅先生，如果我們能讓他回到他親愛的羅莎琳身邊，想想看，她會多麼高興！白羅先生，我是受了指引才找到你這裡來，你應該不會拒絕神靈世界的旨令吧？」

白羅若有所思地望著她。

「我的收費很貴，」他輕聲說道，「甚至可說是非常昂貴！而你所委託的任務並不容易

1　安得海的英文是Underhay，音近「Under the Haycock」。

達成。」

「噢，老天，真是太遺憾了。我和我的丈夫很窮，真的很窮。事實上，我丈夫還不知道我的手頭那麼困窘。我買了一些股票──在神靈的指引下──但到目前為止，結果都很令人失望，事實上，是很令人擔憂。它們一直往下跌，我想，現在幾乎都賣不出手了。」她的藍眼眸憂鬱而沮喪地看著他。「我還不敢告訴我丈夫。我告訴你只是為了解釋我的處境。但是，親愛的白羅先生，讓一對年輕夫婦團聚，真的是個非常崇高的使命……」

「親愛的夫人，精神崇高既支付不了輪船、火車、飛機的費用，也不能支付電報往返和調查證人的費用。」

「可是如果你找到了他……如果安得海上尉真的還健在，那麼，呃，我想我可以保證，一旦事成之後，呃，要拿回你的費用不會有困難。」

「啊，這麼說，這個安得海上尉很有錢，是嗎？」

「不，呃，不……但我可以向你保證，我可以向你發誓，到時候錢一定不是問題。」

白羅緩緩搖搖頭。

「很抱歉，夫人，我的回答是『不』。」

他費了一番工夫，才讓她接受了這個答覆。

等到她終於離開後，他不禁蹙起眉頭，陷入沉思。他現在終於記起來，為什麼柯洛德這個名字聽來如此耳熟。他想起空襲那天在俱樂部裡的談話。波特少校滔滔不絕地講著沒人愛聽的故事，乏味的聲音如雷鳴般不斷傳來。

他還記得報紙一陣沙沙作響後，波特少校突然張大的下巴和驚惶失措的表情。而令他感到不安的，是他應該如何看待適才離去的那個滿懷熱望的中年女人。她三句不離神靈的篤信模樣，她的閃爍其詞、語焉不詳，她飄動的圍巾，她脖子上叮噹作響的項鍊和護身符，還有，和所有這一切都格格不入的眼神……她那對淺藍色眼眸中突然流露出的狡黠目光。

「她來找我究竟是為了什麼呢？」他自言自語道，「而那個地方，究竟發生了什麼事呢？」他低頭看看桌上的那張名片。「沃斯利河谷村？」

整整五天後，他在一份晚報上看到一小段關於沃斯利河谷村的報導，其中提到一個叫伊諾克．亞登的人死亡。沃斯利河谷村是個傳統的小村莊，離著名的沃斯利石南村高爾夫球場約有三哩路程。

赫丘勒．白羅再度自言自語道：「不知道沃斯利河谷村發生了什麼事……」

第一部

Taken at the Flood

／01

沃斯利石南村包括一個高爾夫球場、兩家旅館、幾棟面對球場因而價格不菲的現代別墅、一排在戰前是豪華商店的建築物、一座火車站。

從火車站分出兩條道路來：左邊是直通倫敦的大道，右邊則是一條穿越一片田地的小路，路標上寫著：「通往沃斯利河谷村的步道」。

沃斯利河谷村隱藏在樹茂林密的小山之中，和沃斯利石南村截然不同。基本上它是個具體而微的舊式市集小鎮，現在已退化成一座村莊。它有一條主要大路，兩旁是喬治時代風格的房宅、幾間酒吧、幾家傳統商店，整個氛圍不像離倫敦只有二十八哩路，而是一百五十哩之遙。

對於沃斯利石南村如雨後春筍般快速發展，這裡的居民一概抱持著不屑的態度。

它的外圍是幾棟附漂亮舊式花園的華麗房舍。其中一棟名叫「白屋」的房子，終於在一九四六年初春時節，迎接女主人琳恩・馬奇蒙從英國皇家海軍婦女隊復員歸來。

回家後的第三天早晨，琳恩・馬奇蒙從臥室窗口望出去，目光越過稍嫌雜亂的草坪，看到遠處牧場上的榆樹，她快樂地吸了口氣。這是個陰霾但不沉重的早晨，空氣中帶著一絲潮溼泥土的芳香。她在過去的兩年半中，朝思暮想的就是這股氣味。

再度回到家，回到這間她在國外思念不已的臥室，感覺真是美妙。能夠卸下制服，換上斜紋軟呢裙和套頭衫，真是太好了……儘管蛀蟲在這些戰亂歲月裡也未免過於勤奮了些。

離開英國皇家海軍婦女隊，她又成了一個自由自在的女人，那感覺真棒。當然，她在海外服役時也非常快樂，那些工作相當有趣，有很多宴會，趣味橫生；可是也有煩人的例行公事，還有那種被迫和同伴們一塊被圈起來的感覺，總讓她好想逃出去。

就是在那種時刻，在東方漫長而酷熱的炎夏裡，她特別殷殷思念著沃斯利河谷村，思念著那個老舊但舒適的小屋，思念著她親愛的媽媽。

琳恩深愛她的母親，但也覺得她煩。遠離家園的時候，她對母親只有愛意，惹她煩心的回憶早已置之腦後。唯有在想家的痛苦煎熬中才偶爾想到，她親愛的媽媽多麼令人難以忍受！她多希望不要再聽到媽媽那輕柔而絮絮叨叨的埋怨。哦，又回到家了，以後永遠、永遠都不必再離家了！

而現在，她退役了，恢復了自由身，人就在這裡，回到了白屋。她已經回來三天了。可是，一種莫名的厭躁一直蠶食著她。昨日景物依舊，簡直是一切如故，這棟房子、媽媽、羅利、農場和家人一如以往，唯一改變的（而照理說不該改變的），是她自己。

「親愛的……」馬奇蒙夫人細細的嗓音沿著樓梯傳了上來。「要不要我給我的乖女兒送托盤到床上來？」

琳恩立刻喊道：「當然不用。我就下來。」

她為什麼非得說「我的乖女兒」呢，她想，聽起來好蠢！

她跑下樓，來到飯廳。這不是一頓豐富的早餐。琳恩已經慢慢體會到，她們在食物上所花的時間和心力大不如前了。除了一個不太可靠的女人每星期四上午來幫忙之外，只有馬奇蒙夫人一個人為煮飯和清掃之類的家務疲於奔命。琳恩出生時，她已年近四十，而且身體不好。琳恩也不無沮喪地意識到，她們家的經濟狀況已經有了變化，那筆數額雖小但也夠用的固定收入，在戰前夠讓她們的日子過得舒舒服服，而現在，這筆收入有一半都繳了稅。物價、開銷、傭人薪資，沒有一樣不上漲。

「噢，美好的新世界。」琳恩鬱鬱地想，心裡感到恐懼。她的目光輕輕掃過當天日報的求職欄。

「前婦女輔助空軍隊員求職：尋找一個珍視積極進取精神和衝勁的職位。」

「前皇家海軍婦女隊員求職：尋找需要組織能力和領導能力的職位。」

事業心、積極進取、領導能力，這些都是市場化的條件。可是人家真正要找的是什麼人呢？會做飯、打掃屋子的人，或是技術熟練的速記員，一些懂得例行事務又勤勞能幹的人。

還好，這對她毫無影響。她未來的路一清二楚。她會和表哥羅利．柯洛德結婚。他們已經訂婚七年，那是在戰爭爆發之前。打從她有記憶起，她就想嫁給羅利。羅利選擇農場生活，很順利就得到了她的默許。那是種美好的生活，也許不夠刺激，也許必須辛勤終日，可是他們兩個都喜愛大自然，喜歡牲畜。

但如今，他們的未來前景將有所改變，戈登舅舅過去總是承諾他們……

馬奇蒙夫人以恰如其分的哀婉聲調傳話過來，打斷了她的思緒。

「親愛的琳恩，一如我在信中告訴你的，這對我們每個人來說都是最可怕的打擊。那時戈登才回到英國兩天，我們甚至還沒見到他。要是他不待在倫敦就好了，要是他直接回來這裡就好了……」

§

「是啊，要是……」

當時琳恩遠在異鄉，聽到舅舅去世的消息，當然不免震驚悲痛，可是直到返回老家，她才深切體會到這件事所帶來的影響。

就她記憶所及，她的生活，她們所有人的生活，都由戈登．柯洛德所主掌，這個無兒無女的富有男人，為他所有的親屬提供了庇蔭。

就連羅利也是。羅利和他的朋友強尼．瓦維索合夥經營農場。他們資金不多，可是滿懷希望，充滿幹勁。而且戈登．柯洛德贊成他們的做法。

他私下對她允諾了更多。

「沒有資本，經營農場不可能做出什麼名堂來。但我們先要弄清楚這些小夥子是不是真有堅強的意志和精力，準備放手一搏。如果我現在就資助他們，我不可能弄清楚，起碼幾年內不會。如果他們真是經營農場的料，而且能讓我對他們的努力感到滿意，那麼，琳恩，你不必擔心，我會適度資助他們。所以，你用不著對自己的前途感到悲觀，我的孩子。羅利正需要你這樣的妻子。不過你得保密，別把我告訴你的話跟別人說。」

她確實沒有告訴任何人，可是羅利自己已經感覺到他大伯有可能資助他們。他要向這位長輩證明，投資羅利和強尼不會有錯。

沒錯，他們全都仰賴著戈登．柯洛德。這並不是說這個家族的其他人都是寄生蟲和懶人。像傑米．柯洛德就是一家律師事務所的資深合夥人，萊諾．柯洛德則是個開業醫生。但是除了工作以外，他們還有豐厚的金錢收入，毫無必要去節儉度日。他們的未來是完全有保障的。戈登．柯洛德，一個無兒無女的鰥夫，會照顧他們的。他曾不止一次對大家說，那是不會改變的。

他那守寡的妹妹愛蒂拉．馬奇蒙住在白屋，雖然她或許應該搬進一棟小一點、不那麼費事的房子。琳恩上的都是一流的學校，要不是因為戰爭，只要她喜歡，無論如何昂貴的學校她都讀得起。戈登舅舅的支票總是源源不絕，而且時不時會供應她們一些小小的奢侈品。

一切是如此的安定，如此有保障。然後傳來了戈登．柯洛德出人意表的結婚消息。

「當然了，親愛的，」愛蒂拉又說，「我們都非常吃驚。要說我們有什麼事能夠確定，那就是戈登永遠不會再婚。他還嫌家庭負擔不夠多啊？」

是啊，琳恩想，他親戚還真夠多的。可能，也太多了點吧？

「他總是那麼和藹可親，」馬奇蒙夫人繼續往下說，「雖然偶爾有那麼一點點霸道。他不喜歡在擦得晶亮的桌子上吃飯，總是堅持要我鋪上傳統的桌巾。事實上，他在義大利的時候，還寄給我好些繡有威尼斯蕾絲花邊的漂亮桌巾。」

「迎合他所好當然不會吃虧。」琳恩的回答帶著諷刺。她又好奇地加上一句：「他是怎麼認識這第二任妻子？你在信裡從來沒提過。」

「噢，親愛的，他們大概是在乘船或搭飛機時認識的。我相信是在他從南美到紐約的途中。想想他都獨身這麼多年了，多年來，他相處過的祕書、打字員、女管家不知有多少。」

琳恩笑了。從她有記憶開始，戈登．柯洛德的祕書、管家和辦公室職員都要經過最嚴格的審查和質疑。

她好奇地問：「我想，她長得很漂亮吧？」

「噢，親愛的，」愛蒂拉說，「我個人認為她長得一副蠢相。」

「媽，你不是男人！」

「當然，」馬奇蒙夫人自顧自地往下說，「那可憐的女孩遇到了空襲，爆炸的震撼把她嚇出病來，而且病得不輕。我看她一直沒有恢復過來。她非常神經質，你大概明白我的意思。而且，有時候她好像缺少半根筋。可憐的戈登，我認為她根本不可能成為他的好伴侶。」

琳恩又笑了。她想，戈登・柯洛德之所以選擇一個年齡小他很多的女人，大概不是為了找個知性的伴侶。

「而且，親愛的，」馬奇蒙夫人壓低了聲音。「我不想這麼說她，可是她不是個淑女！」

「媽，你怎麼說這種話！這年頭這算得了什麼？」

「這在鄉下還是很重要，親愛的，」愛蒂拉平靜地說，「我的意思只是，她和我們並不是同一類的人！」

「可憐的小惡魔喔！」

「真是的，琳恩，我不懂你這是什麼意思。為了戈登，我們都盡量對她友善禮貌，並向她表示，歡迎她成為我們的一員。」

「這麼說，她現在人在犁溝居？」琳恩好奇地問。

「那當然。她才從療養院裡出來，還有什麼地方可去？每個醫生都說她必須離開倫敦。現在她和她哥哥住在犁溝居。」

「他是個什麼樣的人？」琳恩問。

「一個可怕的年輕人！」馬奇蒙夫人頓了頓，又重重加上一句：「非常無禮。」

琳恩腦海中閃過一絲同情。她想，如果我是他，我當然也會非常無禮！

她問道：「他叫什麼名字？」

「亨特。大衛．亨特，我相信，是個愛爾蘭人。當然，過去誰也沒聽說過他們。她是個寡婦，前夫姓安得海。我們都不想太苛刻，然而誰都忍不住要想：什麼樣的寡婦會在戰時從南美出來四處旅行呢？你知道，大家不由得會想，她是想找個有錢的丈夫。」

「而這次，她的苦心似乎沒有白費。」琳恩說。

馬奇蒙夫人嘆了口氣。

「這事太奇怪了。戈登一直很精明。我的意思是，不是沒有女人試過。比如說他的前任祕書，意圖就非常明顯。我相信她是個很能幹的人，但他還是把她開除了。」

琳恩隨便應道：「大概每個人都有慘遭滑鐵盧的時候。」

「六十二歲，」馬奇蒙夫人說，「是個危險的年紀，而且，又加上令人心神不定的戰爭。可是當我們收到他從紐約的來信時，還是有說不出的驚訝。」

「信上到底說了什麼？」

「信是寫給法蘭西絲的，我真不懂為什麼。也許他認為她的出身會比較容易了解這種事。他說，我們聽到他結婚的消息可能會感到驚訝。儘管事發突然，但他相信我們很快就會喜歡上羅莎琳（多麼戲劇化的名字，你不覺得嗎，親愛的？我是說太虛假）。他說，她的際遇非常坎坷，雖然年紀很輕，卻已歷盡滄桑；而她勇於面對生活的態度，非常了不起。」

「好俗套的開端。」琳恩低聲說道。

「噢，我知道，我也這麼認為。這樣的事大家聽太多了。可是像戈登這種大家公認閱歷最豐富的人竟也……但事情還是發生了。她的眼睛大得出奇，是深藍色的眼眸，就是所謂深不可測的那種。」

「她很迷人嗎？」

「噢，沒錯，她確實非常漂亮。可惜不是我欣賞的那種。」

「絕對不會是。」琳恩露出狡黠的微笑。

「沒錯，親愛的。男人真是……話說回來，男人本來就沒大腦！即使是最理智的人，也會做出令人難以置信的蠢事來！戈登在信裡接著說，我們不要認為這表示他和眾親戚的關係會有所疏遠。他仍然認為對我們負有深厚的責任。」

「可是，」琳恩問，「他在婚後難道沒有立下遺囑？」

馬奇蒙夫人搖搖頭。

「他最後一份遺囑是在一九四〇年立下的。我不知道其中的細節，但戈登當時就對我們明白說過，萬一他遇到不測，我們每個人都會受到照顧。當然，既然他結了婚，那份遺囑也就失效了。我想如果他回到家裡來，他會立下一份新遺囑。可惜他沒這個時間，他在踏上英國的第二天就死了。」

「所以，她……羅莎琳，就得到了一切？」

「是的。他結了婚，舊遺囑就此失效。」

琳恩沉默不語。她並不比一般人更貪圖金錢，但如果說她對這種新局面不感到憤恨，那她就不是人。她覺得，這完全不符合戈登・柯洛德自己的期望。他或許會把大部分的財產留給年輕的妻子，但他勢必會為這個他一向鼓勵要依賴他的大家庭做好安排。他總勸他們不要節省，不必為將來做準備。她曾經聽到他對傑米說：「我一死，你就變成有錢人了。」他也經常對她母親說：「別擔心，愛蒂拉，你是知道的，我會永遠照顧琳恩，而且我也不願意讓你離開這棟房子，它是你的家。所有的維修帳單都寄給我。」對羅利，他鼓勵他經營農場。對傑米的兒子安東尼，他堅持要他進入皇家近衛軍，而且常常給他豐厚的零用金。萊諾・柯洛德也備受鼓勵，因此他才得以持續進行一些不會馬上獲益且有損業務的醫學研究。

琳恩的思緒被打斷了。馬奇蒙夫人顫抖著嘴唇，姿態誇張地拿出一疊帳單。

「你看看這些帳單，」她悲嘆道，「我該怎麼辦？我到底該怎麼辦，琳恩？銀行經理今天早上寫信來，說我的戶頭已經透支了。我不知道怎麼會這樣。我一向是那麼小心。可是我的投資利潤似乎不如從前了。他說這是因為稅負增加的緣故。還有那些黃色票據，例如『戰爭損害保險』之類的，不管你願不願意，你都非支付不可。」

琳恩拿起帳單，一張張翻閱著。沒有任何奢侈的記錄。更換屋頂的石板，修補籬笆，換掉廚房的破舊鍋爐，修一條新水管。加起來是一筆相當可觀的數目。

馬奇蒙夫人哀怨地說：「我想我應該從這裡搬出去。但我能住到哪裡去呢？找不到小一點的房子，根本就沒有這樣的房子。噢，我不想讓你為這些事操心，琳恩，起碼在你才剛回到家的時候。可是我不知道該怎麼辦才好，我真的不知道。」

琳恩望著母親。她已經六十多歲了，而且身體一直不好。戰爭期間，她收留了一些從倫敦疏散出來的人，為他們做飯洗衣；她也參加婦女志願服務隊，負責製作果醬，還替學校準備膳食。她一天工作十四小時，和戰前那種舒適安逸的生活截然不同。琳恩看得出來，她已瀕臨崩潰，她精疲力竭，對未來充滿了恐懼。

琳恩心底慢慢升起一股無聲無息的憤怒。她緩緩說道：「難道這個羅莎琳不能……幫忙嗎？」

馬奇蒙夫人立刻紅了臉。

「我們沒有權利要求她做任何事，完全沒有。」

琳恩很不服氣。

「我認為你有道義上的權利。戈登舅舅過去一直幫助我們。」

馬奇蒙夫人搖搖頭。她說：「開口要人幫忙不好，親愛的，尤其是個我們並不喜歡的人。而且，不管怎麼說，她哥哥絕不會讓她拿出一毛錢！」

她接著又加上一句，這時正義凜然的風骨已被純粹的女性陰毒所取代。

「這是說，如果他真是她哥哥的話！」

／02

法蘭西絲・柯洛德隔著餐桌若有所思地望著丈夫。

法蘭西絲今年四十八歲。她是那種精瘦獵狗的體型、適合穿花呢衣服的女人。她臉上除了隨意塗抹的一點口紅外一無妝彩，散發出一種傲慢的自然美。傑米・柯洛德六十三歲，身材瘦削，灰白頭髮，一張臉不苟言笑，沒有表情。

而今天晚上，這張臉比平時更加冷漠。

他的妻子飛快地掃了他一眼便覺察出來了。

一個十五歲的女孩慢吞吞地在桌旁轉來轉去，遞著盤子。她那雙憂傷的眼睛直盯著法蘭西絲。只要法蘭西絲一皺眉頭，她就嚇得要把東西摔到地上；而一個讚賞的表情，則能讓她露出微笑。

大家都心懷豔羨、心知肚明，如果沃斯利河谷村有什麼人請得起傭人，那麼這人非法蘭西絲·柯洛德莫屬。她不以豐厚的薪資獎勵傭人，而且要求非常嚴格，但她對辛勤工作者的鼓勵，以及能感染他人的旺盛精力和活潑幹勁，會使傭人覺得做家務也成了一種創意十足、極具個人風格的事。她欣賞一個好廚師或一個好女僕，一如欣賞一位優秀的鋼琴家，而一輩子被人伺候慣了的她，對這點渾然不覺，只認為是理所當然。

法蘭西絲·柯洛德是愛德華·崔頓爵士的獨生女。愛德華爵士過去常在沃斯利石南村附近訓練馬匹。一些深諳內情的人都知道，他最後申請破產是為了逃避更難堪的下場。有傳聞說，他訓練的馬匹無法隨走隨停，還有人說，眾多賽馬總會的幹事質疑他的操守。然而愛德華爵士憑恃他的聲望躲過了一場劫難，只稍微受了些損失，且與他的債權人達成一項協議，讓他最後仍得在法國南部舒舒服服地過日子。對於這些意外的好運，他得感謝他的律師傑米·柯洛德的精明和不凡表現。柯洛德為他所做的遠遠超過一般律師對客戶的服務，他甚至自掏腰包替他預先墊付了保證金。他明顯表露了他對法蘭西絲·崔頓的深深戀慕。因而當法蘭西絲父親的問題圓滿解決之後，她也順理成章成了傑米·柯洛德的夫人。

沒人知道她對這件事情的想法。大家只能說，她以令人敬佩的方式，忠實地履行了她在這筆交易中的義務。對傑米來說，她是個能幹忠誠的妻子；對於兒子，她是個細心的母親。她處處為傑米的利益著想，從來不曾以言行表示這個婚姻並非出於自己所願。

因此，柯洛德家族對法蘭西絲極為尊重和敬佩。他們以她為榮，聽從她的判斷，但他們覺得和她親密不起來。

至於傑米．柯洛德如何看待他的婚姻，也沒人知道，因為從來沒有人了解他的想法或感受。大家稱他為「乾木棍」。無論以男人或律師的身分而言，他都具備了崇高的聲望。不管是柯洛德本人還是布倫斯基，他們從來不受理不清不白的訴訟。大家不覺得他們光芒耀眼，但一致認為他們穩重可靠。他們的公司因此業務興旺，傑米．柯洛德一家也住進了一棟喬治時代風格的漂亮房宅。那棟房子就在市場旁邊，有個帶圍牆的舊式大花園，花園後面是一片梨樹林，春天時節會綻放成一片白色花海。

現在，這對夫婦從餐桌旁站起身，來到一個俯瞰著屋後花園的房間。那個十五歲女孩愛德娜端來了咖啡，她激動地喘著大氣。

法蘭西絲在杯裡倒了點咖啡，味道又濃又燙。她口氣中帶著讚許，輕快地對愛德娜說：「好極了，愛德娜。」

愛德娜高興得臉都紅了，不過走出房門時，她還是對某些人的嗜好感到不可思議。在愛德娜看來，咖啡應該是淡淡的奶油色，非常非常的甜，還要加上好多好多的牛奶才對！

就在這間俯瞰花園的房間裡，柯洛德夫婦喝著他們不加糖也不加牛奶的純咖啡。剛才吃晚飯的時候，他們斷斷續續聊起遇見的熟人、琳恩的歸來，以及經營農場的前景。現在兩人獨處一室，卻相對無言。

法蘭西絲靠坐在椅背上，觀察著丈夫。他對她的注視恍若無睹，右手輕輕撫著上唇。傑米．柯洛德自己不知道，這是他一個很特殊的動作，而且總是在他心煩意亂的時候出現。法蘭西絲只看過這個動作幾次。一次是他們的兒子安東尼小時候患了重病時；一次是等待陪審團做出判決時；還有一次是戰爭爆發時，在收音機旁等著聽那些大勢已定的消息；再就是安東尼休假結束後，要動身離家的前一晚。

法蘭西絲在開口前思索片刻。他們的婚姻生活一直很幸福，但彼此從未說過甜言蜜語，他們都習慣對方的保留內斂。即使在收到安東尼於役中陣亡的噩耗，他們誰也沒有崩潰。

當時他打開電報，接著抬頭望著她。她說：「是不是……」

他垂下頭，把電報遞過來，放在她伸出的手上。

他們默默相對，站了好一陣子。然後傑米說：「真希望我能幫你做些什麼，親愛的。」而她答道：「你也一樣難過。」她的聲音平穩，一滴淚也沒流，唯一的感受是可怕的空虛和痛苦。他拍拍她的肩。「沒錯，」他說，「沒錯……」然後他走向門口，步伐踉蹌而僵硬，突然成了個老人。他邊走邊說：「沒什麼好說的，沒什麼好說的……」

她非常感激他，滿懷深情地感激他，因為他是那麼的了解她。而另一方面，她又十分心疼他……看著他突然變成一個老人，令她感到心碎。失去兒子以後，她身上的某種東西也變得僵硬了，過去尋常可見的仁慈乾涸了，她變得比以往更能幹、更有精力，有時候，大家甚至有點害怕她那份毫不留情的理智……

傑米．柯洛德的手指再次順著他的上唇移動，像是猶豫不決，搜索著什麼。房間另一頭的法蘭西絲乾脆打破沉默。

「什麼事情，傑米？」

他吃了一驚，手裡的咖啡杯幾乎滑落，但立刻恢復了鎮靜，將杯子穩穩放在托盤上，接著朝她望去。

「你說什麼，法蘭西絲？」

「我在問，你是不是出了什麼事？」

「會出什麼事呢？」

「胡猜太浪費精神了。我寧願你告訴我。」

她的語氣有如公事公辦，不帶絲毫感情。

而他的回答令人難以信服。

「沒什麼……」

她沒有答話，只是帶著詢問的姿態等著，對他的否認全然置之不理。他猶豫地望著她。就在那一瞬間，他臉上泰然自若的面具隱去，她瞥見一種狂風暴雨般的極端痛苦，那讓她驚訝得幾乎要叫出來；雖然只是一瞬間，但她毫不懷疑自己目中所見。

她依然平靜而不帶感情地說：「我想你最好還是告訴我……」

他嘆了口氣，非常悲愁的長嘆。

「你當然要知道，」他說，「你早晚會知道。」

接著，他又說了一句讓她非常吃驚的話。

「我想你做了一筆很糟的交易，法蘭西絲。」

她對這句話的言下之意並不理解，但她決定將它拋在一旁，直搗重心，問及事實。

「是什麼事？」她問，「錢的事嗎？」

她不知道她為什麼先想到錢，並沒有跡象顯示他們的財務拮据。辦公室裡人手不足，業務多得應付不來，但哪裡不是這樣？更何況幾個原先在這裡工作的人退役後，上個月又回到了辦公室。他大有可能是得了重病而隱瞞不說……他最近氣色極壞，而且工作過度，過於勞累。儘管如此，法蘭西絲的直覺卻讓她第一個想到錢，而且她似乎沒有想錯。

她丈夫點點頭。

「原來如此。」

她沉默片刻，思索著。她自己對金錢不怎麼看重，但她知道傑米不能體會這一點。金錢對他來說意味著一個四平八穩的世界，是安全，是義務，是生活中一種明確的地位和身分。

而金錢對她來說，不過是順手拈來的玩具。她在經濟不穩定的氛圍中出生，也在這樣的狀況下長大。他們有過美好時光，那是馬匹的表現令人滿意的時候；他們也有過難熬的苦日子，那是在商家不肯給予貸款的時候。那時愛德華爵士不得不過著顏面掃地的窘困生活，以免財產監管人找上門來。有一次他們靠乾麵包過了一個星期，還遣走了所有的傭人。還有一次，一個財產監管人在他們的房子裡住了三個禮拜，那時候法蘭西絲還是個孩子。她和這人相處甚歡，他滿肚子都是他小女兒的故事。

如果你沒錢，你可以乞討，遠走國外，或是靠親戚朋友接濟一陣子。或許哪個人會給你一筆貸款，幫你度過難關……

但是望著房間那頭的丈夫，法蘭西絲意識到，在柯洛德家族沒有這樣的事。你不可能去屈膝乞求、去借貸、去依靠他們過活。（反過來說，你也不可能指望他們去乞討、借貸或依靠你來過活！）

法蘭西絲非常同情傑米，而對自己如此的波瀾不驚也感到一絲內疚。她趕緊回到現實，以避開這種思緒。

「我們是不是必須賣掉一切？公司要破產了嗎？」

傑米．柯洛德支支吾吾，而她察覺到，自己未免太實際了點。

「親愛的，」她柔聲說道，「告訴我吧。我猜不出來了。」

柯洛德說，語氣呆板僵硬。

「兩年前，我們經歷過一次嚴重的危機。年輕的威廉斯，你可能記得，他潛逃了。我們一直無法再振作起來。後來又由於遠東的形勢橫生枝節，那是在新加坡……」

她打斷了他。

「不要提什麼原因了，這些不重要。你那時陷入了困境。你一直沒能恢復過來嗎？」

他說：「我那時候全依靠戈登。本來戈登可以讓一切恢復正常。」

她立刻不耐煩地嘆了口氣。

「我不想責怪這個可憐的人，畢竟，為一個漂亮女人昏了頭是人的本性。再說，如果他願意再婚，又有何不可呢？遺憾的是，他什麼也沒安排好就在空襲中喪生了，既沒有留下適當的遺囑，也沒把事情安排好。人總是認為，不論狀況多危險，自己絕對不會遭遇不測，炸彈只會去炸別人！」

「除了這點失誤之外，我是非常喜歡他的，而且以他為榮，」戈登．柯洛德的兄弟說。「他的死對我來說有如青天霹靂，它正好發生在……」

他沒再說下去。

「我們會破產嗎？」法蘭西絲反應。

傑米．柯洛德望著她，目光帶著絕望。她不知道，如果看到她淚眼婆娑或憂心忡忡，他還可以應付得比較好。現在，她的冷靜超然和實事求是的態度徹底擊敗了他。

他說，聲音嘶啞。

「比那要嚴重得多……」

他看著她靜靜坐在那裡思考著他的話。他心想，看來我非告訴她不可了。她會知道我其實是個什麼樣的人……她必須知道，儘管也許一開始她不會相信。

法蘭西絲．柯洛德嘆了口氣，在她的大扶手椅裡坐直身子。

「我明白了，」她說，「你挪用了公款。即使我用詞不當，也是類似的事……就像年輕的威廉斯一樣。」

「沒錯，可是這一次……你不明白……我要負全責。我挪用了別人委託我管理的託管資金。到目前為止，還沒人發現……」

「而現在即將東窗事發？」

「除非我能拿到虧空的款項，而且是很快拿到。」

他一輩子沒有感到這麼羞愧過。她會怎麼看待這件事？現在她的態度很平靜。話說回來，他想，法蘭西絲從來不會當面給人難看，她從來不會責備或呵斥人。

她一隻手撫著臉頰，皺起眉頭。

「我真沒用，」她說，「我自己一毛錢也沒有……」

他以不自然的語氣說道：「依照結婚時的協議，你是有一份財產的，不過……」

她心不在焉地說：「不過我想現在那筆錢也沒了。」

沉默片刻後，他彷彿難以啟齒似的，以乾澀的聲音說道：「我很抱歉，法蘭西絲。我的愧疚之情難以表達。你做了一筆很糟的交易。」

她立刻抬頭看他。

「你剛才也說過這話。那到底是什麼意思？」

傑米生硬地說：「你那麼好心嫁給了我，你當然有權利去憧憬一種……呃，正直，和不需焦慮的美好生活。」

她異常驚訝地望著他。

「真是的，傑米！你到底認為我是為什麼嫁給你？」

他淡淡一笑。

「親愛的，你一向是我最忠誠、最盡心的賢妻。可是我實在不敢往自己臉上貼金，認為在……呃，其他的情況下你會接受我。」

她瞪著他看，突然迸出一陣大笑。

「你這個可笑的老木棍！在你那一本正經的外表下，竟然還隱藏著這麼一顆多愁善感的心！你真的以為我嫁給你是因為你把我爸爸從那群狼……或者說，從賽馬總會那些幹事手中救出來了？」

「你很喜歡你父親，法蘭西絲。」

「我深愛我父親！他非常可愛，和他在一起生活樂趣無窮！可是我一直都知道他是個壞胚子。如果你認為我委身嫁給名門律師，是為了將我父親從無休止的危機中解救出來，那麼你就是從未對我有過絲毫的了解，從來沒有！」

她的眼睛緊盯著他。多麼奇怪，她想，嫁給一個人二十多年了，但兩個人竟還不知道彼此心裡想什麼。但如果這人的心思和你南轅北轍，你又怎麼可能知道呢？他有一份浪漫的情懷，當然，他掩飾得很好，可是基本上，他是浪漫的。她思忖道，想想臥房裡那些史坦利．維曼[2]的小說。我早該從那些書中看出端倪來！這個可憐又可愛的傻瓜！

她大聲說：「我嫁給你，當然是因為我愛上了你。」

「愛上我？可是，你愛我什麼呢？」

「如果你這樣問我，傑米，我還真的說不上來。當時你是那麼的獨特，和爸爸身邊那一夥人截然不同。光說一樣，你從來就不談賽馬。你不知道我有多麼討厭賽馬，多麼厭惡聽那些牠們贏得新市場杯的機率！一天晚上你來我家吃晚餐，記得嗎？我就坐在你旁邊，問你什麼是複本位制，你就告訴了我，老老實實一五一十地告訴我！你花了整整一頓飯的時間——一共六道菜耶，那時候我們手上有錢，雇了一位法國廚師——才把它講完！」

「你一定覺得無聊得很。」傑米說。

「你讓我神魂顛倒！在那以前，沒人認真看待過我。當時你是那麼文質彬彬，好像從沒看我一眼，也不認為我漂亮、討人喜歡什麼的。我因此受到刺激，發誓要讓你注意到我。」

傑米．柯洛德依舊是酷酷的表情。

「我有注意到你。那天晚上回家後，我整整一夜沒有闔眼。你那天穿的是矢車菊花樣的藍色洋裝……」

兩人沉默了片刻，接著傑米清清嗓子。

2 史坦利．維曼（Stanley Weyman, 1855-1928），英國小說家。

「呃，都是很久以前的事了……」

看到他那麼尷尬，她立刻為他找了個下台階。

「而我們現在是一對遭逢困境的中年夫妻，正在尋找最佳的解決之道。」

「你對我說完這番話之後，法蘭西絲，我更加感到難過一千倍，那件……那件不光彩的事……」

她打斷了他。

「我們把事情說清楚。你感到愧疚，是因為你觸犯了法律。你可能會被起訴，被抓去坐牢。」（他眨了眨眼。）「我不希望這種事發生。我會不遺餘力阻止它發生，可是別指望我採取高尚的手段。別忘了，我不是來自道德高尚的家庭。不管爸爸有多迷人，他其實也是個騙徒。還有查爾斯，我的二表弟，他們把事情壓下來，所以他才沒被起訴，於是他們火速把他送到殖民地去。還有我表哥吉拉德，他在牛津偽簽了一張支票。可是，他後來上前線作戰，由於他英勇無比，效忠同胞，有超人的毅力，因此死後得了一枚維多利亞十字勳章。我的意思是，人就是這麼回事，既不會壞到底，也不可能絕對的好。我不認為我自己是個特別正直的人，我之所以正直，是因為沒人引誘我去做不正直的事。可是我有十足的勇氣，而且……」（她對他露出微笑。）「我忠心耿耿！」

「親愛的！」他站起身向她走來，俯下腰將嘴唇貼在她的秀髮上。

「現在，」愛德華．崔頓爵士的女兒帶著微笑，抬頭看著他說，「我們該怎麼辦呢？想辦法籌錢？」

傑米的臉變得僵硬。

「我不知道如何籌法。」

「用這棟房子做抵押。噢，我知道了，」她反應很快。「你一定試過了，我真糊塗。當然，所有那些顯而易見的方法你都試過了。那就只能借錢了？我們能向誰借呢？只有一種可能，向戈登的遺孀、也就是神祕的羅莎琳借！」

傑米搖搖頭，表示懷疑。

「數目很大……而且不可能從本金裡拿出來。那筆錢交付信託基金，在她生前都不得動用。」

「這我以前不知道。我還以為她具有絕對的處置權。那她死後怎麼辦？」

「這筆遺產就歸戈登的近親接手。換句話說，這筆錢由我、萊諾、愛蒂拉和莫利斯的兒子羅利平分。」

「遺產會歸我們……」法蘭西絲緩緩說道。

似乎有什麼東西飄過房間，一絲寒氣，一道幽微的念頭……

法蘭西絲說：「你沒跟我說過這件事。我原本以為她可以自由運用那筆遺產，把它留給任何她想留的人。」

「不是這樣。根據一九二五年修訂未留遺囑而死亡的法律條文……」

不知道法蘭西絲有沒有在聽他的解釋，總之他聲音才停，她便說道：「這和我們不相干。還沒等她進入中年，我們已經長眠地下了。她現在幾歲？二十五，還是二十六？她可能活到七十呢。」

傑米．柯洛德語氣透著懷疑說：「我們也許可以向她貸款，然後把這筆款項記在共業財產的名目下？說不定她是個心胸寬大的女人。我們實在對她了解太少……」

法蘭西絲說：「不管怎麼說，我們一向待她不錯……不像愛蒂拉那樣陰陽怪氣。她可能會有所回應。」

她的丈夫提醒她。

「絕對不能顯得……呃，非常急迫的樣子。」

法蘭西絲不耐地說：「當然不能！問題是，我們要對付的不是這個女人。她完全在她哥哥的掌控之下。」

「這年輕人真不討人喜歡。」傑米．柯洛德說。

法蘭西絲臉上突然現出微笑。

「噢，不，」她說，「他很討人喜歡，非常討人喜歡，而我猜，也非常的不按牌理出牌。若果真如此，我也很可能不按牌理出牌！」

她的笑容變得僵硬，抬頭望著丈夫。

「我們不會被擊倒的，傑米，」她說，「一定有辦法的，即使得去搶銀行都行！」

／03

「錢！」琳恩說。

羅利．柯洛德點點頭。這年輕人個頭高大，魁梧結實，磚紅色的皮膚，一雙深邃的藍眼珠，一頭金髮。他那慢條斯理的個性彷彿不是天生，而是處心養成的結果；別人以急智巧辯為重，他則是事事深思熟慮。

「沒錯，」他說，「這年頭，一切終究要回歸到錢這件事。」

「可是我還以為戰時農民收入不錯。」

「噢，是不錯，可是哪能永遠好下去？再過一年，我們就要回到過去的情況：物價不斷上漲，工人怨聲載道，大家都牢騷滿腹，沒有人知道該何去何從。當然，除非你能大規模的經營農場。戈登伯父明白這一點，這也是他一直有心要做的事。」

「而現在……」琳恩問。

羅利咧嘴笑了笑。

「現在，戈登夫人去倫敦花了好幾千英鎊買了一件漂亮的貂皮大衣。」

「這……太可惡了！」

「噢，糟了，」他頓了頓，這才說道：「我很想替你買一件貂皮大衣，琳恩……」

「她是什麼樣的人，羅利？」

她想知道這個和她同世代的人對戈登夫人的評價。

「今天晚上你就會看到她。萊諾叔叔和凱西嬸嬸家今晚有宴會。」

「對，我知道，可是我要你告訴我。我媽說她腦子缺根筋？」

羅利想了想。

「呃……我應該說，理性不是她的專長。但我認為她之所以看似缺乏頭腦，是因為她極為謹慎。」

「謹慎？對什麼謹慎？」

「噢，就是舉止小心翼翼。我想，主要是她對自己的發音非常小心……你知道，她一口濃重的土音；要不然就是仔細看叉子用得對不對，對很普遍的文學典故也一副洗耳恭聽的模樣。」

「這麼說，她確實是……呃，沒受過什麼教育？」

羅利又咧嘴笑笑。

「哦，她不是個名門淑女，如果你是這個意思的話。她有一對可愛的眼睛，還有一張漂亮的面孔……我想戈登叔叔就是因為這些才為她傾倒，再加上她那異常天真、涉世未深的氣質。我不認為這種氣質是裝出來的，當然，你永遠不知道那到底是真是假。她就光是站在那裡，看來呆呆笨笨，任憑大衛擺布。」

「大衛？」

「她哥哥。我敢說，沒有什麼旁門左道是他不清楚的！」羅利接著又說：「而我們這些人，他一個也不喜歡。」

「他為什麼要喜歡？」琳恩立刻接口，而看到他帶著些許訝異望著她時，她又說：「我的意思是，你也不喜歡他。」

「我當然不喜歡他。你也不會喜歡。他和我們不同類。」

「羅利，你根本不知道我喜歡什麼樣的人，或是不喜歡什麼樣的人！過去三年來，我見了不少世面，我想，這大大開闊了我的眼界。」

「沒錯，你見過的世面是比我多。」

他說話的語氣很平靜，但琳恩立刻抬起眼來望著他。

那平靜的語調背後隱藏著某種東西。

他大方地回望她，神情漠然。琳恩想到，要知道羅利心頭想什麼從來就不容易。

這是個多麼莫名其妙、上下顛倒的世界，琳恩心想。過去都是男人上戰場，女人留守在家，可是現在，他們的位置剛好相反。

羅利和強尼這兩個年輕人，有一個必須留在農場。他們擲錢幣決定，結果是強尼．瓦維索遠赴戰場。他幾乎是立刻就戰死沙場——在挪威。而整個戰爭期間，羅利從未踏出離家方圓一兩哩的範圍。

而她，琳恩，去過埃及、北非、西西里，她不止一次遭到炮火射擊。

現在，一個是復員回家的琳恩，一個是留守家園的羅利。

她突然很想知道，他是不是在意……

她緊張地擠出一絲微笑。

「這世界好像有些反其道而行，對吧？」

「噢，我不知道。」羅利茫然地望著田野遠處。「這要看你怎麼想。」

「羅利，」她吞吞吐吐地說，「你是不是很在意……我是說，強尼……」

他平視著她，冰冷的眼神讓她嚇了一跳。

「我們不要把強尼扯進來！戰爭結束了……我是運氣好。」

「運氣好，你的意思是……」她頓了頓，猶豫地說，「不必去打仗？」

「運氣好得不得了，你不認為嗎？」對於這些話，她不知道該如何反應。他語調平靜，話中卻帶著尖利的刺。他帶著微笑又說：「不過，當然，你們這些在軍隊服過役的女孩，現在很難甘心待在家裡了。」

她生氣地說：「噢，別說傻話，羅利。」

（可是為什麼她要生氣呢？為什麼……除非他的話是真的，觸動了她某根神經。）

「好吧，」羅利說，「那我們得想想結婚的事了。除非你改變了心意？」

「我當然沒有改變心意。我怎麼會改變呢？」

他語意不明地說：「誰知道呢？」

「你的意思是，你覺得我……」琳恩頓了頓。「變了？」

「不是特別明顯。」

「還是你改變了心意？」

「噢，沒有，我沒變。你知道，在農場裡很難有什麼改變。」

「那好。」琳恩說。不知何故，她不覺得興奮，只感覺平平淡淡。「我們結婚吧。只要你願意，什麼時候都行。」

「六月或是六月前後如何？」

「好。」

他們沉默下來。事情就這樣決定了。無論她如何自持，琳恩還是覺得異常沮喪。因為羅利依然如故，和從前沒什麼兩樣，仍舊深情款款，不露情緒，深不可測。

他們彼此相愛，一向如此。他們從來不曾談過自己的感情，那麼，現在何必要談呢？

他們六月就要結婚了，婚後住在長柳舍（一個漂亮的名字，她一直都這樣認為），再也不會離開。離開，這個詞彙現在對她的意義是：踏板被掀起，輪船引擎飛轉帶來的興奮；當飛機升入空中，直沖雲霄，俯瞰地面時的激動心情；眼看著一條陌生的海岸漸漸現出形狀，鼻子裡聞著熱土、石蠟和大蒜的味道，耳朵裡充斥著喋喋不休、七嘴八舌的外語。叫不出名字的鮮花，紅色的猩猩木驕傲地矗立在一個髒亂的花園裡……收拾行李，打開行李，下一站去哪裡？

這一切都過去了。戰爭結束了。琳恩．馬奇蒙已經回家了。水手回到了家，從大海重歸家園……可是，她想，我已經不是離家時的那個琳恩了。

她抬起頭來，看到羅利正注視著她。

04

凱西嬸嬸家的宴會一向大同小異，總有一種讓人喘不過氣、欠缺經驗的外行感覺，這其實也是那位女主人的特徵。柯洛德醫生則是帶著盡力壓住厭煩但終究難掩的神態。他對每一位客人都善盡禮節，不過客人都察覺得到，這種禮貌是努力做出來的。

在外表上，萊諾．柯洛德和他的兄弟傑米沒有多大差別。他也瘦削，也是一頭灰髮，但是沒有律師那種冷靜自若的氣勢。他待人接物直率而缺乏耐心，而這種緊張敏感的個性得罪了很多病人，他們因此感受不到他精湛的醫術和善良的用心。他真正的興趣在於研究，研究草藥施用的歷史。他精確而理性，對於妻子的奇思怪想總覺得難以接受。

琳恩和羅利總是直稱傑米．柯洛德夫人為「法蘭西絲」，但對萊諾．柯洛德夫人，卻一向叫她「凱西嬸嬸」、「凱西舅媽」。他們很喜歡她，可是覺得她有點可笑。

這次的「宴會」表面上是為了慶祝琳恩歸來，其實只是一次家庭聚會。

凱西嬸嬸熱情地跟她的外甥女打招呼。

「親愛的，你看起來真漂亮，皮膚這麼紅。我想是在埃及曬的吧。我寄給你那本金字塔預言書你看了嗎？有趣極了。世上所有的事它都解釋清楚了，你說是不是？」

這時戈登．柯洛德夫人和她的哥哥大衛走進門來，正好為琳恩解了圍，讓她免於回答這些問題。

「羅莎琳，這是我的外甥女，琳恩．馬奇蒙。」

琳恩看著戈登．柯洛德的遺孀，禮貌地掩飾著自己的好奇心。

沒錯，她真的很漂亮，這個為了錢而和戈登舅舅結婚的女人。羅利說得對，她的確有種天真無邪的神態，黑色的頭髮燙成了蓬鬆的波浪，那對愛爾蘭人的深藍色眼眸，大到可以放個手指進去，還有那張半啟的嘴。

她身上其他部分都非常昂貴。衣服、珠寶、修了指甲的手、披肩的皮草。身材很好，不過她實在不懂如何穿戴昂貴的衣服。她不像琳恩．馬奇蒙那麼會搭配衣服……如果琳恩有半點機會的話！（但你永遠不會有機會，她腦子裡的一個聲音說道。）

「你好。」羅莎琳．柯洛德說。

她猶豫地轉向身後那個男人。她說：「這……這是我哥哥。」

「你好。」大衛．亨特說。

他是個很瘦的年輕人，深色的頭髮，深色的眼睛。他臉上的表情可說是不開心加上挑釁，甚至有點傲慢。

琳恩立刻明白，為什麼家人個個都那麼討厭他。她在國外見過這樣的人。他們做事不計後果，有點危險。這種人是靠不住的，他們按照自訂的法則行事，蔑視整個宇宙。如果激勵得當，他們是千金難買、舉足輕重的一群勇士，但也是在火線上讓指揮官抓狂的那群人！

琳恩以閒話家常的口吻對羅莎琳說：「你喜歡住在犁溝居嗎？」

「我覺得那棟房子好棒。」羅莎琳說。

大衛．亨特發出一陣輕蔑的低笑聲。

「可憐的老戈登很善待自己，」他說，「不惜財力。」

這話一點也不誇張。當年戈登決定在沃斯利河谷村定居，或者更確切地說，當他決定在那裡度過他繁忙生活中的一小段歲月時，他就決定大興土木。他是自我色彩極濃的人，不會喜歡裝滿他人歷史的房子。

他雇了一個年輕的現代建築師，讓他自由設計。沃斯利河谷村有一半的人認為犁溝居那棟房子可怕極了；他們討厭它方方正正的白色外觀，討厭它嵌入牆內的裝潢、落地拉門和玻璃桌椅。唯一令他們讚慕不已的，是這棟房子的浴室。

羅莎琳說「那棟房子好棒」的時候，語氣透著敬畏；而大衛的嗤笑讓她臉紅了。

「你是卸甲還鄉的皇家海軍婦女隊隊員，對吧？」大衛對琳恩說。

「對。」

他的眼神帶著讚賞從她身上掃過。不知為什麼，琳恩臉紅了。

凱西舅媽突然又出現了。她似乎會變一種憑空現身的魔術。也許她是從她參加的諸多降神會上學到這一招。

「晚餐，」她說，有點上氣不接下氣，彷彿在做註解。「這稱呼比『晚宴』要好，大家期望比較不會那麼高。現在物資缺乏，不是嗎？瑪麗．路易斯告訴我，她每隔一週都會塞給漁夫十先令。我認為這麼做不道德。」

萊諾．柯洛德醫生一面和法蘭西絲說話，一面放出緊張而令人不快的笑聲。

「噢，得了吧，法蘭西絲，」他說，「你應該不會期望我相信你真的認為……我們進去吧。」

他們魚貫走進那間簡單而且醜陋的餐室，傑米和法蘭西絲，萊諾和凱西，愛蒂拉、琳恩和羅利。這是柯洛德氏家族的家庭聚會，加上兩個外人，因為羅莎琳．柯洛德雖然冠上了夫姓，卻不像法蘭西絲和凱西那般被認為是他們家的一份子。

她仍是個陌生人，緊張兮兮，渾身不自在；而大衛……他是個不法之徒。他不守法是出於需要，但也是出於自願。琳恩一面就座，腦海裡一面想著。

在充滿各種情緒的氛圍裡，傳來陣陣波動，有如一股強烈的電流，那是什麼呢？憎恨？真的是憎恨嗎？

無論那是什麼，它都具有毀滅性。

琳恩突然想到，那就是一切問題的癥結所在。她一回到家就注意到了。那是戰爭留下的後遺症。大家都心存敵意，情緒低劣。火車上、公車上、商店裡、工人和職員當中，甚至在農民之間，到處都是這樣；在礦場和工廠裡情況更糟。心存敵意。可是在這裡尤其明顯。這裡跟別處不同，這種情緒是當真的！

她一面感到震驚，一面思索：我們真的這麼恨他們嗎？這麼痛恨這兩個搶走了我們認為是自己財產的陌生人？

話說回來……不對，且慢下定論。我們也許會，但還沒有。不，是他們在恨我們。

這個發現令她震驚異常，以至於她只顧著坐在那裡默默思考，全然忘了和坐在身旁的大衛・亨特說話。

他說：「想出什麼了沒有？」

他的聲音聽起來很愉快，還帶點調侃，可是她覺得有些內疚。他大概以為她是故意表現得那樣無禮。

「對不起。我在想這個世界的現況。」

大衛一派冷靜地說：「跟過去多麼不同！」

「沒錯，大為不同。現在我們都很積極勤懇，可是好像也沒多大用處。」

「想想它帶給我們的壞處，可能還務實一些。過去這幾年，我們設計出了一兩件相當實用的東西，包括那個重要作品，原子彈。」

「我想的就是這個問題……噢，我指的不是原子彈，我是指大家心存敵意；明確而實際的敵意。」

大衛語氣依然冷靜。

「敵意確實有，不過我覺得你用『實際』這個形容詞並不恰當。在中古世紀，人們的敵意更實際。」

「你的意思是？」

「大體說來，就是妖術。邪惡的願望，在木偶身上塗蠟，在月亮或盈或虧的時候下咒語，可以殺死鄰居的牛隻，也能害死鄰居。」

「你不會真的相信有妖術這回事吧？」琳恩問，一副難以置信的語氣。

「或許沒有，但不管怎麼說，人類曾經努力嘗試過。而現在……」他聳聳肩。「儘管有這麼多的敵意，你和你家人拿我及羅莎琳也無可奈何，不是嗎？」

琳恩突然仰頭大笑。一時之間，她覺得好開心。

「我們是有點生不逢時。」她禮貌地說。

大衛．亨特笑了，聽起來他似乎也很開心。

「這麼說，我們可以拿著戰利品全身而退了？是啊，我們現在立場穩得很。」

「而且你從中得到了很大的樂趣？」

「你是說因為坐擁大筆金錢嗎？我得說，確實如此。」

「我不單是指金錢。我是指從我們家人身上。」

「你是說因為剝削了你們而開心？噢，也許吧。你們一定都被那個老頭的錢寵得養尊處優、安逸自滿。事實上，你們已經把它看成你們的囊中物了。」

琳恩說：「你可不要忘記，這是他要求我們這麼想的。是他要我們不必節儉，不用為將來擔心，放手去實現各種計畫。」

（她想到羅利，羅利和他的農場。）

「只是有件事你們沒學會。」大衛說，狀甚愉快。

「什麼事？」

「沒有一樣東西是安全的。」

「琳恩，」凱西舅媽前傾著身子，從桌子一端大聲叫道，「萊斯特夫人的控制者之一是第四王朝的主教。他告訴我們好多奇妙的事情。琳恩，我們倆可得好好談談。我感覺埃及已經在你的身體發揮影響力。」

柯洛德醫生厲聲說道：「琳恩有更重要的事情要做，用不著拿那些迷信的無聊玩意來消遣。」

「你的偏見太深了，萊諾。」他的妻子說。

琳恩對舅媽笑笑，不再開口。大衛的話在她的腦海縈繞，一遍又一遍。

「沒有一樣東西是安全的。」

有人就生活在這樣的世界裡。對他們來說，一切都是危險的。大衛・亨特就是這樣的人。這樣的世界和琳恩生長的世界截然不同，而儘管如此，它卻對她很有吸引力。

過了一會兒，大衛又以同樣低沉而充滿調侃的聲音說：「我們還可以談話嗎？」

「噢，可以。」

「很好。那麼，你是否仍然捨不得羅莎琳和我透過不正常手段得到的那份財產？」

「是的。」琳恩興致勃勃地回答。

「好極了。那你打算怎麼辦呢？」

「去買點蠟，施用妖術！」

他笑了。

「噢，不會，你不會那麼做。你不是那種靠落伍的手段做事的人。你會用現代的方法，而且可能效果卓著。可是你贏不了。」

「你為何認為我們之間會有一場戰爭呢？我們不都已經接受這不可抗拒的事實了。」

「你們每個人都表現得很好。真有意思。」

「怎麼，」琳恩壓低聲音。「你恨我們嗎？」

那雙暗色的、深不可測的眼眸裡閃爍著什麼。

「我很難讓你了解。」

「我想不會。」琳恩說。

大衛沉默片刻，接著以閒話家常的輕鬆語氣問道：「你為什麼要嫁給羅利．柯洛德？他是個呆子。」

她立刻回答：「你什麼都不知道，對他也一無所知。你不可能理解的！」

大衛完全沒有停止談話的意思，還是繼續往下問：「你覺得羅莎琳怎麼樣？」

「她很漂亮。」

「還有呢？」

「她好像並不開心。」

「完全正確，」大衛說，「羅莎琳很笨、很害怕。她一直很膽小，常常糊里糊塗被捲入什麼風波，卻渾然不知怎麼回事。要不要我告訴你羅莎琳的故事？」

「如果你願意。」琳恩禮貌地說。

「我非常願意。她一直想當個戲劇演員，後來不知如何也登上了舞台。當然，她一點也不行。她進了一家三流公司，要到南非去巡迴演出。她喜歡南非，只因為這個名字聽起來不錯。公司在開普敦陷入了困境，而她也糊里糊塗地和一個奈及利亞政府官員結了婚。她不喜歡奈及利亞，而且我覺得她也不怎麼喜歡她丈夫。如果他是個粗暴的人，又喝酒又對她拳打腳踢，那也罷了，偏偏他是個知書達禮的人，不但在那片蠻荒之地上有一間大書房，還喜歡談論形而上的哲學。所以她又飄然回到開普敦。那傢伙表現得很有風度，還給她一筆可觀的錢。他本來會和她離婚的，但因為他是天主教徒，所以沒離。無論如何，他後來死於熱病，羅莎琳也因此得到了一小筆撫恤金。等到戰爭爆發，她又漂流到一艘前往南美的小船上。她不太喜歡南美，所以她又飄到另一艘船上，在那裡遇見了戈登．柯洛德，將她悲慘的人生一五一十告訴了他。然後他們在紐約結了婚，幸福地生活了兩個星期，過後不久，他就被炸彈炸死了，留給她一棟豪宅、一大堆貴重的珠寶和一筆巨額收入。」

「真不錯，這個故事有一個快樂的結局。」琳恩說。

「確實，」大衛．亨特說，「羅莎琳雖然一點腦筋也不用，不過總是很幸運，這也不錯。戈登．柯洛德死時六十二歲，人雖老，但身強力壯，再活個二十年並不是難事，甚至可以活得更久。這對羅莎琳來說不太好玩，你說是不是？她嫁給他的時候二十四歲，現在才二十六。」

「她看起來還要年輕些。」琳恩說。

大衛朝對桌望去。羅莎琳．柯洛德正把自己的麵包捏得碎碎的，看來像個緊張的小孩。

「確實，」他若有所思地說，「的確如此。我猜，她完全沒有思想。」

「可憐的女孩。」琳恩突然說。

大衛皺起眉頭。

「為什麼要可憐她？」他尖刻地說，「我會照顧羅莎琳。」

「我想也是。」

他的臉色一沉。

「誰要想欺負羅莎琳，必須先過我這一關！我可是身經百戰，什麼場面都見過！」

「接下來我是不是要聽你的生活經歷了？」琳恩冷冷問道。

「我就長話短說吧。」他露出微笑。「戰爭爆發時，我覺得我沒有理由要為英格蘭而戰。我是愛爾蘭人。但我和所有愛爾蘭人一樣喜歡戰鬥。參加突擊隊對我具有難以抗拒的吸引力。我從中獲得不少樂趣，可惜因為一次嚴重的腿傷而被迫退出。後來我去了加拿大，在那裡從事一項訓練的工作。當羅莎琳從紐約發來電報說她要結婚時，我正閒著。她沒說會有便宜可撿，但我很善於從字裡行間看出端倪來。我飛到紐約，緊緊跟定這幸福的一對，隨著他們一起回到倫敦。而現在……」他對她現出傲慢的笑容。「『水手回家了，從大海中歸來』，這是指你！『獵人也從山上回到了家』。怎麼了？」

「沒什麼。」琳恩說。

她跟著其他人一塊站起身。

大家回到客廳，羅利對她說：「你似乎和大衛．亨特相談甚歡。你們談了什麼？」

「沒什麼特別的。」琳恩說。

05

「大衛，我們什麼時候回倫敦？我們什麼時候去美國？」

大衛．亨特隔著餐桌，驚訝地瞥了羅莎琳一眼。

「不急，對吧？這地方有什麼不好？」

他帶著讚賞的目光，朝兩人正在進早餐的房間掃視了一遍。犁溝居傍山而建，從窗戶向外望，看得到那片昏昏欲睡的英格蘭鄉村的全景。斜坡的草地上，種著成千上萬株水仙花。現在花期將盡，依然是一片金色花海。

羅莎琳一面將盤子裡的麵包捏碎，一面囁嚅說道：「你說過我們要去美國的，很快就去，只要事情辦好就去。」

「沒錯，可是這件事沒那麼好辦。事有先後緩急，不論是你或我，都找不到公務方面的理由。戰爭之後，事情總是很難辦。」

他邊說邊對自己感到氣惱。他提出的理由儘管是實情，可是聽來像是找藉口。他想，不知道坐在對面的那個女孩是不是也有這種感覺。而且，為什麼她突然這麼渴望去美國？

羅莎琳又囁嚅說道：「你說我們在這裡只要待一小段時間就好，你沒說過我們要住在這裡。」

「沃斯利河谷村有什麼不好？犁溝居也不錯不是嗎？你是怎麼了？」

「沒什麼。是他們……他們所有的人！」

「柯洛德家的人？」

「對。」

「我就可以樂在其中，」大衛說，「我喜歡看他們那些自以為是的面孔，被嫉妒和惡意蠶食的模樣。不要剝奪我的樂趣，羅莎琳。」

她透著苦惱低聲說道：「希望你不要這麼想，我不喜歡。」

「高興點，寶貝，我們過去一直被人呼來喚去，你和我都是。柯洛德家的人日子過得軟趴趴，他們軟弱得很。他們依靠戈登過日子，就像一隻大跳蚤身上的一群小跳蚤。我恨他們那種人，向來就恨。」

她以震驚的口吻說道：「我不喜歡恨人，好邪惡。」

「你不覺得他們恨你嗎？他們對你好嗎？友善嗎？」

她的語氣透著不確定。

「他們並沒有對我不好，他們並沒有傷害我。」

「可是他們很想傷害你，小寶貝，他們會的。」他旁若無人地笑起來。「要不是他們對自己的身家性命很在意，哪天早上，你就會發現你的背上插著一把刀。」

她渾身顫抖。

「不要說那些可怕的事情。」

「好吧，也許不是一把刀，也許是在你的湯裡放番木鱉鹼。」

她瞪著他，嘴唇發抖。

「你在開玩笑……」

他又嚴肅起來。

「別擔心，羅莎琳，我會照顧你。他們得先通過我這一關。」

她語不成句地說：「如果你說的是真的，如果他們真的恨我們，如果他們真的怨我們……怨我，那我們為什麼不去倫敦？在那裡我們會很安全，在那裡可以遠遠躲開這些人。」

「鄉下對你的身體有好處，我的寶貝。你也知道，住在倫敦你會生病。」

「那是因為當時那裡有爆炸……爆炸。」她發著抖，閉上眼睛。「我永遠也忘不了，永遠……」

「不，你會忘記的。」他溫柔地摟著她的肩，輕輕搖晃。「你要從那些回憶裡跳脫出來，羅莎琳。你那時候嚇壞了，可是現在，事情已經過去了。不會再有爆炸了。不要再想那件事，要忘掉。醫生說長期呼吸新鮮空氣、生活在鄉間，對你的身體有好處。這就是我帶你離開倫敦的原因。」

「真是這個原因嗎？是這樣的嗎，大衛？我還以為，也許……」

「你還以為是什麼？」

羅莎琳緩緩說道：「我還以為你是因為她才想留在這裡……」

「她？」

「你知道我說的是誰。就是那天晚上那個女孩，皇家海軍婦女隊的那個女孩。」

他的臉色突然一暗，變得陰沉。

「琳恩？琳恩・馬奇蒙？」

「你有把她放在心上，大衛。」

「琳恩・馬奇蒙？她是羅利的女朋友。那個老實本分、從沒出過家門的羅利。一頭空有其表、沒有腦袋的大笨牛。」

「那天晚上你和她說話的時候，我一直在看。」

「噢，看在老天的份上，羅莎琳。」

「後來你又和她見過面，是不是？」

「那天早上我出去騎馬，在農場附近遇到她。」

「以後你還會遇到她。」

「我當然還會遇到她！這地方很小，你沒走兩步路就會遇到一個姓柯洛德的人。可是如果你認為我愛上了琳恩．馬奇蒙，那你就錯了。她是個妄自尊大、不討人喜歡的女孩，一點氣質都沒有。但願羅利那小子喜歡她。不，羅莎琳，寶貝，她不是我喜歡的那種女人。」

「你確定嗎，大衛？」她懷疑地說。

「我當然確定。」

她怯怯說道：「我知道你不喜歡我擺撲克牌算命……但那些預言實現了，真的實現了。有一個女孩會帶來麻煩和悲哀……一個來自海外的女孩。還有一個神祕的陌生人，也要走進我們的生活，帶來危險。還有那張死亡牌，還有……」

「去你和你那些神祕的陌生人！」大衛大笑。「你就是那麼迷信。別和神祕的陌生人打交道，這是我給你的忠告。」

他邊笑邊走出屋外。當他一離開那棟房子，他的面容便罩上烏雲，眉頭深鎖。他喃喃自言自語道：「琳恩，你真是個掃把星。你偏從國外回來，打亂了整個計畫。」

他意識到，此時此刻他正刻意走向那條路，在那條路上，他可能會遇到他剛才惡意中傷的那位女孩。

羅莎琳眼看著他穿過花園，步出小門，走上那條穿越田野的小徑。她上樓回到自己的臥室，打開衣櫥翻看。她一向喜歡觸摸那件新貂皮大衣的感覺。想不到自己竟然擁有一件這樣的大衣……每次想到那件貂皮大衣，她總會驚喜莫名，難以自抑。不久，女傭上來告訴她，馬奇蒙夫人來訪。

愛蒂拉坐在客廳裡，雙唇緊抿，心跳比平常快了一倍。她花了好幾天武裝自己，以便向羅莎琳求助，但其實她是在拖延時間。而琳恩的態度無緣無故有了改變，也令她深為不解。琳恩現在堅決反對母親向戈登的遺孀借貸以解脫困境。

然而，這天早上銀行經理的另一封來信，迫使馬奇蒙夫人不得不積極採取行動。她不能再拖了。琳恩一早就出門去，而且馬奇蒙夫人看見大衛．亨特沿著那條步行小徑走遠了，這麼一來，海岸這條路就暢通無阻了。她希望她來時只有羅莎琳一個人在家，沒有大衛陪伴一旁。她的判斷沒錯，羅莎琳一個人在家，事情會好辦得多。

儘管如此，當她在陽光燦爛的客廳裡等待之際，還是感到無比緊張。不過，當羅莎琳臉上帶著比平時更為明顯的「蠢相」走進客廳時，她感覺輕鬆了些。

「真不知道，」愛蒂拉心想，「是那次爆炸使她變成那樣，還是她本來就是如此？」

羅莎琳結結巴巴說道：「噢，早……早……早安。有什麼事嗎？請坐。」

「今天早上天氣真好，」馬奇蒙夫人笑容滿面。「我那批先種的鬱金香都開花了。你的呢？」

那女孩茫然地看著她。

「我不知道。」

愛蒂拉想，你該拿一個不談園藝和狗的人怎麼辦？這可是鄉下人之間最普遍的話題。

她口氣掩飾不住酸意地大聲說：「當然，你有這麼多園丁，他們自然會照顧一切。」

「我們的人手還不夠。老穆拉德說他還要兩個人，可是現在人力好像非常短缺。」

這些話從她嘴裡說出，有種巧嘴鸚鵡般的味道，很像一個小孩學說話，把剛從大人那裡聽到的話又說了一次。

確實，她真像個小孩。愛蒂拉心想，這是不是就是她的魅力所在？是不是就是這一點吸引了那個頭腦冷靜、精明能幹的商人戈登．柯洛德，讓他瞎了眼而看不到她的蠢笨和缺乏教養？再怎麼說，吸引他的不可能僅是外貌。多少漂亮的女人千方百計引誘過他，但沒一個成功過。

孩子氣，對一個六十二歲的人來說或許真是個吸引力。而這種孩子氣是真的，抑或只是一種姿態，一種因為獲得回收從而變成了第二本性的姿態？

「大衛出去了，我恐怕……」

羅莎琳的話讓馬奇蒙夫人回過神來。大衛可能隨時回來。現在時機正好，她不能放過。那些話彷彿卡在她的喉嚨裡，不過她還是說了出來。

「我在想……不知道你願不願意幫我？」

「幫你？」羅莎琳一副驚訝而不解的模樣。

「我……現在日子很難過，你知道，戈登的死為我們家人帶來重大變化。」

你這個笨蛋白癡，她心裡想著，你非得那樣目瞪口呆地望著我嗎？你應該知道我的意思！你一定知道我的意思。畢竟你也窮過……

此時此刻，她好恨羅莎琳。她恨她，是因為她，愛蒂拉．馬奇蒙，現在正在那裡向人訴苦要錢。她想，我做不到，我無論如何也做不到。

那一瞬間，長久以來占據她腦海的思考、焦慮和模糊不成形的計畫再度閃現。

賣房子……可是搬到哪裡去呢？市場上根本沒有小房子；當然，更沒有便宜的房子。招些房客來住……但你沒有幫手，而且不可能應付得了隨之而來的烹飪和家務事。如果琳恩可以幫忙……然而她就要和羅利結婚了。跑去跟羅利和琳恩同住？不，她絕不會這麼做！找一份工作……什麼工作？誰會要一個既無訓練、體衰氣弱、又上了年紀的女人？

她聽到自己的聲音裡透著一股挑釁，因為她蔑視自己。

「我是指錢。」她說。

「錢？」羅莎琳說。

她的聲音聽起來訝異得近乎天真，彷彿她絲毫不曾想到愛蒂拉會提到錢。

愛蒂拉鍥而不捨地說下去，把心裡的話一股腦兒傾倒出來。

「我的銀行存款透支了，欠下好多債務……是修理房屋的緣故，修理費還沒付呢。你知道，一切都減半了……我是說我的收入。我想這是因為稅負增加的緣故。你知道，過去是戈登幫助我們。我的意思是，幫我們維持房子。所有的維修費用都是他付帳，修補屋頂、粉刷之類的。他還給我們零用錢，每一季都把這筆錢存進我們的帳戶裡。他總是要我們別擔心，當然，我確實從未擔心過。我的意思是，他活著的時候一切很好，可是現在……」
她停下來，感到羞愧，同時也如釋重負。畢竟，最難說出口的部分已經說完了。如果這女人拒絕，那就拒絕吧，最壞也不過如此。
羅莎琳顯得坐立不安。
「噢，天啊！」她說，「我不知道，我從沒想到。我……呃，當然，我要問問大衛……」
愛蒂拉緊抓著椅子的扶手，絕望地說：「你能不能給我一張支票？現在就給我……」
「可以……我想可以。」羅莎琳帶著驚愕的表情，起身走到桌前。她在各式各樣的分類架上翻找，終於找出一本支票簿。「我該……多少錢？」
「就……就五百英鎊吧。」愛蒂拉沒能把話說完。
「五百英鎊。」羅莎琳順從地寫著。
愛蒂拉心中落下一塊大石。沒想到這麼容易！她感到沮喪，因為她發現自己此刻的感受不是感激，而是對輕鬆得來的勝利不屑一顧！羅莎琳的確單純得令人吃驚。
羅莎琳從寫字檯前站起身，向她走過來，手裡笨拙地拿著那張支票，好像不好意思的人是她。
「希望一切都會好起來。我真的很抱歉……」
愛蒂拉接過支票。那隻孩子氣的小手在粉紅色的紙上歪歪扭扭地寫著：「馬奇蒙夫人。五百英鎊。羅莎琳・柯洛德。」

「你真好，羅莎琳，謝謝你。」

「噢，請別……我是說，我應該想到的……」

「親愛的，你真是太好了。」

有張支票在手提包裡，愛蒂拉．馬奇蒙感覺像是換了個人。這女孩真是太好說話了。不過別再逗留了，以免大家尷尬。她向羅莎琳道別後，走到屋外。她在車道上遇到大衛，開心地說了聲「早安」，便匆忙離去。

06

「那個姓馬奇蒙的女人來這裡做什麼？」大衛一進屋子劈頭就問。

「噢，大衛，她急需一筆錢。我從來沒想到……」

「所以，我想你就給她了。」他看著她，目光帶著嘲弄，也帶著絕望。「你一個人太不安全了，羅莎琳。」

「噢，大衛，我拒絕不了，畢竟……」

「畢竟什麼？多少錢？」

羅莎琳小聲說道：「五百英鎊。」

大衛笑了，她這才鬆了一口氣。

「小意思！」

「噢，大衛，那是一大筆錢。」

「對今天的我們來說不算多，羅莎琳。你好像一直沒領會到，你已經是個非常有錢的女人。話說回來，如果她開口要五百英鎊，而你只給她兩百五十英鎊，她一樣會非常滿意。你必須懂得借錢的詞彙！」

她低聲說：「對不起，大衛。」

「我親愛的寶貝！反正這是你的錢。」

「不是，其實不算是。」

「別又提起過去了。戈登・柯洛德還沒來得及立下遺囑就死了。這就是所謂玩遊戲的運氣。我們贏了，你和我；而其他人則是輸家。」

「這好像不……不太對。」

「別這樣，我可愛的羅莎琳小妹，你難道不喜歡這一切嗎？一棟大房子、一大堆僕人，還有珠寶？難道這不是美夢成真嗎，不是嗎？願一切榮耀都歸於上帝；我有時會想，會不會一覺醒來發現這竟然是一場夢。」

她跟著他笑了。他細細端詳她，覺得很滿意。他知道如何應付他的羅莎琳。他想，她有良知實在是個絆腳石，但也無法改變了。

「你說得很對，大衛，這就像一場夢或電影裡的情節。我喜歡這一切，我真的喜歡。」

「可是，我們要把握住我們所擁有的，」他警告她。「不要再拱手奉送柯洛德家人什麼東西了，羅莎琳。他們任何一個人的錢比你和我以前加起來的都要多。」

「沒錯，我想這是事實。」

「琳恩今天早上去哪裡了？」他問。

「我想她去長柳舍了。」

去長柳舍……去看羅利那個呆子，那個鄉巴佬！他的好脾氣突然消失無蹤。她準備嫁給那傢伙，是不是？

他帶著鬱悶的心情信步走到屋外，穿過大片的杜鵑花叢，又跨過山頂前的小門，朝著山頂走去。那條步道從山頂蜿蜒而下，會經過羅利的農場。

正當大衛佇立在山頂時，他看到琳恩．馬奇蒙從農場走過來。他躊躇片刻，接著擺出一副桀驁不馴的模樣，走下山去會她。他們在半山腰一堵墻的階梯旁迎面相遇。

「早安，」大衛說，「大喜之日是什麼時候？」

「你已經問過我了，」她回敬道，「你清楚得很，六月。」

「我看你們已經在一起了吧？」

「我不懂你的意思，大衛。」

「噢，你懂，你一定懂。」他放出一陣輕蔑的笑聲。「羅利。羅利是怎樣的一個人？」

「一個比你強的男人。不信的話，你去動他看看。」她的語氣甚是輕鬆。

「我不懷疑他比我強，可是我敢動他。為了你，我什麼事都敢做，琳恩。」

她沉默了一陣，終於開口說道：「你不懂，我愛羅利。」

「我很懷疑。」

她突然情緒激動。

「我愛他，我告訴你，我愛他！」

大衛看著她，像在搜尋什麼。

「我們看到的常常只是自己的幻象……我們嚮往的自己。你想像自己愛著羅利，想像和羅利成家，心滿意足地守著羅利住在這裡，不再離開。但那不是真正的你，對吧，琳恩？」

「噢，那麼真正的我是什麼樣子？既然你提到這個，真正的你又是什麼樣子？你想要什麼呢？」

「在以前，我會說我要的是安定，暴風雨後的寧靜，驚濤駭浪後的安適。可是現在，我不知道。琳恩，有時候我會想，我和你要的都是……麻煩。」他又抑鬱地加上一句：「真希望你從來不曾出現。在你出現之前，我一直非常快樂。」

「難道你現在不快樂？」

他望著她。她感到心底泛起一股激動，呼吸變得急促。她從來未曾這樣深切感受到大衛那喜怒無常的性格魅力。他伸出一隻手，抓住她的肩，把她扳向他……

突然間，她感到他的手鬆開了。他越過她的身後朝山上望去。她扭過頭，看是什麼吸引了他的注意力。

一個女人剛走進犁溝居上方的小門。大衛厲聲問她：「那人是誰？」

琳恩說：「好像是法蘭西絲。」

「法蘭西絲？」他皺著眉頭。「法蘭西絲來做什麼？我親愛的琳恩！只有那些有所企求的人，才會上門來看羅莎琳。你母親今天早上已經來過了。」

「我母親？」琳恩後退一步，蹙起眉頭。「她去做什麼？」

「你難道不知道？來要錢！」

「要錢？」琳恩全身僵硬。

「她拿到手了。」大衛說，冷冷笑著，那笑容近乎殘酷，正適合他那張臉。

一兩分鐘之前，他們還很親近，但現在由於突如其來的敵意，他們相隔有如千里之遙。

琳恩大喊：「噢，不，不，不！」

他故意模仿她。

「噢，是，是，是！」

「我不相信！多少錢？」

「五百英鎊。」

她立刻倒吸一口氣。

大衛若有所思地說：「不知道法蘭西絲打算要多少錢？真是的，只要讓羅莎琳一個人待在家裡，哪怕只有五分鐘也不安全！那可憐的女孩不知道如何說不。」

「還有……別人嗎？」

大衛露出嘲弄的微笑。

「凱西舅媽欠了一些債……噢，不多，區區兩百五十英鎊就足以打發。不過她擔心這件事會傳到柯洛德醫生耳裡，因為這些債務是欠那些靈媒的，他可能會不以為然。當然，她並不知道，」大衛接著說，「醫生自己早已來借過錢了。」

琳恩低聲說道：「你一定以為我們都是這個樣子……你一定以為我們都是這樣！」

說完她便轉過身去，急急跑下山坡，直奔農場。這個舉動把他嚇了一跳。

他一邊看著她離去，一邊皺著眉想，她跑向羅利的姿態，就像家鴿一樣歸心似箭。這令他很不舒服，但心裡不願承認。

他再度向山上望去，又皺起眉頭。

「不，法蘭西絲，」他低聲說道，「你拿不到錢的，你選錯了日子。」他邁著大步，堅定地向山上走去。

他跨過小門，穿過杜鵑花叢，走過草坪，輕輕地經由客廳的落地窗走進屋內。這時候，法蘭西絲．柯洛德正說道：「但願我能把這一切說清楚。可是，你知道，羅莎琳，這真的很難解釋……」

一個聲音從她背後傳來。

「是嗎？」

法蘭西絲．柯洛德驀然轉過身去。和愛蒂拉．馬奇蒙不同的是，她並沒有特意挑選羅莎琳一個人在家的時候上門。這筆錢數目很大，不徵求哥哥的意見，羅莎琳不可能拿得出來。事實上，法蘭西絲想和大衛及羅莎琳一起討論這件事。她不願意讓大衛覺得她想趁他不在時從羅莎琳那裡拿錢。

她沒聽到他從落地窗走進來的聲音。當時她正專心地想，如何才能把事情陳述得合情合理。這一打岔把她嚇了一大跳，而她同時也察覺到，大衛．亨特不知何故，心情特別不好。

「噢，大衛，」她泰然自若說道，「很高興你回來了。我正在跟羅莎琳說，戈登的死好像把傑米推進了無底深淵，不知道她能不能伸出援手。事情是這樣的……」

她的話像洪水一般流瀉而出。事情牽涉到一大筆錢……戈登的支持……口頭答應過……政府的法令限制……抵押……

大衛打從心底生出一股敬佩。這女人說謊的本事真是一流！一切聽來莫不合情入理。然而那不是真的。不，他敢打賭，那絕對不是真的！而真相究竟是什麼？傑米已麻煩纏身了嗎？他會讓法蘭西絲來這裡要這種手段，表示他一定是走投無路了。因為，她也是個高傲的女人……

他說：「一萬英鎊？」

羅莎琳用一種怯怯的口氣說道：「那是一大筆錢。」

法蘭西絲立刻接口。

「哦，我知道。要不是這數目很難籌足，我也不會來找你們。可是，如果當初沒有戈登表示支持，傑米絕不會插手這筆交易。真是不幸得很，戈登死得這樣突然……」

「而且把你們全扔在這個冰冷的世界？」大衛的聲音聽起來很不高興。「在過慣了棲身於他羽翼之下的安定生活之後？」

法蘭西絲眼裡閃出一絲微光，口中說道：「你把事情形容得好生動！」

「羅莎琳不能動用那筆錢，你知道的。她只能支配她的利息收入。而且她還要繳一大堆雜七雜八的稅。」

「噢，我知道。現在的苛捐雜稅很可怕，但她還應付得過去，對吧？我們會償還……」

他打斷她。

「是可能應付得過去。可是我們不願意應付！」

法蘭西絲立刻轉向羅莎琳。

「羅莎琳，你是這麼的慷慨……」

大衛的聲音打斷了她。

「你們柯洛德家的人以為羅莎琳是什麼？一頭乳牛？你們每個人都來找她，暗示、請求、乞賴。然後一轉身呢？在她背後嘲笑她、看不起她、憎恨她、希望她死掉……」

「這不是真的！」法蘭西絲大叫。

「不是嗎？我告訴你，我對你們這些人煩透了。她也煩透了你們。你們休想從我們手上拿到錢，所以，以後不要再來這裡吐苦水了，你聽懂了嗎？」

他氣得臉色發青。

法蘭西絲站起身，神色木然，一無表情。她心不在焉地戴上軟皮手套，但彷彿又非常刻意，好像這個動作具有重要的意義。

「你的意思我非常明白，大衛。」她說。

羅莎琳囁嚅說道：「很抱歉，我真的很抱歉……」

法蘭西絲沒有理會她，彷彿羅莎琳根本不在這個房間。法蘭西絲朝窗邊走了一步，接著停下腳步，面對大衛。

「你剛才說我恨羅莎琳。你錯了，我不恨羅莎琳，可是我恨……你！」

「你這是什麼意思？」

他對她怒目而視。

「女人必須想辦法生存。羅莎琳嫁給一個比她年長許多的有錢人，這有何不可？可是你，你靠你妹妹過活，靠那塊肥沃的土壤生存，像個寄生蟲，黏在她身上。」

「我是替她抵擋那些貪婪的女妖。」

他們就這麼站著，彼此對視。他意識到她的憤怒，一個念頭劃過他的腦際：法蘭西絲・柯洛德是個危險的敵人，她很可能會為所欲為，不計後果。

當她再度開口說話時，他甚至感到一絲恐懼。她的語意異常模糊。

「我會記住你剛才說的話，大衛。」

她經過他身旁，走出落地窗。

不知道為什麼，他強烈感受到這些話是種威脅。

羅莎琳在哭。

「噢，大衛，大衛，你不該對她說那些話，她是他們當中對我最好的一個。」

他火冒三丈地說道：「閉嘴，你這個小傻瓜。難道你希望他們踐踏你、把你身上每一分錢都榨光嗎？」

「可是，那筆錢……如果，如果它不是合法歸我所有……」大衛瞄她一眼，她嚇得把下半句吞回去。「我……我不是那個意思，大衛。」

「希望不是。」

良知，他想，根本就是惡魔！

他以前不曾考慮過羅莎琳的良知問題。未來，它會讓事情變得更棘手。

未來？他一面蹙眉看她，腦子一面迅速思考著。羅莎琳的未來。他自己的未來。他向來很清楚他要什麼，即使是現在。可是，羅莎琳呢？羅莎琳有什麼未來？

他的臉色罩上陰霾，而她突然大叫，渾身顫抖。

「噢！有人從我的墳墓上走過。」

他奇怪地看著她，口中說道：「這麼說，你知道結局會是那樣？」

「你這話是什麼意思，大衛？」

「我是說那五、六、七個人，個個處心積慮，想在你該死之前把你推進墳墓！」

「你的意思不會是……謀殺吧？」她的聲音透著驚恐。「你認為這些人會謀財害命？不，像柯洛德家這麼好的人不會的。」

「我可不敢保證柯洛德家這麼好的人，不會做出謀財害命的事。不過，有我在這裡保護你，他們謀害不了你。他們得先把我這個路障除掉。可是如果他們真把我除掉了，那你……自己可要小心！」

「大衛，不要說這麼可怕的話。」

「聽著，」他抓住她的臂膀。「萬一我不在你身邊，你要照顧自己，羅莎琳。記住，人生並不安全；人生很危險，非常危險，而且我知道，你的人生尤其危險。」

／07

「羅利，你能給我五百英鎊嗎？」

羅利盯著琳恩看。她站在那裡張著嘴，臉色蒼白，因為奔跑而上氣不接下氣。

他依然坐著，帶著寬慰的語氣，彷彿在對一匹馬說話。

「別急，別急，輕鬆點，寶貝。這究竟是怎麼回事？」

「我要五百英鎊。」

「如果你是為了那件事，我自己會辦。」

「羅利，我不是開玩笑。你能不能借我五百鎊？」

「事實上，我已經透支了。那台新的曳引機……」

「沒錯，沒錯，」她把那些農務瑣事一把撇開。「可是，如果你手裡非有一筆錢不可，你一定會想辦法去籌，對吧？」

「你要這筆錢做什麼，琳恩？你惹了什麼麻煩嗎？」

「我要錢是為了他……」她頭一甩，往背後山丘那棟方正豪宅一點。

「亨特？到底為什麼……」

「是我媽。她向他借錢，她……現在手頭有點緊。」

「確實，我想也是。」羅利的口吻聽起來充滿同情。「真是難為她了，真希望我能幫她一點忙。可惜我幫不了。」

「我不能容忍她向大衛借錢！」

「別這樣，寶貝。事實上，付這筆錢的是羅莎琳。話說回來，這又有何不可？」

「有何不可？你還說『有何不可』，羅利？」

「我不懂羅莎琳為什麼不能偶爾為我們紓困解圍。戈登伯伯沒有預留遺囑就死了，置我們於困境之中。如果羅莎琳識相，她應該知道她有必要拉大家一把。」

「你沒有向她借錢吧？」

「沒有……呃，那是兩回事。我不能大搖大擺地跑去向一個女人借錢。這種事情你不會喜歡。」

「你難道不明白，我不喜歡欠大衛．亨特的人情？」

「可是，你並沒有欠他，那不是他的錢。」

「事實上，那就是他的錢。羅莎琳完全聽他擺布。」

「噢，我想也是。可是法律上，那些錢不是他的。」
「別說了。你不願意借我錢……還是不能？」
「琳恩，你聽我說。如果你真的遇到困難，無論是遭到勒索或是負債，我會不惜賣掉土地或牲畜幫你解圍。可是，這無異於狗急跳牆。事實上，我現在只差沒負債而已。再說，我們不知道這個可惡的政府下一招會是什麼……每個路口都設路障，各種表格壓得人喘不過氣，有時要填到半夜，真叫人受不了。」
琳恩語帶怨恨地說：「噢，我知道了！要是強尼沒有遇難就好了……」
他大喊：「別把強尼扯進來！不要談他！」
她瞪著他，一臉的驚異。他的臉脹得發紅，一副怒火中燒的模樣。
琳恩轉過身子，慢慢走回白屋。

§

「媽，你難道不能把錢還回去嗎？」
「真的不能，琳恩，親愛的！我拿著錢直接去了銀行，然後就把錢還給了亞瑟、保德漢和奈柏維。奈柏維說話愈來愈難聽了。噢，我的天，總算可以喘口氣了！我已經失眠不知道多少天了。羅莎琳確實很體諒人，態度也很好。」

琳恩挖苦地說：「我想，從現在開始，你會常常去看她。」

「我希望我不必去，親愛的。我會努力省吃儉用，這一點你很清楚。可是，當然，如今物價這般高昂，而且情況愈來愈糟。」

「沒錯，而且『我們』也會愈來愈糟，繼續乞討吧。」

愛蒂拉臉紅了。

「你這麼說太不厚道了，琳恩。我跟羅莎琳解釋過，我們過去一向依賴戈登。」

「我們本來就不該依賴他，這就是問題所在，我們不該依賴他。」琳恩接著又說：「他是有理由瞧不起我們。」

「誰瞧不起我們？」

「那個可厭的大衛．亨特。」

「真是的，」馬奇蒙夫人不失尊嚴地說道，「我就不懂這和大衛．亨特如何看待我們有什麼關係。幸好今天早上他不在犁溝居，要不然我敢說，他一定會影響那女孩。她真的是完全任他擺布。」

琳恩換了一個姿勢站著。

「媽，我回家的第一天早上，你對我說過：『如果他真是她哥哥的話』。你這話是什麼意思？」

「噢，那個，」馬奇蒙夫人看來有點尷尬。「呃，外面有些閒言閒語，你知道。」

琳恩帶著詢問的目光等母親說下去。馬奇蒙夫人咳了一聲。

「那種年輕女人……那種女淘金客（當然，可憐的戈登完全上當了），通常私下都有個……呃，自己的男人。假設她對戈登說她有個哥哥，然後發電報到加拿大或他待的地方，這人再出現，戈登怎麼知道他是不是她的親哥哥？可憐的戈登，毫無疑問，完完全全被迷住了，她說什麼就信什麼。於是她哥哥就跟著他們來到英國，而可憐的戈登還一無懷疑。」

琳恩激動地說：「我不信，我不信！」

馬奇蒙夫人挑起眉頭。

「真是的，親愛的……」

「他不是那種人。而她，也不是。她或許有點笨，可是很善良，真的，她很善良。這純粹是大家心術不正。我告訴你，我不信。」

馬奇蒙夫人一臉肅然地說道：「那你也不必這樣大嚷大叫。」

08

一星期後，一班五點二十分的火車駛進沃斯利石南車站。一個皮膚黝黑的高個子男人背著背包踏出火車。

對面的月台上，一群高爾夫球員正在等待上行到倫敦的列車。那個身材高大、蓄鬍的男人背著背包通過了驗票口，交出車票後走出車站。他遲疑地站了一兩分鐘，這才看到一個路標：「通往沃斯利河谷村的步道」，立刻毫不猶豫地朝那條路走去。

§

在長柳舍，羅利．柯洛德剛為自己泡好一杯茶，突然發現一個人影落在廚房餐桌上。他抬起頭。

有那麼一剎那，他以為站在門邊的女孩是琳恩，而當他看到那竟然是羅莎琳．柯洛德的時候，他的失望變成了驚訝。

她穿著一件粗布質料的女裝，上頭是亮麗的橘黃色和綠色相間的寬邊條紋，全然是一種人為營造的簡單。這種人工的純樸風味其實花費不貲，羅利一定無法想像它會如此昂貴。在這之前，他眼中的她始終是穿著價格高昂、帶著都會氣質的衣服，而她穿起那些衣服來，神態也十分矯揉造作。他曾經想，她就像個服裝模特兒，展示著一些不屬於自己而屬於她公司的服飾。

可是今天下午，當他看到她穿上這件顏色鮮亮的寬條紋粗布衣服時，好像看到了另一個羅莎琳．柯洛德。她的愛爾蘭血統更明顯了，黑色的鬈髮，漂亮的藍眼珠，眼睛大到可以伸進一根手指。而她的聲音也不同了，愛爾蘭人輕柔的嗓音取代了以往鸚鵡學語般的語調。

「今天下午天氣真好，」她說，「所以我出來散散步。」

她接著又說：「大衛到倫敦去了。」

她說這話的時候好像帶著心虛，說完臉就紅了。她從手提包裡拿出一包香菸，遞給羅利一根。羅利搖搖頭，接著環顧四周，想找一盒火柴為羅莎琳點火，而她手上已經握著一個看來昂貴的金質小打火機。她劃了劃，沒點著，羅利從她手裡拿過打火機，一個快動作就劃著了火。她低頭過來就火，他注意到她臉上的睫毛好黑好長，心想：「戈登伯伯還是很有眼光……」

羅莎琳退後一步，帶著羨慕的口吻說道：「你那塊高地上有一頭小乳牛，好可愛。」

她竟然對這種事有興趣，羅利感到驚訝。他開始談農場。她的興趣盎然令他訝異，顯而易見的，她是真心喜歡，而非作假。更讓他吃驚的是，他發現她對農事甚為熟稔。她談到牛油的製作和各種乳製品，如數家珍。

「真想不到，你都可以當個農夫的妻子了，羅莎琳。」他笑著說。

她臉上的光彩消失了。她說：「我們有過農場，在愛爾蘭，在我來到這裡之前……」

「在你登上舞台之前？」她說，口氣帶著抑鬱，在他聽來甚至有點歉疚。

「還是不久以前……一切我都記得好清楚。」接著她突然帶著興奮加上一句：「我可以替你的乳牛擠奶，羅利，就是現在。」

這是個截然不同的羅莎琳。大衛．亨特會容許她隨口談論過去的事嗎？羅利認為他不會。古老的愛爾蘭貴族出身，這是大衛希望留給人們的印象。而他覺得羅莎琳所言毋寧更接近事實。原始的農場生活，然後是舞台的誘惑，隨團到南非巡迴演出，踏入婚姻，在中非洲與世隔絕，脫離後有一段空白，最後在紐約嫁給一個百萬富翁……

沒錯，羅莎琳．亨特離這種擠牛奶的生活已經很遠了。但是看著她，他很難相信她有過這麼多的經歷。她臉上帶著那種天真無邪甚至有點憨傻的表情，那是一張沒有滄桑的臉。而且她看來是那麼年輕，比她二十六歲的年齡還要年輕許多。

她身上有股魅力，就像那天早上被他趕到屠宰場去的那群小牛一般，惹人憐惜。他望著她，就像望著那群小牛。當時他看著小牛，心裡曾經這麼想：可憐的小東西，就要被殺掉了，多麼可惜……

羅莎琳的眼眸出現一絲警覺。她不安地問：「你在想什麼，羅利？」

「你想不想看看農場和擠奶場？」

「噢，我當然想。」

她的興致令他極為開心，他帶她走遍了農場。可是當他最後提議要為她倒杯茶時，她眼裡露出驚慌。

「噢，不了，謝謝你，羅利，我該回家了。」她低頭看看自己的手錶。「噢，這麼晚了！大衛要搭五點二十分的火車回來。他會想我去哪裡了。我……我得趕緊回去。」她又靦腆地加了一句：「我今天下午很開心，羅利。」

羅利想，這是實話。她很開心，可以表現出真正的自己，找回她沒有雕鑿、單純天真的一面。顯而易見，她怕她的哥哥大衛。大衛是他們家的智囊。她總算有個下午可以出門透透氣……沒錯，就像傭人一樣，放個一下午的假！這就是富有的戈登・柯洛德夫人！

他站在大門邊，看著她急急走向山坡的犁溝居，臉上露出一絲沉重的笑。就在羅莎琳走到那個石梯之前，一個男人從對面走了過來。羅利本以為那人是大衛，可是這人看起來比大衛還高還壯。羅莎琳往後退，好讓他過去，接著輕輕跳過石梯，步子愈來愈快，幾乎要奔跑起來。

是的，她放了一個下午的假，而他，羅利，浪費了一個多小時的寶貴時間！不過，也許這不算是浪費。他想，羅莎琳好像滿喜歡他，這一點或許有些好處。漂亮的小東西，沒錯，今天早上那些小牛也很漂亮……可憐的小東西。

他站在那裡失神地想著，突然一個聲音嚇了他一跳。他立刻抬起頭來。

一個斜背著背包、頭戴寬邊氈帽的高大男人站在大門外的步道上。

「這條路通往沃斯利河谷村嗎？」

羅利瞪著他，沒開口，於是他又問了一遍。羅利努力拉回自己的思緒，這才答道：「是的，沿著這條路一直走，穿過一片田野，走到大路往左彎，再走大概三分鐘就進村子了。」

同樣的問題他不知已經回答過幾百遍。每個人走出火車站後就會踏上這條步道，沿著它爬上這座小山丘，而開始要從山丘另一頭下坡的時候，也總會對這條路失去信心。他們看不到通往目的地的可能，因為樹叢擋住了沃斯利河谷村。沃斯利河谷村被隱藏在一個小山谷裡面，只有教堂的尖頂能夠映入眼簾。

下一個問題卻不太尋常，不過羅利沒多想就回答他了。

「史塔格或貝莫利酒店。要是我就會選擇史塔格。這兩個酒店差不多，都很好……或者說都很差。但要住宿的話沒問題。」

因為這個問題，他對那人不免仔細打量。這年頭無論到什麼地方，一般人都會在出門前預訂好房間……

那人個頭很高，蓄鬍，黝黑的臉，湛藍的眼睛。年約四十左右，有股蠻勇的草莽味道，長得不難看，可是那張臉給人的感覺並不是很舒服。

是從國外什麼地方來的，羅利想。他的口音好像帶點殖民地的腔調？奇怪的是，這張臉他好像似曾相識……

以前他是不是在哪裡見過這張臉，或是一張非常相像的臉？

當他在苦苦思索而毫無所得之際，陌生人又問了他一個問題，把他嚇了一跳。

「你能不能告訴我，這附近有沒有一棟房子叫作犁溝居？」

羅利回答時故意說得很慢。

「噢，有的，就在山上。如果你是從火車站沿那條步道走來的話，剛才一定曾經從它旁邊路過。」

「沒錯，我就是從那裡過來的。」他轉過身，抬頭凝視著山上。「原來那就是犁溝居……那個看來很新、白色的大房子。」

「沒錯，就是它。」

「這麼大的房子，照顧起來可不容易，」那人說，「維持這麼一棟房子得花不少錢吧？」

何止不少，羅利心想，而且是我們的錢……一陣怒氣翻湧上來，一時之間他忘了自己置身何處……

看到陌生人帶著若有所思的古怪眼神凝視著那座山，他猛然驚醒過來。

「是誰住在裡面？」他問，「是不是一位柯洛德夫人？」

「沒錯，」羅利說，「是戈登．柯洛德夫人。」

陌生人揚了揚眉毛，似乎覺得有趣。

「噢，」他說，「戈登．柯洛德夫人，對她來說很適合。」他接著輕輕點了點頭。「噢，謝謝你，老兄。」

他邊說邊將背包換了肩，隨即大步朝沃斯利河谷村走去。

羅利轉過身，慢慢走回農莊。他的腦海裡依然有個問號。

他到底在什麼地方見過這個人？

§

那天晚上九點半左右，羅利推開隨意堆在廚房餐桌上的一堆表格，站起身來。他心不在焉地看了看壁爐台上琳恩的照片，皺著眉頭走出大門。

十分鐘後，他推開史塔格酒店的門。碧翠絲．里賓格坐在吧台後面，帶著微笑歡迎他。她想，羅利．柯洛德先生的身材真有男子漢的樣子。喝了一品脫苦啤酒後，羅利開始和酒館裡的人談天說地，抱怨政府、天氣和收成。

不久，羅利傾身向前，輕聲對碧翠絲說：「是不是有個陌生人住在這裡？個頭很高，斜戴著帽子？」

「沒錯，羅利先生。他大約是六點進來的。你說的應該是這個人吧？」

羅利點點頭。

「他從我的農場經過，向我問路。」

「那就對了。看來他是個外地人。」

「不知道……」羅利說，「他是什麼人。」

他望望碧翠絲，對她笑笑。碧翠絲也回他一個微笑。

「這很容易，羅利先生，如果你想知道的話。」

她俯身從櫃檯後面拿出一大本皮面簿子，裡頭登記了所有的住宿名單。

她打開登記簿，指著剛到的住客那一頁。最後一個人登記的是：

伊諾克．亞登。來自開普敦。英國人。

09

這是一個明媚的早晨。羅莎琳穿著她那套昂貴的樸拙粗布衣服，伴隨著鳥兒的歌唱，走下樓來進早餐。她覺得非常快樂。

最近壓在她心頭的疑慮和恐懼似乎已經消逝。大衛心情甚好，和她談笑風生，不時開點玩笑。前一天的倫敦之行令他十分滿意。早餐非常可口，傭人服侍得也很周到。郵件送達的時候，他們剛吃完早餐。

羅莎琳收到七、八封信。帳單、請求慈善救助的信函、幾封本地的邀請卡，沒什麼特別有趣的。

大衛把兩張帳單放在一邊，打開第三封信。信紙和信封一樣，都是手寫正楷字體。

親愛的亨特先生：

我相信和您而非和令妹「柯洛德夫人」聯繫比較好，以免她因這封信的內容而受到驚嚇。長話短說，我握有羅伯特．安得海上尉的消息，她可能也會很想了解。我住在史塔格酒店，如果您今晚大駕光臨，我很樂於和您詳談。

伊諾克．亞登敬上

大衛的喉嚨發出怪聲，彷彿被人勒住一樣。羅莎琳帶著微笑抬起頭，臉上的表情立刻變成驚恐。

「大衛，大衛，怎麼回事？」

他默默伸出手，把信交給她。她取過信一看。

「可是，大衛，我不懂，這是什麼意思？」

「你自己識字，不是嗎？」

她怯怯地抬頭望了他一眼。

「大衛，這表示……我們該怎麼辦？」

他蹙著眉頭，敏捷而深思熟慮的心思迅速地計畫著。

「沒事的，羅莎琳，不必擔心。這件事我來處理。」

「可是，這是否表示……」

「別擔心，我親愛的寶貝，包在我身上。聽著，現在你必須這麼做：立刻收拾行李到倫敦去，住進那邊的公寓，在沒有收到我的信之前不要離開，懂了嗎？」

「好，好的，我當然懂，可是，大衛……」

「就照我的話做，羅莎琳。」他對她微笑，多麼的和氣，多麼令人放心。「現在就去整理行李，我開車送你去車站。你趕得上十點三十二分的火車。告訴公寓門房，你不想見任何人。如果有人上門要求見你，叫他說你到外地去了。給他一鎊小費，明白了嗎？除了我之外，他不能讓任何人見到你。」

「噢。」她雙手捧著臉，那雙漂亮但害怕的大眼睛看著他。

「沒事的，羅莎琳，這其中一定有詐。你對陰謀詭計的事不在行，而這是我的看家本領。我只是希望到時候不用擔心你，我好放手做事，如此而已。」

「難道我不能待在這裡嗎，大衛？」

「不行，當然不行，羅莎琳。理智點，我得專心對付這傢伙，不管他是誰……」

「你認為這是……這是……」

他加重語氣說道：「我現在什麼都不認為。首先，我得把你送走，免得你礙事，這樣我才能了解我們的處境。去吧，聽話，別再跟我爭了。」

她轉過身去，走出房間。

大衛低頭皺著眉，看著手裡的信。

語意非常含糊，措辭很有禮貌，字斟句酌，意有所指，任何含義都有可能。它也許是患難過後的真心關切，也許是戴著面紗的威脅。他一遍遍推敲它的詞彙：「我握有羅伯特．安得海上尉的消息」、「我相信和您聯繫比較好」、「柯洛德夫人」。去他的，他特別不喜歡那個帶著引號的「柯洛德夫人」……

他看著那個簽名：「伊諾克．亞登」，腦海中有個東西開始翻攪……一段詩樣的回憶，一行詩句。

那天晚上，大衛大步走進史塔格的大廳，裡面一如往常，附近空無一人。左邊的門上寫著咖啡廳，右邊的門上寫著休息室，更遠的一個門上低調地寫著「非本店房客不得入內」。右邊有條廊道通往酒吧間，裡頭隱隱傳出陣陣嘈雜。一個玻璃圍起的小室上標著「辦公室」字樣，門鈴就順手裝在一側的玻璃拉窗上。

大衛憑經驗知道，有時候按鈴不按個四、五次，絕不會有人勞神出來招呼你。除了短短的用餐時間，史塔格的大廳平日就像魯賓遜漂流而至的孤島，荒無人煙。

而這一回，大衛才按了第三次，碧翠絲．里賓格便從酒吧間沿著廊道款款走來，一面撫著那頭梳攏到腦後的金髮。她滑入那個小玻璃室，帶著優雅的笑容招呼他。

「晚安，亨特先生。這個季節天氣還不該這麼冷，對吧？」

「是……我想是吧。有一位亞登先生住在這裡嗎？」

「我看看。」里賓格小姐說，故意擺出一副不甚清楚的模樣。這是她一貫的伎倆，表示史塔格非同一般。「噢，有了。伊諾克．亞登。五號房，在二樓。你一定找得到，亨特先生。上樓後不要沿著走廊往前走；要繞到左邊，向下走三個台階。」

大衛依循著這些複雜的指示，輕輕敲敲五號房間的門，裡面有人說請進。

他踏入房內，隨手把門帶上。

§

碧翠絲．里賓格一面走出辦公室，一面叫道：「莉莉。」

一個女孩咯咯笑著應聲回答。她有一雙淺醋栗色的眼睛，聲音帶著鼻音。

「你照顧一下好嗎，莉莉？我得去處理那些床單被套。」

莉莉說：「噢，好的，里賓格小姐。」她又咯咯笑，接著突然嘆息一聲。「我覺得亨特先生好帥，你說是不是？」

「啊，那種人我在戰時見多了，」里賓格說，一副懨懨的口吻。「機場上淨是一些年輕飛行員之類的人。那些人的支票向來不可靠。可是他們身上有種氣質，常常讓我拋開理智收下支票，將現金兌換給他們。當然，我那麼做很可笑。莉莉，我喜歡的是他們的男人味。他們能讓我見識到男人味，屢試不爽。我的意思是，男人就是男人，就算他是開卡車的。」

說完這些令人費解的話，里賓格就離開莉莉，上樓去了。

§

大衛．亨特在五號房裡站定，望著那署名為伊諾克．亞登的人。

那人約莫四十來歲，有點落魄潦倒的味道……大體看來，是個不容易對付的不速之客。這是大衛的結論。除此之外，他其他部分顯得莫測高深。是匹黑馬沒錯。

亞登開口說道：「你好。你是亨特？很好，坐下吧，你想喝點什麼，威士忌？」

大衛注意到，那人把自己伺候得舒舒服服。各式各樣的酒瓶，壁爐裡熊熊燃燒的火焰，以應付這個寒意料峭的春夜。衣服不像是英國剪裁，但打扮是英式風格。而這人的年齡也正好……

「謝謝，」大衛說，「我來點威士忌吧。」

「夠了就說。」

「夠了，蘇打不要加太多。」

他們有點像狗，認真等待制敵機先……互相繞著對方打轉，背脊挺直，頸毛豎起，隨時打算表示友好或向對方咆哮撕咬。

「乾杯。」亞登說。

「乾杯。」

他們放下杯子，放鬆了些。第一回合到此結束。自稱伊諾克．亞登的人說：「收到我的信，你很吃驚嗎？」

「坦白說，」大衛說，「我一點也不明白你那封信在說什麼。」

「不可能，不……噢，或許是吧。」

「我想你認識我妹妹的第一任丈夫，羅伯特．安得海。」大衛說。

「沒錯，我和他很熟。」亞登面帶微笑，閒閒地將菸霧吐向空中。「我大概是天底下最了解他的人。你從沒見過他，對吧，亨特？」

「沒有。」

「噢，不見也罷。」

「你這是什麼意思？」大衛立刻問道。

亞登只是一派從容地說：「親愛的朋友，這樣一來，一切就簡單多了。我很抱歉把你邀到這裡來，不過我真的認為，最好不要……」他頓了頓。「把羅莎琳扯進來。我們沒必要帶給她無謂的痛苦。」

「請你說重點可以嗎？」

「可以，當然可以。是這樣的，你有沒有懷疑過……我該怎麼說呢，安得海的死，呃，有點蹊蹺？」

「你究竟是什麼意思？」

「你知道，安得海常有一些非常怪異的想法。他或許是出於騎士精神，但也可能是源於完全不同的原因，總而言之，在數年前的某段時期，讓大家以為安得海已死，對安得海會有好處。他善於掌控當地土著，而且向來如此。編撰一個故事，加上繪聲繪影、有根有據的細節，再讓它傳揚開來，對安得海來說，根本是易如反掌。安得海只要在一千哩外的某個地方現身，同時換個新名字就行了。」

「在我聽來，這簡直是匪夷所思。」大衛說。

「是嗎？真的嗎？」亞登露出微笑。他的身體前傾，輕拍大衛的膝蓋。「如果這是真的呢，亨特，嗯？如果這是真的呢？」

「那我倒想看看確鑿的證據。」

「是嗎？噢，當然，這很難有十分確鑿的證據。但安得海自己就有可能在這裡出現……在沃斯利河谷村。你認為拿這個當證據如何？」

「那樣至少我們可以有個結論。」大衛語帶挖苦。

「噢，確實，是可以有個結論，只是會讓人有點尷尬，我的意思是，讓戈登．柯洛德夫人尷尬。因為到時候，當然，她就不再是戈登．柯洛德夫人了，這挺難堪的。你承不承認，這有點難堪？」

「我妹妹，」大衛說，「再婚的時候認為他已經死了。」

「當然是這樣，我親愛的朋友，當然是，我對這點毫無異議，任何法官都會這麼說。她不會被定罪。」

「法官？」大衛厲聲問。

那人彷彿道歉似地說道：「我說的是重婚罪。」

「你到底想說什麼？」大衛憤怒地問。

「不要激動，老兄。我只是想要集思廣益，看看有沒有一個最好的對策……我的意思是，對你妹妹而言。誰都不希望自己惡名滿天下。安得海……噢，安得海過去一直是個很有騎士精神的人，」亞登頓了頓。「至今依然是……」

「至今依然是？」大衛立刻問道。

「我是這麼說的。」

「你是說羅伯特．安得海依然活著？他現在人在哪裡？」

亞登身子前傾，聲音低得有如竊竊私語。

「你真的想知道嗎，亨特？如果你不知道，豈不更好？我們不妨這麼說，就你所知，就羅莎琳所知，安得海已經死於非洲。這很好，而且就算安得海還活著，他也不知道妻子已經再婚，一點也不知道。因為如果他知道，他當然會找上門來……你知道，羅莎琳從她第二任丈夫那裡繼承了一大筆錢，當然，她其實並沒有權利動用那筆錢。安得海是個很有榮譽感的人，他不會容忍她以詐欺的手段來繼承別人的財產。」他頓了頓。「不過，當然，安得海很可能對她的第二春一無所知。他現在狀況很糟，可憐的傢伙，非常糟。」

「你說他狀況很糟，那是什麼意思？」

亞登搖搖頭，狀甚凝重。

「健康惡化。他需要醫療護理——特殊治療，不幸的是，這些治療都非常昂貴。」他說出最後這個字眼時非常巧妙，彷彿渾然天成、自成一格。大衛・亨特潛意識裡所等待的，就是這個字。

「昂貴？」他說。

「是的。很遺憾，樣樣都得花錢。安得海，可憐的傢伙，他幾乎是一無所有。」他又加了一句：「他幾乎一無所有，除了他所遭受的病痛折磨……」

那一剎那，大衛的眼睛對著房間掃視了一遍。他注意到有個背包掛在椅子上。他沒看到皮箱。

「我想知道，」大衛說，聲音並不開心。「羅伯特・安得海是不是真像你所說，是個具有騎士精神的紳士。」

「他曾經是，」那人向他保證。「可是，你知道，生活會讓一個人憤世嫉俗，」他頓了頓，接著又輕聲說道：「戈登・柯洛德這傢伙錢多得令人難以置信。看到太多財富，會喚起人類的卑劣本能。」

大衛・亨特站起身子。

「我現在就給你答覆：下地獄去吧！」

亞登不慌不忙，只是微笑說道：「我早料到你會這麼說。」

「你是個不折不扣、死掉最好的勒索者。我對你們這套唬人的伎倆清楚得很。」

「所以你寧願公開這件事而被千夫所指？真是令人敬佩的情操。不過如果我真的『公開』了，你不會高興的。而我也不會那麼做。你如果不買帳，我另有買主。」

「你這是什麼意思？」

「我是指柯洛德家族。如果我去找他們，說：『對不起，請問你們想不想知道，已故的羅伯特．安得海還活得好好的？』嗨，老兄，他們會高興得跳腳！」

大衛嗤之以鼻。

「你不可能從他們那裡得到任何東西。他們一文不名，個個都是。」

「啊，不過還有實際協議這麼一回事。只要證明安得海還活著，戈登．柯洛德夫人還是羅伯特．安得海夫人，所以戈登．柯洛德婚前訂下的遺囑在法律上依然有效，到了那一天，想要多少鈔票就有多少……」

大衛坐著，沉默了好幾分鐘，接著突然問道：「要多少？」

回答也是同樣的突兀。

「兩萬。」

「不可能！我妹妹不能動用本金，她只能得到固定利息。」

「那就一萬吧。她能籌到這筆錢的，而且輕而易舉。她有珠寶，不是嗎？」

大衛沉默不語，然後出乎意料地說道：「好。」

一時之間，對方似乎不知所措，彷彿勝利來得太輕易，令他感到吃驚。

「不要支票，」他說，「要現鈔支付！」

「你得給我們時間……好去籌錢。」

「我給你們四十八小時。」

「那就說好下週二。」

「就下週二。你把錢帶到這裡來。」大衛還沒來得及開口，他又接著說道：「我不約在偏僻的小樹林或荒無人煙的河邊跟你見面，所以你就別做這種打算了。你把錢帶到這裡……史塔格，下週二晚上九點。」

「你這人疑心病很重，對吧？」

「我有自己的做事方式，而且我了解你這種人。」

「那就照你說的辦。」

大衛走出房間，來到樓下。他鐵青著臉，怒火中燒。

碧翠絲．里賓格從四號房間走出來。四號和五號房之間有個相通的門，不過五號的房客一般不會注意到，因為有個衣櫥就擋在門前。

里賓格小姐雙頰泛紅，眼睛由於興奮而閃閃發光。她舉起激動的手，順了順那頭朝後梳攏的金髮。

10

位於梅費爾的牧人園是一棟大型、提供各種服務的豪華公寓。雖然它在戰時並未遭到敵軍的蹂躪，但現在已不如戰前那麼舒適。各項服務依然有，只是水準大不如前；戰前這裡有兩個穿制服的門房，現在只剩一個；餐廳依然提供膳食，但除了早餐，便不再外送到各個住房去。

戈登．柯洛德夫人承租的房子在四樓，包括一個設有吧台的客廳，兩間帶壁櫥的臥房，還有一個瓷磚和鉻鋼閃閃發光的精美浴室。

客廳裡，大衛．亨特正在來回踱步，羅莎琳則坐在一個兩端方正的大靠背椅上，睜大眼睛看著他。她面色蒼白，神情驚恐。

「勒索！」他喃喃自語道，「勒索！我的老天，我豈是那種輕易讓人勒索的人？」

她搖搖頭，惶惑而不安。

「如果能打聽到一點消息，」大衛說，「要能打聽到一點消息就好！」

羅莎琳傳來小聲而痛苦的飲泣。

他繼續往下說：「可是現在情況不明，只能在黑暗中摸索……」他突然一個轉身。「你把翡翠拿到龐德街那家老店去了？」

「是的。」

「多少錢？」

羅莎琳的聲音聽來有如生了一場病。

「四千，四千英鎊。他說如果我不賣掉這些翡翠，就該重新保險。」

「沒錯，貴重寶石的價格翻了一番。好吧，我們是有能力籌到這筆錢。可是即使我們籌足了錢，這也只是個開始，我們仍會被壓榨至老死。羅莎琳，他們會把我們榨乾的。」

她大聲喊道：「噢，我們離開英國吧，離開這裡，難道不能到愛爾蘭、美國或其他地方去嗎？」

他轉過身子，望著她。

「你不是個鬥士，對吧，羅莎琳？你的座右銘是遇到麻煩就跑。」

她哀聲叫道：「我們錯了……這一切是全然錯誤，太邪惡了。」

「不要在這種時候對我說教！我受不了。我們原先過得很舒服，羅莎琳。這是我生平頭一次舒舒服服過日子，我不會讓這一切平白消失，你聽見了嗎？如果對方不是站在暗處就好了。你應該明白那人的說辭也許只是虛張聲勢，純粹是虛張聲勢！安得海也許仍安安穩穩地埋在非洲某處，就像我們認為的那樣。」

她渾身顫抖。

「別說了，大衛。你讓我害怕。」

他看著她，看到她臉上的驚恐，態度立刻一變。他朝她走過去，坐下之後握住她冰冷的雙手。

「你不用擔心，」他說，「事情包在我身上……但你要照我說的去做。你能做到這一點，對吧？我要你做什麼，你照做就是。」

「我一直都照你說的去做，大衛。」

他笑了。

「沒錯，你一直很聽話。我們會解決這一切，你不用害怕。我會想辦法阻止這位伊諾克．亞登先生亂來。」

「大衛，以前是不是有一首詩，說一個人回家來……」

「沒錯，」他打斷她。「我就是擔心這個。不過我會追根究柢查清楚，你不用怕。」

她說：「你是週二晚上要把錢給他嗎？」

他點點頭。

「五千。我就告訴他我一時籌不到這麼多錢。我絕不能讓他上柯洛德家去找人。我想他那麼說只是威脅，但我不敢確定。」

他不再說話，目光變得朦朧而深遠。在這目光後面，他的心思在活動，在思索、否定著各種可能性。

他笑了。那是一種放縱、肆無忌憚的大笑。只有死去的人才聽得懂這種笑聲……那是即將不顧一切採取冒險行動的人才發得出來的笑聲，笑聲裡包含著樂趣和挑釁。

「我可以信任你，羅莎琳，」他說。「謝天謝地，我可以完完全全信任你！」

「信任我？」她抬起一雙大眼睛，眼神帶著詢問，「可以信任我什麼？」

他又露出微笑。

「我要你做什麼，你就做什麼。這是祕密，羅莎琳，是一次成功行動的祕密。」

他放聲大笑。

「伊諾克・亞登計畫。」

11

羅利帶著訝異，打開那個淡紫色的大信封。他心想，有誰會用這種信封寫信給他？而且，那人怎麼可能拿得到這種信封呢？這些花稍奇巧的東西在戰爭期間早就絕跡了。

「親愛的羅利先生，」他唸出來，「我以這種方式寫信給您，希望您不會覺得我冒昧。不過，如果承蒙您見諒，我真的認為有些事情您應該知道。」

他不解地看著信中畫線強調的部分。

「事情緣起於那天晚上您來本店問起某人的談話。如果您能光臨史塔格，我會很樂意將一切都告訴您。對於令伯的過世，和他的遺產招致如此處理，村裡每個人都感到至為遺憾。但望您不會生我的氣，不過我真的認為您應該知道一些事情。您永遠的碧翠絲・里賓格。」

羅利低頭望著那封信，心頭翻起陣陣疑竇，有如熊熊火燒。這究竟是怎麼回事？你這閒不住的老女人。他從小就認識碧翠絲。那時候他常去她父親開的店裡買菸草，然後和她在櫃檯後面玩一整天。她以前是個漂亮女孩。他還記得，小時候聽過她的傳聞。她有一年左右不在沃斯利河谷村，大家都說她生私生子去了。這或許是真的，也可能不是。不過，如今她確實修養甚佳，頗受尊重，儘管背後的閒話和嗤笑不少，但這是所有具備道德修養的人所必須經歷的痛苦。

羅利抬頭朝時鐘瞄了一眼。他要立即趕去史塔格，讓這些表格見鬼去吧。他想知道碧翠絲急著要告訴他的是什麼事。

八點才過，他推開了酒吧的門。一如往常，在問候、點頭、打過招呼「晚安，先生」後，羅利慢慢朝吧台走去，點了一杯啤酒。碧翠絲對他綻開微笑。

「很高興見到你，羅利先生。」

「晚安，碧翠絲。謝謝你寫信給我。」

她飛快看他一眼。

「我馬上過來，羅利先生。」

他點點頭，一邊若有所思地喝著剩下的半杯酒，一邊看著碧翠絲忙著招呼應酬。碧翠絲回頭喊了一聲，那個叫莉莉的女孩立刻過來接班。碧翠絲低聲說：「請跟我來，好嗎，羅利先生。」

她領著他穿過走道，進入一間標有「閒人勿進」的房間。這房間空間狹小，擺設卻很擁擠：豪華的扶手椅、喧嘩的收音機、許多瓷器擺飾，還有一個模樣可憐的小丑玩偶，胡亂地高掛在一張椅子背後。

碧翠絲．里賓格關掉收音機，指指一張豪華的扶手椅。

「你能過來我好高興，羅利先生。我希望你不要介意我寫那封信，可是我整個週末左思右想……一如我所說，我真的覺得你應該知道發生了什麼事。」

她看起來非常開心，似乎自覺舉足輕重，顯然對自己很滿意。

羅利問道，口吻帶著不卑不亢的好奇。

「發生了什麼事？」

「噢，羅利先生，你知道有位先生住在這裡。亞登先生，就是你來打聽過的那個。」

「然後呢？」

「就在隔天晚上，亨特先生也到這裡來找他。」

「亨特先生？」

羅利立刻有了興趣，坐直身子。

「是的，羅利先生。我告訴他這人住在五號房，亨特先生點點頭，就直接上樓去了。老實說我很驚訝，因為這位亞登先生沒有提過他在沃斯利河谷村有認識的人，我也就理所當然地把他當成外地人，不認識任何本地人。亨特先生看起來火氣很大，好像被什麼事激怒。當然，當時我沒把它當回事。」

她停下來喘了口氣。羅利一語不發，只是專心聽她說。他從來不催促人。如果那些人想慢慢來，那更合他的習慣。

碧翠絲認真慎重地接著說道：「過沒多久，我正好要去四號房檢查毛巾和床單。它和五號房是隔鄰，中間有個通門，從五號房裡看不到這扇門，因為門前立著一個大衣櫥，所以誰也不知道有這麼一道門。當然，平時它總是關著，但這回它剛巧開了點縫……誰開的我一點也不清楚，我發誓！」

羅利依然一語不發，只是點點頭。他心想，是碧翠絲開的門，她一定是好奇，刻意上樓到四號房去打探動靜。

「所以，羅利先生，你知道，我就這麼沒有準備地聽到了裡面的談話。當時我整個人愣住了，一根羽毛就能把我推倒……」

羅利想，那得要一根極為結實的羽毛。

他臉上帶著平靜、幾可說是遲鈍的表情，聽著碧翠絲活靈活現地述說著她那天無意間聽到的談話。碧翠絲說完了，她滿懷期待地等著羅利的反應。

整整過了好幾分鐘，羅利才從恍惚中清醒過來，隨即站起身。

「謝謝你，碧翠絲，」他說，「非常謝謝。」

話一說完，他便逕自走出房間。碧翠絲不禁感到洩氣，自言自語道：「我還以為羅利先生會說點什麼哩。」

／12

羅利離開史塔格酒店後，腳步不由自主地往家裡走；但走了幾百碼之後，他驀然停下腳步，立刻回頭。

他的腦子逐漸清醒過來。碧翠絲透露的內容起初令他震驚，而現在，驚訝逐漸退去，他開始意識到問題的嚴重性。如果碧翠絲所言屬實，而他確信她所言基本上皆是實情，那麼這就出現了一個和柯洛德家族息息相關的新情勢。應付這個情勢的最佳人選，當然是羅利的二伯傑米。身為律師，傑米．柯洛德一定知道如何將這個令人震驚的消息做最好的利用，也知道該採取什麼行動。

雖然羅利很想親自處理這件事，可是他不得不承認，讓一個精明能幹、經驗豐富的律師來辦這事要好得多。傑米愈早知悉這件事情愈好。於是，羅利的腳步立刻轉向，逕直朝傑米位於高街的住所走去。

為他開門的小女僕告訴他，主人夫婦還在用晚餐。她正要帶他到飯廳去，可是羅利搖搖頭，說他在傑米的書房等待主人吃完即可。他不想讓法蘭西絲參與他們的談話。在他們還未確定如何處理之前，這件事愈少人知道愈好。

他在傑米的書房裡坐立不安，不斷來回踱步。寫字檯上有個標示已故「威廉·傑沙密先生」字樣的錫製公文傳送箱。書架上放著一大堆法律卷宗。有一張法蘭西絲穿禮服的照片，還有一張她父親愛德華·崔頓爵士身著騎士裝束的照片。此外，還有一張年輕人穿著制服的照片——傑米的兒子，在戰爭中遇難的安東尼。

看到這張照片，羅利心裡一陣畏懼，立時將目光移開。他坐在椅子上，眼睛瞪著愛德華·崔頓爵士。

飯廳裡，法蘭西絲對她丈夫說：「不知道羅利來做什麼？」

傑米語帶疲憊地說：「大概是摸不清政府的法規吧。農民必須填具一大堆表格，而他們大概連四分之一都看不懂。羅利很有責任感，當然不免著急。」

「他這孩子不錯，」法蘭西絲說，「就是遲鈍得很。你知道，我有個感覺，他和琳恩之間有點問題。」

傑米喃喃說了一些不著邊際的話。

「琳恩……噢，對，當然。請原諒，我的精神好像沒辦法集中。我的壓力……」

法蘭西絲立刻接口。

「別再想它了。告訴你，事情一定會解決的。」

「有時候你真令我害怕，法蘭西絲，你太不顧一切。你不明白……」

「我什麼都明白。我不怕。真的，你知道，傑米，我甚至還樂在其中……」

「親愛的，」傑米說。「就是這樣我才擔心。」

她露出微笑。

「好了，」她說，「可別讓那個鄉下孩子等太久，去幫他填寫那些管它編號是多少的表格吧。」

可是當他們步出飯廳時，聽到前門砰然一聲關上了。愛德娜過來告訴他們，羅利先生說他不等了，因為其實沒有什麼要緊的事。

╱13

就在那個星期二下午，琳恩・馬奇蒙出外散步了很久。她感到自己愈來愈不安，對自己也愈來愈不滿，非得徹底思考，把事情想出一個頭緒來不可。

她有一段時日沒見到羅利了。自從那天早上她向他借五百英鎊而最後不愉快分手後，他們的交往依然如故。琳恩知道自己的要求並不合理，羅利完全有拒絕的權利。可是，相愛的人不會把講理當成美德。表面上，她和羅利一如既往，她的內心卻搖擺不定。她發覺最近這幾天尤其單調難捱，而她又不願承認，這和大衛・亨特與他妹妹突然去了倫敦有關。她不無悲哀地承認，大衛是個令人興奮的人……

至於她那些親戚，她發現他們個個令人難以忍受。她母親最是興高采烈，而令琳恩生氣的是，午餐時她對琳恩說，要再找個花匠來。

「老湯姆真的忙不過來了。」

「可是，親愛的媽媽，我們負擔不起這筆開銷。」琳恩大聲說。

「胡說，琳恩，我真的認為，如果戈登看到我們的花園日益破落，他會非常難過。他對那些花圃向來挑剔；草坪要修剪整齊，小徑要秩序井然，而你看看，現在變成這副模樣。我相信戈登會樂意讓它面貌一新。」

「即使我們必須向他的遺孀借錢來做？」

「琳恩，我告訴過你，羅莎琳對於這件事的態度好得不能再好。我真的認為她很能領會我的用心。我付清所有帳單後，銀行還有一筆不小的餘額。而且我覺得再雇個花匠其實更能省錢。想想看，我們還能多種點蔬菜。」

「我們用少於三英鎊週薪的錢，就可以買到好多蔬菜。」

「親愛的，我想我們不必花這麼多錢雇人。就業服務中心有好些人在找工作，這是報上說的。」

「恐怕在沃斯利河谷村或沃斯利石南村找不到這樣的人。」她挖苦道。

雖然這件事就這樣不了了之，可是母親把羅莎琳當作長期飯票的打算，依然鬱積在琳恩心頭揮之不去。它讓她想起大衛的那些冷嘲熱諷。

她就在這種鬱悶煩躁的心情下出了門，希望藉由走一走把凝重的心緒散盡。

她在郵局外頭遇到了凱西舅媽，不過她的情緒並未因此好轉。凱西舅媽精神奕奕。

「親愛的琳恩，我相信我們很快就會有好消息。」

「你說的好消息是什麼，凱西舅媽？」

柯洛德夫人又點頭又微笑，一副自以為聰明的模樣。

「我剛經歷了令人嘆為觀止的通靈經驗，真的非常驚人。我們一切的煩憂即將有個簡單而圓滿的結局。我第一次沒能成功，可是後來就一直得到這樣的信息：要努力、努力、再努力；如果一開始你沒成功，那就如何如何。親愛的琳恩，我不能透露任何天機，而我最不希望的，是在時機尚未成熟之前撩起大家虛幻的美夢，但我深信事情很快就會雨過天青，而且就在不久之後。我真的很擔心你舅舅。他在大戰期間工作太賣力了，真的需要退休，全心投入他的專業研究。不過，當然，沒有足夠的收入，這無異於癡人說夢。怪的是，有時候他會突然神經發作，我真為他擔心，他真的很奇怪。」

琳恩若有所思地點著頭。萊諾．柯洛德的改變她都看在眼裡，他古怪的情緒變化也是。她懷疑他是不是求助於藥物好讓自己振作，甚至懷疑他多多少少已經上癮了。這就是他會如此緊張易怒的原因。她不知道凱西舅媽知道多少，或是能不能猜出幾分。琳恩想，凱西舅媽看似愚笨，其實並非如此。

她沿著高街向前走，瞥見傑米舅舅踏進她們家的前門。琳恩想，這三個星期當中，他老了許多。

她加快了步伐，急著走出村子，到山上和開闊的地方去。步子一輕快，她的心情也好些了。她要好好走上六、七哩路，把事情徹底想清楚。她一直是個果斷剛毅、頭腦清醒的人，一向知道自己要什麼、不要什麼，她從不甘於隨波逐流，直到現在……

是了，這就是問題所在……隨波逐流！一種漫無目的、毫無原則的生活方式。自她退役之後，她就一直如此。她心頭湧起對戰時歲月的懷念。那段日子裡，職責分明，生活有計畫、有條理，也不必負擔做決定的壓力。可是這念頭才起，她便對自己感到不寒而慄。這真的是大家內心普遍的感受嗎？這就是戰爭對你造成的終極影響嗎？它不是肉體的危險……海裡的魚雷，空中的炸彈，駕車駛過沙漠時子彈劃過的清脆聲響。不，它是精神上的危險……學會自己一旦停止思考，生活可以變得多麼輕鬆安逸。她，琳恩．馬奇蒙，不再是當初參軍之時那個頭腦清楚、果斷剛毅、聰慧過人的女孩了。她的聰明才智受到特殊訓練並且被導引到規範得當的軌道上。而今再度成為自己和自己生活的主人後，她變得不願積極解決個人問題，而她對自己的這種厭倦心態感到驚異。

琳恩一面苦笑，一面自忖，是不是經過戰爭的洗禮後，報上描寫的那種「家庭主婦」性格已經在她身上滋養。那些女人受過無數「不可以」的限制，沒有嘗過「可以」的甜頭。那些女人不得不規畫、思考、即興創造，不得不利用自己的每一分聰明才智，不得不發掘過去從不知道自己具備的天賦！琳恩想，她們在一無依靠下依然抬頭挺胸，為自己也為他人盡心盡責。而她，琳恩．馬奇蒙，受過良好教育，天資聰穎，做過需要動腦思考和親身實踐的工作，現在卻六神無主，優柔寡斷……沒錯，就是那個可恨的字眼：「隨波逐流」……

而那些在戰時留守家園的人，像是羅利，便是如此。

琳恩的思維立刻從隱晦模糊的普遍現象轉到眼前的個人問題上。她自己和羅利。這就是問題所在，真正的問題所在，也是唯一的問題。她真的想嫁給羅利嗎？

地上的陰影慢慢拉長，已是薄暮時分。琳恩雙手托著下巴，靜靜坐在城郊山坡上的小灌木叢下，俯瞰著遠處山谷。她不知道現在幾點了，可是她不願回家，不願回到白屋去，雖然連她自己也不知道為什麼。遠處的左下方就是長柳舍。長柳舍……如果她嫁給羅利，那就是她的家。

如果！又回到那個字，如果。如果，如果！

一隻鳥帶著驚叫從樹林中飛出，像個發怒的小孩。一列火車噴出一團霧，煙霧在空中翻騰著，彷彿畫成了一個個巨大的問號：「？？？」

我要嫁給羅利嗎？我想嫁給羅利嗎？我可曾真想嫁給羅利過？如果不嫁給羅利，我承受得了嗎？

火車噴雲吐霧，隱沒在遠處的山谷中，煙霧飄浮而上，隨風散去。可是那個問號並沒有從琳恩的心頭消失。

在她入伍以前，她是愛羅利的。但歸鄉的我已經變了，她想，我不再是從前的琳恩了。

一行詩浮現在她腦際。

生活、世界和我自己俱已改變……

而羅利呢？羅利沒變。

沒錯，這就是關鍵。羅利沒變，羅利依然是四年前她離開時的羅利。

她想嫁給羅利嗎？如果不想，那她想要什麼呢？

她身後的樹叢裡，小樹枝開始劈啪作響，還有一個男人邊奮力開路邊咒罵的聲音。

「大衛！」她大叫。

「琳恩！」穿過樹叢的他臉上露出驚訝的表情。「老天，你在這裡做什麼？」

他是一路跑過來的，有點上氣不接下氣。

「我不知道。我只是在想心事……坐著想事情。」她心虛地笑笑。「我想，現在已經很晚了。」

「你難道一點時間觀念也沒有？」

她茫然地低下頭，看著手錶。

「錶又停了。我沒把錶調整好。」

「何止是錶！」大衛說，「還有你身上的熱情、活力和生命。」

他向她走來。她像是心慌似的，趕忙站起身子。

「已經很晚了，我得趕快回家。現在幾點了，大衛？」

「九點一刻。我必須加快腳步，我一定要趕上九點二十分開往倫敦的火車。」

「我不知道你已經回來了。」

「我回犁溝居拿點東西。但是我非趕上這趟火車不可，羅莎琳一個人在公寓裡。如果讓她獨自一人在倫敦過夜，她會嚇得魂不守舍。」

「在一個到處有人服務的公寓裡也會？」琳恩的口氣帶著輕蔑。

大衛厲聲說道：「害怕是沒道理可說的。如果你受過爆炸之苦……」

琳恩突然感到慚愧……其實是懊悔。她說：「對不起，我忘了。」

大衛突然語帶挖苦，大聲說道：「沒錯，大家總是很快就忘了，忘了一切，然後又開始平靜度日，又開始膽小怕事，又回到血腥戰爭才開打時的模樣！然後再度爬進那些腐臭的小窩，再次苟且偷生。你也是，琳恩，你和他們沒有兩樣！」

她大叫：「我不一樣！我不一樣，大衛。我只是在想……」

「想我？」

他反應迅速得令她驚訝。他摟住她，把她拉近。他憤怒而火熱的唇吻著她。

「羅利．柯洛德？」他說，「那個呆子？老天，琳恩，你屬於我。」

一如他適才突然抓住她，現在他又一把將她放開，幾可說是將她推開。

「我要錯過火車了。」

他頭也不回地跑下山去。

「大衛……」

他轉過頭來大喊：「到了倫敦我會打電話給你……」

她看著他在愈來愈濃的暮色裡奔跑，那麼輕快，充滿了動感和自然的優雅。

她這才帶著翻騰的心及亂紛紛的思緒，搖搖晃晃、慢慢吞吞地朝家的方向走去。

進門前她猶豫了片刻，她想躲開母親熱情的招呼和那些問題……

她這位母親向自己鄙夷的人借了五百英鎊。

「我們沒有理由瞧不起羅莎琳和大衛，」琳恩一邊躡手躡腳上樓一邊想。「我們雙方是半斤八兩。我們也會不擇手段，為了錢而不擇手段。」

她站在臥室裡，以奇異的眼神看著鏡中自己的臉。那張臉看起來如此陌生。

突然間，她全身因為憤怒而顫抖。

「如果羅利真的愛我，」她想，「他無論如何也會為我弄來五百英鎊。他會的，一定會的。他不會忍心讓我因為不得不向大衛……向大衛要錢而受到羞辱……」

大衛說過，他到倫敦後會打電話給她。

她走下樓，像是走在夢中。

夢，她想，可以是非常危險的東西。

14

「噢，你回來了，琳恩，」愛蒂拉聲音輕快，口氣如釋重負。「親愛的，我沒聽到你進來。你回來很久了嗎？」

「噢，是的，早就回來了。我一直在樓上。」

「琳恩，以後回來要跟我說一聲。見你天黑之後還沒回家，我總是放心不下。」

「真是的，媽，難道你覺得我還不能照顧自己嗎？」

「最近報上刊載了一些恐怖的事。那些退役的士兵……他們會侵犯女孩子。」

「我認為那是那些女孩自找的。」

她微微一笑，像是擠出來的。

真的，女孩子確實會飛蛾撲火。有誰真心想要安全呢……

「琳恩，親愛的，你在聽我說話嗎？」

琳恩立刻回過神來。

她母親一直在對她說話。

「你剛說什麼，媽？」

「我在說找伴娘的事，親愛的。我想她們會拿來一些配給券。你很幸運，有這麼多復員的戰友。真替那些只能靠一般配給券結婚的女孩難過。我的意思是，她們根本沒有新衣服可穿。我指的不是外衣。現在內衣這麼缺乏，大家非極力爭取不可。沒錯，琳恩，你真的很幸運。」

「是啊，非常幸運。」

她在屋裡走來走去，來回踱步，不時拿起什麼又放下。

「你非得這麼坐立難安嗎，親愛的？你讓我覺得心神不寧。」

「對不起，媽。」

「沒什麼事吧？」

「會有什麼事呢？」琳恩立刻反問。

「噢，別把話題岔開，親愛的。好吧，還是談談伴娘。我真的覺得你應該找麥克雷家的女兒。別忘了，她媽媽是我最好的朋友，如果我們不找她女兒當伴娘，她會傷心……」

「我討厭瓊安・麥克雷，我一向討厭她。」

「我知道，親愛的，不過這真的這麼重要嗎？瑪琪蕊一定會十分傷心……」

「真是的，媽，這是我的婚禮，不是嗎？」

「對，琳恩，我知道，可是……」

「如果真有婚禮的話！」

她無意這麼說，但它不經思考便從她的嘴裡脫口而出。她想收回那句話，可惜為時已晚。馬奇蒙夫人瞪著女兒，一臉震驚。

「琳恩，親愛的，你這是什麼意思？」

「噢，沒什麼，媽。」

「你和羅利沒吵架吧？」

「沒有，當然沒有。不要大驚小怪，媽，一切都很好。」

可是愛蒂拉依舊帶著驚慌的眼神瞪著琳恩。她敏感地察覺到，女兒悶悶不樂的外表下正波濤洶湧。

「我一直覺得，你若是嫁給羅利，你會一輩子安穩。」她帶著憐惜的口氣說。

「誰稀罕安穩？」琳恩語帶輕蔑地反問。她突然轉身。「剛才有我的電話嗎？」

「沒有。怎麼，你在等電話？」

琳恩搖搖頭。說自己在等電話很丟臉。他說過今晚會打電話給她，一定會的。你瘋了，她對自己說，真是瘋了。

為什麼這個人如此吸引她？她眼前浮現出他那張黝黑、不快樂的臉。她努力想趕走它，換上羅利那張端正、漂亮的面容，那慢條斯理的笑容、深情款款的眼神。可是她想，羅利真的在意她嗎？如果他真的在意，那天她去求他、向他借貸五百英鎊時，他就該理解才對。他應該理解，而不是表現得如此理智而實際，那簡直把她氣瘋了。嫁給羅利，過著農場生活，永遠不再離家，再也看不到外國的天空，聞不到異域的花香，永遠沒有自由……

電話響起，聲聲刺耳。琳恩深吸一口氣，走過去拿起話筒。

她像是挨了一記悶棍，因為凱西舅媽的聲音透過電話線模模糊糊傳來。

「琳恩，是你嗎？噢，我真高興。你知道，我恐怕闖了一些禍……我是說，我們在郵局碰到時我提到的事……」

她微弱而顫動的聲音沒完沒了。琳恩聽著，不時插上兩句，說幾句安慰的話，接受她再三的道謝。

「親愛的琳恩，我真是如釋重負，你總是這麼平心靜氣，又這麼務實。我真不懂，我怎麼會把事情弄得這麼糟。」

琳恩也不懂。凱西舅媽就是有能耐把最簡單的事弄得一團糟，在這方面她簡直是天才。

「不過，就像我常說的，」凱西舅媽在下結語了。「屋漏偏逢連夜雨。我們家的電話壞了，我只好到公共電話亭來打電話；可是到了電話亭，又發現身上沒有兩便士的硬幣，只有半便士的，所以我又得去找……」

話音終於消逝了。琳恩掛上電話，回到客廳。

愛蒂拉·馬奇蒙警覺地問：「剛才是……」她頓住沒說完。

琳恩立刻說：「是凱西舅媽。」

「她要做什麼？」

「噢，她又闖了點禍。」

琳恩再度拿起一本書坐下，瞥了一眼時鐘。是啊，現在還太早了，不會有她的電話。十一點過五分，電話又響了。她慢慢朝電話走去。這次她不再懷著期待，大概又是凱西舅媽。

但這回不是。

「是沃斯利河谷村三十四號嗎？請琳恩·馬奇蒙小姐接一通來自倫敦的私人電話。」

她的心停止了跳動。

「我就是琳恩·馬奇蒙小姐。」

「請別掛斷。」

她等待著。一陣混亂的雜音後是一片寂靜。現在的電話服務愈來愈糟。她繼續等待。她氣憤地去按話筒。另一個女人的聲音響起，口氣漠然、冷淡、毫無興趣。

「請掛斷電話，稍後再接。」

她將電話掛斷，往客廳走去，正要伸手推門，電話鈴又響了。她急忙趕回電話機旁。

「喂？」

一個男人的聲音說道：「是沃斯利河谷村三十四號嗎？倫敦的私人電話，請琳恩·馬奇蒙小姐聽電話。」

「我就是。」

「請稍待。」接著模模糊糊傳來。「倫敦，請講，電話已接通。」

大衛的聲音突然響起。

「琳恩，是你嗎？」

「大衛！」

「我必須和你談談。」

「好……」

「聽著，琳恩，我想我最好離開……」

「你這話是什麼意思？」

「遠遠離開英國。這很容易。我一直在假裝，說不離開是為了羅莎琳，其實我是不想離開沃斯利河谷村。但有什麼用？你和我，不會有結果的。琳恩，你是個好女孩，至於我，我算是個不肖之徒，一向如此。但你可別高估自己，覺得我會為你洗心革面。我也許有心那麼做，但不會持久的。不，你最好還是嫁給那個克勤克儉的羅利吧。在你有生之年，他一天也不會讓你發愁，而我則會讓你吃盡苦頭。」

琳恩就這麼站著，手中握住話筒，一語不發。

「琳恩，你還在聽嗎？」

「是，我在聽。」

「你一直沒說話。」

「有什麼好說的？」

「琳恩？」

「嗯？」

真奇怪，隔得那麼遠，她還能清楚感受到他迫不及待的激動情緒……

他先是低聲咒罵了什麼，接著大聲咆哮。

「噢，全都下地獄吧！」便掛了電話。

馬奇蒙夫人從客廳裡走出來，口中問道：「剛才是……」

「有人打錯電話。」琳恩說完，就快步上樓去了。

15

史塔格酒店叫客人起床的做法是，在客人吩咐的時間，由女傭在房門大聲敲一下，然後喊道：「先生，八點半了」或「九點了」。如果客人有明確要求，早茶也會在這時一併端來，乒乒乓乓放在門外的腳墊上。

就在這個星期三的早晨，年輕的葛拉蒂遵循這固定的公式，走到五號房門外大叫：「先生，八點十五分了，」接著就把托盤噹啷一聲放在地上，連瓶裡的牛奶都濺了出來。她又繼續往前走，叫醒更多的客人，接著就去做其他事情了。

直到十點她才注意到，五號房的早茶依然放在墊子上。她對著房門用力搥了幾下，沒有回應。她逕自走進去。

住五號房的先生不像是會睡過頭的人，而她剛想到，這個房間窗戶外頭有個很容易爬進爬出的平台屋頂。葛拉蒂想，也許五號房的客人沒付帳就跑了。

但是這個自稱為伊諾克．亞登的人並沒有跑掉。他臉朝下躺在房間中央。葛拉蒂雖然沒有半點醫學常識，卻也能確定那人死了。

葛拉蒂的頭往後一仰，大聲尖叫起來。她衝出房間，跑下樓梯，一路尖叫個沒停。

「噢，里賓格小姐……里賓格小姐，噢……」

碧翠絲．里賓格在自己的房間裡，萊諾．柯洛德醫生正在為她包紮割破了的手。葛拉蒂衝進來，後者放下繃帶，轉過身對她怒目而視。

「噢，里賓格小姐！」

醫生厲聲說道：「怎麼了？你怎麼了？」

「葛拉蒂，出了什麼事？」碧翠絲問。

「是那個住五號房的先生。他躺在地板上，死了。」

醫生睜大眼睛，先看看那女孩，又看看里賓格。而里賓格則是先看看葛拉蒂，接著又看看醫生。

終於，柯洛德醫生以不確定的語氣說：「亂講。」

「他已經死透了。」葛拉蒂說，接著意味深長地加上一句：「他的腦袋被敲爛了！」

醫生的目光投向里賓格。

「我想我最好……」

「對，請你去看看，柯洛德醫生。但是真的……我實在難以置信，這件事聽起來簡直匪夷所思。」

由葛拉蒂帶路，他們一起上了樓。柯洛德醫生只看了一眼，隨即屈膝跪下，俯身去查看那個俯臥在地的屍體。

他抬起頭，望望里賓格小姐。他的口氣變了，現在是既突兀又權威。

「你最好撥個電話給警察局。」他說。

碧翠絲．里賓格走出房間，葛拉蒂跟在她後頭。

葛拉蒂帶著畏懼，小聲問道：「噢，里賓格小姐，你認為這是謀殺嗎？」

里賓格舉起激動的手，將她向後梳攏的金髮順了順。

「說話小心點，葛拉蒂，」她的語氣很嚴厲。「在沒有確定之前就說是謀殺，這是誹謗罪，你會被告上法庭。把這件事情鬧得沸沸揚揚，對史塔格沒好處。」她又加上一句，像是安撫：「你自己去泡杯茶喝吧。我敢說你很需要喝杯茶。」

「沒錯，真是這樣，里賓格小姐，我真的需要喝杯茶。我都快吐了！我也替你端一杯來！」

碧翠絲沒反對。

16

刑事主任史彭斯若有所思地望著辦公桌對面的碧翠絲・里賓格。她緊抿著唇坐在那裡。

「謝謝你，里賓格小姐，」他說，「你記得的就這些嗎？我會找人打字出來，你看過後如果沒問題，請簽個字……」

「噢，老天，我真希望我不必上法庭作證。」

史彭斯露出安撫的微笑。

「噢，我們也希望事情不至於到了那個地步。」

他這是說空話。

「他有可能是自殺。」碧翠絲滿懷希望地提示道。

史彭斯主任很想說，自殺的人不會用鋼火鉗把自己的後腦勺打破。不過他忍住了，依舊以輕鬆的語氣說道：「驟下結論絕對沒好處。謝謝你，里賓格小姐，你這麼快就跑來報案，是很正確的做法。」

她被帶出房間後，他將她的敘述在腦中回想了一遍。他對碧翠絲‧里賓格非常了解，深知她的話有多少可信度，尤其是在偷聽加上事後回憶的情況下。為了刺激別人的興趣，有些地方她加油添醋；五號房發生了謀殺案，她因此又再渲染一番。不過，將這些虛飾的成分去掉後，留下來的就是醜陋的事實和極大的想像空間。

史彭斯主任望著他面前的桌子。上頭有一只被摔得粉碎的手錶，一個小巧的金質打火機（上面刻有姓名字首），一條金色管身的口紅，還有一把沉重的鋼製火鉗，笨重的火鉗頭上沾著暗褐色的鏽斑。

格雷夫警官探頭進來，說羅利‧柯洛德先生等著見他。史彭斯點點頭，格雷夫將羅利帶進房間。

一如他對翠碧絲‧里賓格該人一清二楚，他對羅利‧柯洛德也是瞭若指掌。羅利會到警察局來，必然是有話要說，而且是具體、可靠、非屬虛構的事實。這當然值得一聽。話說回來，羅利是那種深思熟慮的人，要讓他開口可得花點時間。而這種人你催促不得，否則他們會慌了手腳，不斷重複說過的話，那麼你花的時間就得加倍。

「早安，柯洛德先生，很高興見到你。你能對我們的難題提供一點線索嗎？關於那個在史塔格酒店被殺的人。」

令史彭斯感到吃驚的是，羅利一開口就是一個問句。他出其不意地問：「你們認出死者是誰了嗎？」

「沒有，」史彭斯不慌不忙地說，「我們還不敢確定。他在登記簿上寫的是伊諾克・亞登，不過他的行李中沒有任何東西能證明他是伊諾克・亞登。」

羅利皺起眉頭。

「這不是有點奇怪？」

這確實非常奇怪，然而史彭斯主任並不打算和羅利・柯洛德討論它有多奇怪。他帶著親切的口吻說道：「柯洛德先生，現在應該由我來發問吧？昨天晚上你跑去見死者。為什麼？」

「你認識碧翠絲・里賓格嗎，主任？史塔格酒店的老闆。」

「認識，當然認識。而且，」主任說，希望能縮短談話的時間。「她已經把事情經過告訴我了，她主動來說的。」

羅利似乎鬆了一口氣。

「那好。我本來還擔心她不願意和警方有所牽扯，他們那種人有時候很奇怪。」主任點點頭，沒說話。「呃，碧翠絲也把她偷聽到的談話告訴了我，而在我聽來……我不知道你是不是也這麼想，這其中大有文章。我的意思是，呃，這和我們都有關係。」

刑事主任又點點頭。他向來和當地人一樣，對戈登・柯洛德的死懷有強烈興趣，也同樣認為戈登的家人遭受了不公平待遇。他同意一般人的意見，認為戈登・柯洛德夫人「不是淑女」，而她哥哥是那種爆發力十足的突擊隊員，那種人在戰時雖然頗有用武之地，但是在平和時期只會遭別人白眼相待。

「主任，我想我不需要向你解釋，如果戈登夫人的第一任丈夫還活著，對我們家族來說事關重大。碧翠絲告訴我那件事之後，我第一個念頭是：這種可能性確實存在。我以前作夢也沒想到會有這種事，以為她是個如假包換的寡婦。可以說，這消息令我很震撼。也可以說，我花了好一陣子才領悟到它的重要性。你知道，我得慢慢讓這件事滲透到我腦子裡。」

史彭斯又點點頭。他看得出來，羅利心頭正反覆琢磨這件事，不斷對它思前想後。

「我首先想到，我最好讓我的二伯來處理這件事……那個當律師的。」

「你是說傑米．柯洛德先生？」

「是的，所以我就到他家去。那時候一定是八點多了，他們還在吃晚餐，因此我就坐在二伯的書房裡等，心裡一面反覆思考著這件事。」

「然後呢？」

「最後我決定，在讓二伯處理這件事之前，我自己得先有點行動。主任，我發現律師都是一個樣，慢條斯理，小心謹慎，除非對事情完全有把握，否則不會採取行動。這消息的來源不算光明正大，我猜二伯會對此猶豫不決，不願行動。所以我決定到史塔格去，親自見見這傢伙。」

「於是你就去了？」

「是的。我直接回到史塔格……」

「當時是幾點？」

羅利思索著。

「我想想……我到二伯家大概是八點二十分左右，頂多前後差五分鐘；主任，我不想說得太滿，應該是在八點半之後，或者八點四十左右。」

「然後呢，柯洛德先生？」

「我知道那小子住在哪裡。碧翠絲提過他的房門號碼。所以我就直接上樓了，敲他的門。他說『進來』，我就進去了。」

羅利頓了頓。

「總之，這件事我處理得不大好。我在進門時以為自己占上風，但那傢伙很聰明，我從他口裡套不出任何確切的事情。我本想，要是我暗示他正在進行一樁勒索的勾當，他會驚慌害怕，可是他好像只覺得有趣。他問我——真是厚臉皮——我是不是也想做一筆交易？『你那套齷齪的把戲對我沒用，』我說，『我沒有不可告人之事。』他說他不是那個意思，他是說他有東西要賣，問我想不想買。我問：『你是指什麼？』他說：『如果我有確鑿的證據，證明那個據說已死於非洲的羅伯特．安得海依然活得好好的，你，或是你們柯洛德家，可以付我多少錢？』我問他，我們為什麼要付他錢？他不但大笑，還說：『因為今天晚上就有一個客戶要來，他一定願意付一大筆錢，來購買能確定羅伯特．安得海已死的證據。』然後……呃，然後，我發了火，我告訴他，我們家族不習慣做這種齷齪的買賣。我說，如果安得海確實還活著，那應該很容易證明。我正理直氣壯地說著時，他突然大笑，還用一種詭異的語氣說：『我想，沒有我的合作，你們是證明不了的。』他說話的樣子很邪門。」

「然後呢？」

「呃，坦白說，我就懷著忐忑不安的心情回家了。我覺得我把事情搞砸了，後悔莫及，要是一開始就交給傑米二伯去處理就好了。我的意思是，再怎麼說，律師比較習慣和狡詐的人打交道。」

「你離開史塔格的時候是幾點？」

「我不知道……等等，一定是快九點了，因為當我走在村子裡時，我聽到了播送新聞的報時信號……從某家窗戶裡傳出來的。」

「亞登沒說他在等誰？也就是那個『客戶』？」

「沒有。想當然耳，我認為一定是大衛．亨特。還會有誰？」

「他對於兩人交鋒時會發生的狀況完全沒有警覺？」

「我可以告訴你，那傢伙得意洋洋，簡直樂得要命！」

史彭斯指指那把笨重的鋼製火鉗。

「柯洛德先生，你當時有沒有注意到壁爐裡的這把火鉗？」

「火鉗？沒有……我想沒有。當時壁爐裡沒有火。」他皺著眉，努力回想當時的場景。

「我確定壁爐裡有爐具，但沒注意到是什麼東西。」他又補充一句：「這是不是就是……」

史彭斯點點頭。

「把他的腦袋都打爛了。」

羅利皺起眉頭。

「奇怪。亨特的個頭很小，而亞登是個大塊頭，力氣很大。」

刑事主任不帶情緒地說道：「法醫的證據顯示，他是從背後遭襲，火鉗頭是直接對著腦門敲下去。」

羅利若有所思說道：「他是個過於自信的傢伙沒錯，如果是我，我不會轉過身去，背對一個我打算榨乾一切、而且在戰時歷經慘酷惡鬥的人。亞登實在太不小心了。」

「他如果小心，很可能現在還活著。」主任話中帶刺。

「我真希望他還活著，」羅利的語氣激動。「一如我所說，我覺得我把事情完全搞砸了。要是我沒有勃然大怒、悄悄離開該有多好。我也許會問出一些有用的東西來。我應該假裝我們願意做筆買賣。不過要是這麼做，那也是傻透了。我是說，我們算什麼，哪能跟羅莎琳和大衛叫價？他們有錢，而我們誰也籌不到五百英鎊。」

刑事主任拿起那個金質打火機。「以前有沒有見過這個？」

羅利的眉間出現一道深溝。他緩緩說道：「我好像在哪裡見過，沒錯，可是想不起是在什麼地方。是不久以前……不行，我想不起來。」

羅利伸出一隻手，不過主任並沒有把打火機交給他。他放下它，拿起那管口紅，將它從管子裡旋出來。

「這個呢？」

羅利咧嘴笑了。

「唉，主任，這不是我的專長。」

史彭斯若有所思地在手背上塗了一抹口紅，隨即側著頭仔細研究著。

「是褐色的，我想。」他說。

「你們警察知道好多稀奇古怪的事，」羅利邊說邊站起身。「你們不知道……真的不知道死者是誰嗎？」

「你有什麼想法嗎，柯洛德先生？」

「我只是覺得奇怪，」羅利緩緩地說，「我的意思是，這人是我們和安得海之間唯一的聯繫，現在他死了，要找到安得海不就有如大海撈針？」

「我們還有媒體，柯洛德先生，」史彭斯說，「別忘了，報刊雜誌上很快就會出現這件事的大幅報導。如果安得海還活著，而且看到了報導，他可能會主動現身。」

「是的，」羅利語氣帶著懷疑。「是有可能。」

「可是你不這麼認為？」

「我認為，」羅利．柯洛德說，「大衛．亨特已經贏了第一回合。」

「很難說。」史彭斯說。

羅利離開後，史彭斯再度拿起那個打火機，看著上頭的姓名字首縮寫：DH。

「很貴的手工，」他對格雷夫警官說，「不是大量製造的，很容易辨識。一定是從精品店或龐德街那種地方出品。派人去查查！」

「是，長官。」

刑事主任又看看那支手錶。錶面被打得稀爛，指針指著九點十分。

他看著格雷夫警官。「手錶的報告出來了嗎，格雷夫？」

「出來了，長官。發條斷了。」

「指針的機械裝置呢？」

「很正常，長官。」

「格雷夫，依你之見，這支錶能告訴我們什麼？」

格雷夫謹慎地低聲說：「它好像可以告訴我們案發時間。」

「啊，」史彭斯說，「等你當警察像我一樣久，你就會知道，像摔碎的手錶這類唾手可得的證據都不可盡信。這種證據可能是真的，但它也是眾人皆知的老伎倆。你將手錶的指針轉到你想要的時間，再把它摔碎，那就是個有力的不在場證明。對那種老奸巨滑的老鳥，靠這個抓不到人。我對案發時間一直存疑。法醫證明，死亡時間是晚上八點到十一點之間。」

格雷夫警官清清嗓子。「愛德華，就是犁溝居的花匠副手，說他在七點三十分左右看見大衛・亨特從邊門出來。家裡的女僕都不知道他回來了，以為他還在倫敦和戈登夫人在一起。這表示他當時人在附近。」

「沒錯，」史彭斯說，「我倒想聽聽亨特自己怎麼說。」

「長官，這似乎是個一目了然的案子，」格雷夫一邊看著打火機上的姓名字首一邊說。

「嗯，」主任說，「可是還有這個無法解釋。」

他指指口紅。

「它是滾到衣櫃底下去的，長官。說不定滾進去已有一段時間了。」

「我查過了，」史彭斯說，「那房間最後一次有女人入住是在三個星期前。我知道這年頭旅館的服務不怎麼樣，不過我想在三個星期內，他們總會把拖把伸到家具底下拖一次的。大體而言，史塔格算是保持得相當整潔。」

「沒有跡象顯示亞登和女人有瓜葛。」

「我知道，」刑事主任說，「這就是我把這管口紅稱為未知數的原因。」

格雷夫警官差點說了一句「Cherchez la femme」[3]，還好即時剎了車。他的法語發音很好，他不想讓史彭斯主任注意到，以免激怒他。

格雷夫警官是個機靈的年輕人。

3 法語，意思是「去找那女人」。

17

史彭斯主任在走進牧人園那令人賞心悅目的大門之前，先抬頭望了望這棟位於梅費爾的大樓。它低調地矗立在牧人市場附近，顯得肅穆、高貴，但並不惹人注意。

一進門，史彭斯的腳就陷在柔軟的地毯裡。大廳裡有一張天鵝絨面的靠背長椅和一個大盆栽，裡頭各種花朵盛開。他的正對面是個小電梯，電梯旁是一段樓梯。大廳的右側有一扇門，上頭有「辦公室」字樣。史彭斯推門走了進去。那是個有櫃檯的小房間，櫃檯後頭有一張桌子、一台打字機、兩張椅子。其中一張被拉到桌邊，另一張則像是妝點門面似的，以某種角度擺在窗戶旁。房間裡空無一人。

史彭斯在桃花心木的櫃檯上找到按鈴，隨即往下一按。沒有動靜。他又按了一次。約莫一分鐘後，遠處牆上的一扇門打開，一個穿著鮮明制服的人出現在眼前。他看來儼然像個外國將軍甚或陸軍元帥，只可惜一口倫敦腔，而且是沒有受過教育的那種。

「有事嗎，先生？」
「我找戈登．柯洛德夫人。要不要我先打個電話給她？」
「她住四樓，先生。她現在人在這裡，是不是？」史彭斯說，「我還以為她在鄉下。」
「沒有，先生。從上週六以來，她一直住在這裡。」
「大衛．亨特先生也是？」
「亨特先生也一直住在這裡。」
「他沒離開過嗎？」
「沒有，先生。」
「他昨天晚上人在這裡嗎？」
「喂，」這位陸軍元帥的口氣突然開始不遜。「你問這麼多幹什麼？在做身家調查啊？」
史彭斯沒說話，默默出示了他的搜查證。陸軍元帥立刻洩了氣，變得合作起來。
「我真的很抱歉，」他說，「很難想像，對吧？」
「言歸正傳，亨特先生昨天晚上人在這裡嗎？」
「是的，先生，他在這裡。至少就我所知，他在這裡。換句話說，他沒說他要離開。」
「如果他離開，你會知道嗎？」
「呃，一般來說是不會。我想我不會知道。那些先生小姐如果要離開，通常會說一聲，關照信件處理或是有人打電話來時該怎麼說。」

「住戶的電話都要經過這個辦公室轉達嗎？」

「不，大部分的住戶都有自己的電話。有一兩家不願裝電話，我們就用對講機通知，他們就會下樓到大廳的電話亭去講電話。」

「而柯洛德夫人自己有裝電話？」

「是的，先生。」

「就你所知，他們兩個昨天晚上都在這裡？」

「是的。」

「他們怎麼吃飯？」

「這裡有餐廳，不過柯洛德夫人和亨特先生不常去。他們通常都出外用餐。」

「早餐呢？」

「早餐會送到各個住戶家裡去。」

「你能不能查查，今天早上有沒有人替他們送早餐？」

「可以的，先生。我可以從房間服務記錄裡查到。」

史彭斯點點頭。

「我現在要上樓去，等我下來，你告訴我結果。」

「好的，先生。」

史彭斯走進電梯，按下四樓的按鈕。每層樓只有兩棟住戶。史彭斯按下九號門鈴。

大衛．亨特打開門。他沒見過史彭斯主任，口氣很是莽撞。

「噢，有什麼事？」

「亨特先生嗎？」

「我就是。」

「我是奧斯特郡警局的刑事主任史彭斯。能跟你談談嗎？」

「很抱歉，主任，」他咧開嘴笑。「我還以為你是推銷東西的。請進。」

他帶領史彭斯進入一個布置很現代化的漂亮房間。羅莎琳．柯洛德正站在窗前，聽到他們進來便轉過身。

「羅莎琳，這位是刑事主任史彭斯先生，」亨特說，「請坐，主任。要不要喝點什麼？」

「不了，謝謝你，亨特先生。」

適才一直側著頭的羅莎琳現在背對著窗戶坐直身子，膝上的雙手緊緊交握著。

「抽菸嗎？」大衛遞來菸盒。

「謝謝。」

史彭斯接過一根，接著便靜心等待。他看著大衛的手伸進衣袋又伸出來，蹙起眉頭四下看看，最後拿起一盒火柴。他劃上一根，為主任點上菸。

「謝謝你，亨特先生。」

「怎麼了？」大衛一面替自己點菸，一面以悠閒的口吻說道，「沃斯利河谷村那邊出了事？是不是我們的廚師跑到黑市去買東西了？她為我們準備的食物特別好，我一直懷疑這背後大有文章。」

「事情嚴重得多，」刑事主任說，「昨晚有個人死在史塔格酒店。你大概在報上看到了吧？」

大衛搖頭。

「沒有，我沒注意到。那人怎麼了？」

「他不只是死了，而且是遭人殺害。事實上，他的頭被人打爛了。」

羅莎琳幾乎叫出聲來，又憋了回去。大衛立刻接口。

「拜託你，主任，不要詳述細節。我妹妹很脆弱，她無法控制自己，只要一提到血和那些恐怖的東西，她可能就會暈倒。」

「噢，對不起，」刑事主任說，「不過，其實談不上什麼血腥畫面。只是，這確實是謀殺沒錯。」

他沒再往下說。大衛挑起眉頭，以溫和的語氣說道：「你撩起了我的興趣。我們和這件事有什麼關係？」

「亨特先生，希望你能告訴我們一些這個人的資料。」

「我？」

「上週六晚上你去找過他。他的名字……或者說他所登記的名字，是伊諾克．亞登。」

「噢，是的，我記起來了。」

大衛說話時一派平靜，沒有絲毫的不自然。

「那是怎麼樣，亨特先生？」

「噢，主任，我恐怕幫不了忙。我對這個人可說是一無所知。」

「伊諾克．亞登是他的真名嗎？」

「我很懷疑。」

「你為什麼跑去見他？」

「倒楣被騙了嘛。他提到某些地方、戰爭經歷和一些人……」大衛聳聳肩。「都是輕描淡寫。他說的那些事都是唬弄的。」

「你有沒有給他錢？」

停頓片刻後，大衛說：「只給了一張五英鎊的鈔票……算是解運。他確實參戰過。」

「他提到一些你認識的人？」

「是的。」

「其中是不是有一位羅伯特．安得海上尉？」

這招終於奏效了。大衛的臉立時變得僵硬。他身後的羅莎琳發出一聲驚恐的喘息。

「你為什麼會那麼想，主任？」大衛終於開口問道。

他的眼光小心謹慎，又帶著試探。

「因為我們握有情報。」史彭斯說，完全不動聲色。

一陣短暫的沉默。史彭斯感覺到大衛的眼睛在細細觀察他、打量他，努力想弄清楚。他靜靜等待著。

「你知道羅伯特·安得海是什麼人嗎，主任？」大衛問。

「你不妨告訴我。」

「羅伯特·安得海是我妹妹的第一任丈夫，幾年前死於非洲。」

「你確定嗎，亨特先生？」史彭斯立刻說。

「很確定。是這樣，對不對，羅莎琳？」他轉過身面對她。

「噢，沒錯。」她說得很快，連氣也不敢喘。「羅伯特死於熱病，黑水熱。非常遺憾。」

「有時候傳言不見得是真的，柯洛德夫人。」

她沒說話，也不看他，眼神只盯著她哥哥。半晌之後，她才開口說道：「羅伯特死了。」

「從我掌握的情報來看，」史彭斯說，「我知道伊諾克·亞登自稱是已故羅伯特·安得海的朋友。亨特先生，他跑來告訴你，羅伯特·安得海還活著。」

大衛搖搖頭。

「胡說，」他說，「一派胡言。」

「你確定那人沒有提到羅伯特·安得海的名字？」

「噢，」大衛露出迷人的笑容。「他是提到過這個名字。這個可憐的傢伙確實認識安得海。」

「所以，這應該是勒索，對吧，亨特先生？」

「勒索？我不懂你的意思，主任。」

「你真的不懂嗎，亨特先生？順便問一聲，慣例而已；昨天晚上……我們就說七點到十一點之間好了，你人在什麼地方？」

「主任，如果我也依我的慣例，拒絕回答呢？」

「你這麼做是不是有點幼稚，亨特先生？」

「我不認為。我不喜歡……而且是向來就不喜歡被別人恫嚇。」

史彭斯心想，這應該是實話。

他了解大衛．亨特這種人。這種人妨礙辦案純粹出於故意搗蛋的心理，絕不是因為有不可告人的祕密。光是要他們說出自己的行蹤動向，就會讓他們感到自尊受損，怒火攻心，他們打定主意，要盡一切努力找執法單位的麻煩。

史彭斯主任雖然一向自詡態度公正客觀，但早在前來牧人園公寓的路途中，他心裡已深信大衛．亨特就是凶手。

而現在，他頭一回感到信心動搖了。令他生疑的就是大衛那種不成熟的對抗態度。

史彭斯望向羅莎琳．柯洛德。她立刻做出回應。

「大衛，你為什麼不告訴他？」

「這就對了，柯洛德夫人。我們只是想釐清事實……」

大衛暴怒地打斷他。

「你不要威嚇我妹妹，聽見沒有？我昨天晚上在這裡、在沃斯利河谷村還是在非洲，和你有什麼關係？」

史彭斯帶著警告語氣說道：「亨特先生，你會被傳訊參加驗屍審訊，到時候你非回答問題不可。」

「那我就等著上法庭！現在，主任，可不可以請你滾出去？」

「好吧。」史彭斯從容不迫地起身。「不過，我得先請柯洛德夫人幫個忙。」

「我不希望我妹妹受到打擾。」

「我也不希望。不過我想請夫人去看一下屍體，告訴我她認不認得那個人。我有這個權利。這事遲早得做，乾脆就請她現在和我一起去，把這件事辦完，好嗎？有個證人聽到亞登先生說他認識羅伯特．安得海，所以他可能認識安得海夫人，而安得海夫人也可能認識他。如果他不是伊諾克．亞登，我們必須知道他的真實姓名。」

出乎他們意料之外，羅莎琳．柯洛德站起身。

「好，我跟你去。」她說。

史彭斯心想大衛又要大發脾氣了，卻沒想到大衛咧嘴笑了。

「真有你的，羅莎琳，」他說，「坦白說，我自己也很好奇。你搞不好真能替那個傢伙找到一個名字。」

史彭斯對羅莎琳說：「你沒有在沃斯利河谷村見過他？」

她搖搖頭。

「上週六以來，我人一直在倫敦。」

「而亞登是週五晚上到的……沒錯。」

羅莎琳問：「你要我現在就去嗎？」

她語氣裡有一種小女孩般的順從。史彭斯不由得對她產生了好印象。她顯得溫順而且心甘情願，這頗出乎他的意料。

「你真幫忙，柯洛德夫人，」他說，「我們愈早確定一些事實愈好。不過，我沒有開警車來。」

大衛朝電話機走去。

「我撥個電話給戴姆勒租車公司。這雖然不符法律規定，但我相信你可以搞定，主任。」

「我相信這沒問題，亨特先生。」他站起身說道，「我到樓下等兩位。」

他搭電梯下了樓，再次推開那間辦公室的門。

陸軍元帥正在等他。

「怎麼樣？」

「先生，兩張床昨天晚上都有人睡過。盥洗用具和毛巾也都用過。早餐是九點半送進去的。」

「所以，你不知道昨晚亨特先生是什麼時候回來的？」

「恐怕我只知道剛才那些了，警官。」

看來也是如此，史彭斯想。他不知道大衛之所以拒絕回答，是純粹出於孩子氣的對抗心理，還是有其他原因。他一定警覺到自己所面臨的危險……謀殺罪嫌正環伺在側。他一定也明白自己愈早說出當日行蹤愈好。和警察作對絕對沒好處。可是史彭斯又喪氣地想，和警察作對正是大衛．亨特引以為樂的事。

一路上他們幾乎沒開口。到了停屍間，羅莎琳．柯洛德已是臉色蒼白，雙手直發抖。大衛很擔心她，對她說話就像哄小孩似的。

「就一兩分鐘，親愛的。沒什麼，根本沒什麼。別擔心，你跟主任進去，我在外面等你，沒什麼好擔心的。那人看上去會很祥和，就像睡著了一樣。」

她對他微微點點頭，伸出一隻手。大衛輕輕捏了一下。

「勇敢點，親愛的。」

她隨著主任踏入停屍間，一面低聲說道：「你一定以為我是個膽小鬼，主任。可是，如果房子裡的人都死了，全死了，就剩下你一個人，就像倫敦可怕的那一夜……」

他柔聲說道：「我了解，柯洛德夫人。我知道那次空襲中你先生不幸喪生，而你飽受驚嚇。不過，這真的只需一兩分鐘。」

史彭斯一個手勢擺下，有人就把蓋屍布揭開。羅莎琳．柯洛德站在那裡，垂眼看著這個自稱為伊諾克．亞登的人。史彭斯站在一旁一個不顯眼的位置，仔細觀察著她。

她好奇地看著那人，似乎感到奇怪……沒有驚嚇，沒有任何感情，也沒有表現出認識這人的樣子，只是帶著思索的眼神望著他良久。接著，她平靜而非常自然地在胸前畫了一個十字。

「願上帝讓他的靈魂安息，」她說，「我從未見過這個人，我不知道他是誰。」

史彭斯心想，如果你說的不是實話，那你就是我所見過最高明的演員。

稍後，史彭斯打了個電話給羅利．柯洛德。

「我找過那個寡婦了，」他說，「她說得很肯定，那人不是羅伯特．安得海，而且她從未見過那個人。這件事就到此為止了。」

停頓片刻後，羅利緩緩說道：「真的到此為止了嗎？」

「我想陪審團會相信她的話，因為我們沒有相反的證據。」

「沒……沒錯。」羅利說完，掛斷了電話。

接著他蹙起眉頭，拿起電話簿……不是當地的，而是倫敦地區。他的手指按部就班地找到了字母P的那幾頁。沒多久，他就找到了他要的號碼。

第二部

Taken at the Flood

18

赫丘勒．白羅仔細將喬治出門買回的最後一份報紙摺好。上頭刊載的消息乏善可陳。法醫鑑定的結果，顯示死者的頭蓋骨由於連續重擊而破碎。驗屍審訊要延遲兩週才開庭。死者據信最近才從開普敦來英國，名叫伊諾克．亞登。任何人如能提供這人的資料，請和奧斯特郡的刑事主任聯絡。

白羅將那份報紙放在一堆整整齊齊的報紙上，陷入沉思。他對這件事有興趣。如果不是萊諾．柯洛德夫人最近來訪，他或許會在看過這段報導之後就略過去了。她的來訪令他清楚憶起空襲那天在俱樂部的情景。他還記得波特少校的聲音：「也許遠在一千哩外的地方會出現一位伊諾克．亞登先生，改頭換面開始新生活。」他現在更急於多了解這個橫死在沃斯利河谷村的伊諾克．亞登。

他想起來，他和奧斯特郡警局的史彭斯主任有淺交，而那個叫作梅隆的年輕人就住在沃斯利石南村不遠處，他認識傑米．柯洛德。

他正想著要撥個電話給梅隆那個年輕人，這時喬治進房來，說有個名叫羅利．柯洛德的人想見他。

「啊哈，」赫丘勒．白羅滿意地說，「帶他進來。」

一個相貌堂堂但面帶憂色的年輕人被帶了進來。他似乎有點茫然，不知如何啟口。

「柯洛德先生，」白羅幫他一把。「我能幫你什麼忙嗎？」

羅利．柯洛德狐疑的眼神直對著白羅打量。浮誇的八字鬍，講究優雅的言行，精緻的尖頭漆皮鞋，在在令這個保守的年輕人滿心疑慮。

白羅對那人的狐疑不但心頭雪亮，而且覺得有趣。

羅利．柯洛德帶著凝重的神色開口說道：「恐怕我得先說明一下我的身分。你不知道我的名字……」

白羅插嘴道：「不，我知道，我對你的名字很熟悉。你嬸嬸上星期來找過我。」

「我嬸嬸？」

羅利張大嘴，極其驚愕地瞪著白羅。他顯然對此事一無所知，白羅因此排除了他一開始的推論，並斷定這兩人的來訪其實並無關聯。在他看來，短短數日就有兩個柯洛德的家人登門求教，這未免太過巧合；但轉念一想，他意識到這並非巧合，而是出於同一個緣由的自然發展。

他高聲說道：「我猜萊諾．柯洛德夫人是你的嬸嬸。」

如果說羅利的反應和剛才有什麼不同，那就是他更吃驚了。

他問道，口氣幾乎是難以置信。

「凱西嬸嬸？你不是指……傑米．柯洛德夫人吧？」

白羅點點頭。

「可是凱西嬸嬸怎麼會……」

白羅輕聲回答：「據我了解，她是被神靈引導而來的。」

「噢，老天！」羅利說，臉色舒緩了許多，還覺得好笑。他像是安慰白羅似地又說道：

「她那人沒什麼威脅性，你知道。」

「很難說。」白羅說。

「你是什麼意思？」

「可曾有人真的不具威脅性？」

羅利瞪大眼睛。白羅嘆了口氣。

「你來是因為有事要問，對吧？」他柔聲提醒他。

羅利臉上再度現出憂色。

「說來話長，我擔心……」

白羅也擔心。精明的他知道羅利．柯洛德不是那種開門見山、很快就會談到重點的人。

他往椅背一靠，半閉著眼，開始傾聽羅利的敘述。

「你知道，我有個伯父叫戈登．柯洛德……」

「戈登．柯洛德的事情我全知道。」白羅好心幫忙。

「那好，那我就不用解釋了。他在去世前幾個星期結了婚，娶了一個叫安得海夫人的年輕寡婦。我伯父去世後，她一直住在沃斯利河谷村，和她一個哥哥同住。我們都認為她的第一任丈夫因為熱病死於非洲，但現在看來似乎並非如此。」

「啊，」白羅坐直身子。「你怎麼會得到這個結論呢？」

羅利描述了伊諾克．亞登來到沃斯利河谷村的情形。

「你或許已在報上看到……」

「對，我看到了。」白羅又幫他一把。

羅利繼續往下說。他把自己對亞登的第一印象、他去史塔格酒店、碧翠絲．里賓格寫信給他，和碧翠絲偷聽到的談話一五一十說了一遍。

「當然，」羅利說，「我們很難確定她究竟聽到了什麼。她可能誇大其辭，甚至誤會了也不一定。」

「她告訴警察這件事了嗎？」

羅利點頭。

「我勸她最好去告訴警察。」

「對不起，我不太明白你為什麼會來找我，柯洛德先生？你是希望我調查這起……謀殺案嗎？我相信這是謀殺案。」

「老天，才不是，」羅利說，「我不需要你幫那種忙，那是警察的事。那人確實是遭人謀殺的。不是的，我的來意是，希望你查明那傢伙是什麼人。」

白羅瞇起眼睛。

「你認為他是什麼人呢，柯洛德先生？」

「噢，我的意思是，伊諾克．亞登並不是他的真名。這名字是有典故的，它出自丁尼生[4]的作品。我特地跑去研究過了。故事是說一個人從國外歸來，發現妻子已改嫁他人。」

「所以，」白羅輕聲說道，「你認為伊諾克．亞登就是羅伯特．安得海本人？」

羅利慢吞吞地回答：「呃，他有可能是；我的意思是，他們不但年齡相當，外貌什麼的也都符合。當然，我已經找過碧翠絲，要她一再回想她聽到的談話。她當然不可能記得那兩人原原本本說些什麼，不過那傢伙說羅伯特．安得海窮困潦倒，而且身體極差，需要用錢。他有可能是在說自己，不是嗎？他又說，如果安得海在沃斯利河谷村出現，那麼大衛．亨特一定會不高興……那語氣聽起來好像他就在現場，只是用了假名而已。」

「驗屍當天可有證據指認出他的身分？」

羅利搖搖頭。

「什麼確切的證據也沒有。只有史塔格酒店裡的人作證說，他是個以伊諾克．亞登這名字登記的房客。」

「他的證件呢？」

「什麼證件也沒有。」

「什麼？」白羅驚訝地坐直身子。「什麼證件也沒有？」

「完全沒有。他有幾雙備用的襪子、一件襯衫、一支牙刷之類的。就是沒有證件。」

「沒有護照？沒有信函？連配給券也沒有？」

「都沒有。」

「這就有意思了，」白羅說，「確實，非常有意思。」

羅利繼續說下去。

「大衛・亨特，也就是羅莎琳・柯洛德的哥哥，在這人投宿後的隔天晚上去找過他。他對警察的說辭是，他收到這人的一封信，說他是羅伯特・安得海的朋友，現在窮困潦倒；在他妹妹的要求下，亨特去史塔格見他，給了他一張五英鎊的鈔票。那是他的說辭，而且他一定會堅稱到底！當然，警察沒讓他知道碧翠絲偷聽到他們的談話內容。」

「大衛・亨特說他以前並不認識那個人？」

4 丁尼生（Tennyson, 1809-1892），英國桂冠詩人。

「他是這麼說的。我猜亨特沒見過安得海。」
「羅莎琳．柯洛德呢？」
「警方猜她可能會認識那人，所以請她去認屍。可是她說她完全不認識那個人。」
「那不就得了？」白羅說，「你的問題得到了解答！」
「是嗎？」羅利唐突地說，「我可不這麼認為。如果死者確實是安得海，那麼羅莎琳就當不成我伯父的妻子，她也就沒有權利得到我伯父的半毛錢。在這種情況下，你認為她會指認他嗎？」
「你不信任她？」
「他們兩個我都不信任。」
「應該有很多人都能確認死者是不是安得海吧？」
「好像沒那麼容易。這就是我想請你幫忙的地方：找個認識安得海的人。他顯然在英國沒有親戚，何況他一直是那種不愛社交、離群索居的人。我想，他一定還有一些過去的僕人或舊交之類的，只是戰爭破壞了一切，那些人不知道漂泊到何處去了。我不懂怎麼處理這種事，再說我也沒時間。我是個農夫……人手也不夠。」
「那你為什麼來找我呢？」赫丘勒．白羅問。
羅利似乎有點為難。
白羅眼裡閃現出一絲亮光。

「因為神靈指引？」他輕聲說。

「噢，老天，不是的，」羅利的口氣帶著驚嚇。「事實上，」他說得吞吞吐吐。「我是聽我一個朋友提過你，他說你對這種事很有辦法。我不知道你的收費……我想一定很貴……我們都很窮，不過我保證，大家合起來一定交得起這筆費用。這是說，如果你願意接這件案子的話。」

赫丘勒．白羅慢條斯理地回答：「好，我想我可以幫得上忙。」

他的記憶，那異常精準而確鑿的記憶，慢慢回溯到以往。俱樂部裡的那個討厭人物，沙沙翻動著的報紙，聲音單調乏味。

那人的名字……他聽過那人的名字，而且很快就會想起來。就算想不起來，他隨時可以去問梅隆……不，他想起來了。波特，波特少校。

赫丘勒．白羅站起身子。

「柯洛德先生，能不能請你今天下午再來一趟？」

「噢，我不知道……好吧，我想我可以再來一趟。可是，你在這麼短的時間內不可能辦成什麼事吧？」

他帶著不敢置信的敬畏眼神看著白羅。說白羅此時若克制得住炫耀的心理，那他就不是人。他腦海裡一面想起一個睿智的前輩，一面神色嚴肅地說：「我自有辦法，柯洛德先生。」

這句話顯然效果卓著，因為羅利臉上的表情變成了五體投地的敬佩。

「是，當然，真的是……真不知道你們這些人是怎麼處理這種事。」

白羅沒跟他多解釋。羅利離開後，他坐下寫了一張便條，要喬治帶著它送到加冕俱樂部去，並且等候回話。

回覆令他非常滿意。波特少校不但向赫丘勒．白羅先生深切致意，還說他很樂意在當天下午五點，於坎頓坡愛奇威路七十九號的自宅會見他和他的朋友。

§

下午四點半，羅利．柯洛德再度現身。

「運氣好嗎，白羅先生？」

「噢，很好，柯洛德先生。我們現在就去見羅伯特．安得海上尉的一個老朋友。」

「什麼？」羅利張大嘴巴。他驚訝的眼神望著白羅，就像小孩看見魔術師從帽子裡變出兔子時一樣。「真難以置信！我不知道你到底是怎麼辦到的……不過是幾個鐘頭的時間。」

白羅不以為然地揮揮手，努力表現出謙遜。但他不打算說破這個其實簡單之至的戲法。單純的羅利對他印象深刻，令他的虛榮心大為滿足。

兩人一同走到屋外，招來一輛計程車，把他們載到了坎頓坡。

波特少校住在一棟破舊小屋的二樓。一個狀甚快活、穿著隨性的女人為他們開了門，把他們帶上樓。那是個方方正正的房間，四周都是書架，還掛著幾幅拍得很差的體育照片。地板上鋪著兩方很雅致的深色小地毯，質料很好但已破舊。白羅注意到，地板中間的油漆又厚又新，而邊上的油漆則日久斑駁。他立刻明白，不久前，這裡還鋪著幾塊質料更好的小地毯……那種地毯這年頭可以值不少錢。他抬起頭，望向那位在壁爐旁站得筆直的人，他身穿剪裁合度但已破舊疲軟的西裝。白羅暗忖，波特少校這位退伍軍官的日子一定不好過。稅負和不斷上揚的物價對這些老軍人影響最大。不過，他想，有些東西波特少校一定到死都不會放手，例如他俱樂部會員的身分。

波特少校突兀地開口說道：「我見過你嗎，白羅先生？恐怕我不記得了。你說是在俱樂部裡？好幾年前？不過，我當然知道你的大名。」

「這位，」白羅介紹道，「是羅利．柯洛德先生。」

波特少校點頭打了招呼。

「幸會，」他說，「恐怕我不能請你們喝雪利酒了。我的葡萄酒商在那次空襲中損失了所有庫存。倒是有些琴酒。只是那東西有點混濁，我老這麼覺得。或者來點啤酒？」

他們要了啤酒。波特少校又拿出一盒菸。

「抽菸嗎？」

白羅接過一根。少校火柴一劃，為白羅點上了菸。

「你不抽菸，我知道，」少校對羅利說，「我抽菸斗，兩位不介意吧？」

點上菸斗後，他便開始不斷地吞雲吐霧。

「好了，」當所有這些前奏一一完成之後，他說，「究竟是怎麼回事？」

他看看白羅，又看看羅利。

白羅說：「你大概在報上看過沃斯利河谷村的死亡事件報導吧？」

波特搖頭。

「大概看過，不過我沒什麼印象。」

「那人姓亞登，伊諾克·亞登。」

波特依然搖頭。

「他是在史塔格酒店被發現的。後腦勺被打爛了。」

波特皺起眉頭。

「我想想……對，我確實看過這個報導，我想是幾天前吧。」

「沒錯。我這裡有一張照片，是報上刊出來的，恐怕有點不清楚。波特少校，我們想知道，你以前有沒有見過這個人？」

他將那張死者的面部照片遞過去。這是所有照片中效果最好的一張。

波特少校接過來，皺起眉頭仔細瞧。

「等等……」

少校拿出眼鏡，在鼻梁上架好，對著那張照片更仔細地端詳。他突然大吃一驚。

「上帝保佑！」他說，「真難以相信！」

「你認識這人，少校？」

「我當然認識他。他是安得海，羅伯特．安得海。」

「你確定嗎？」羅利的聲音裡洋溢著勝利。

「我當然確定。是羅伯特．安得海！不管在哪裡，我都敢發誓這就是他。」

19

電話鈴響，琳恩走過去拿起話筒。

是羅利的聲音。

「琳恩嗎？」

「羅利？」

她的聲音聽來有點失望。羅利說：「你在忙些什麼？這幾天我一直沒見到你。」

「噢，都是一些雜事，你也知道，拎著籃子到處亂轉啊，等半天買魚啊，連買那麼難吃的蛋糕也要排隊。就是這類的事情，家居生活罷了。」

「我想見你。我有事要告訴你。」

「哪方面的事？」

他笑出聲來。

「是好消息。到羅蘭樹叢等我，我們現在在那裡耕地。」

好消息？琳恩放下話筒。對羅利來說，什麼樣的消息是好消息？金錢？是不是他那頭牛賣了好價錢，超過了他的預期？

不對，她又想，一定不止於此。當她穿過田地、走向羅蘭樹叢時，羅利也從曳引機上跨下，迎著她走來。

「嗨，琳恩。」

「怎麼了，羅利？你看起來和平常很不一樣。」

他笑了。

「我想也是。琳恩，我們要時來運轉了！」

「你是什麼意思？」

「你還記得傑米伯父提過一個叫赫丘勒．白羅的傢伙吧？」

「赫丘勒．白羅？」琳恩蹙起眉頭。「對，我記得……」

「那是很久以前了，那時戰爭還沒結束。他們在陰森的俱樂部裡，當時正好有空襲。」

「所以呢？」琳恩不耐煩地問。

「那個人衣著很不合時宜，其他部分也怪怪的。他是法國人，要不就是比利時人。一個很怪的人，不過他確實很高明。」

琳恩眉頭緊鎖著。

「他不是個偵探嗎？」

「沒錯。你知道，有個人在史塔格酒店被殺了。我沒告訴你，不過我心裡有個念頭，覺得他可能就是羅莎琳．柯洛德的第一任丈夫。」

琳恩笑了。

「只因為他自稱是伊諾克．亞登？多麼荒謬的念頭！」

「其實沒那麼荒謬，親愛的。史彭斯主任帶羅莎琳去認屍，她斬釘截鐵地說，他不是她丈夫。」

「這不就結了？」

「對別人來說也許就結了，」羅利說，「可是對我來說並不是！」

「你？你做了什麼？」

「我去找赫丘勒．白羅那個傢伙。我跟他說，我們想另外找人判斷，問他能不能找到一個真正認識羅伯特．安得海的人？沒想到，這傢伙真是神通！就像從帽子裡變出兔子一樣，他不到幾個小時就找到安得海最好的朋友。那個老先生叫波特。」羅利停下，接著又興奮得笑出聲，把琳恩嚇了一跳。「琳恩，我們要保守這個祕密。那位大偵探要我發誓保守祕密。可是我希望你知道。那個人就是羅伯特．安得海。」

「什麼？」琳恩後退一步。她茫然地瞪著羅利。

「他就是羅伯特．安得海本人。波特沒有絲毫懷疑。所以，你知道，琳恩……」羅利興奮地連聲音也高亢起來，「我們贏了！我們終於贏了！我們擊敗了那些該死的騙徒！」

「什麼該死的騙徒？」

「亨特和他妹妹。他們被打敗了，出局了。羅莎琳拿不到戈登的錢，而我們可以。那些錢是我們的了！戈登和羅莎琳結婚前所立的遺囑還適用，那筆遺產會由我們來平分。我會得到四分之一的遺產。你懂嗎？如果她在嫁給戈登時第一任丈夫還活著，那麼她和戈登的婚姻就根本不算數！」

「你……你剛說的那些，你確定嗎？」

他張大眼睛望著她，頭一回出現迷惑不解的神情。

「我當然確定！事情很簡單。現在一切都解決了。就和戈登當初設想的一樣。一切照舊，就像那一對程咬金從來不曾殺出來一樣。」

一切照舊。可是，琳恩想，你不能把已經發生的事情一筆勾銷，你不能假裝這件事沒發生過。她緩緩說道：「那他們怎麼辦？」

「呃？」她看得出羅利直到現在才想到這個問題。「我不知道。他們從哪裡來就回到哪裡吧。我覺得，你知道……」看得出他慢慢意識過來了。「對，我想我們該為她做點什麼。我的意思是，她當初是在完全不知情的情況下嫁給戈登。我想她真的相信第一任丈夫已死。這不是她的錯。對，我們應該為她做點什麼。給她足夠的錢，由我們這些人共同分擔。」

「你喜歡她，是不是？」琳恩說。

「呃，是的，」他思索著。「就某方面而言，我是喜歡她，她是個好女孩。她一看見牛，就懂得牠的脾性。」

「而我不懂。」琳恩說。

「噢，你以後會懂。」羅利溫和地說。

「那，大衛怎麼辦？」琳恩問。

羅利臉色一沉。

「讓大衛下地獄吧！反正錢從來不是他的。他只是黏著妹妹，靠吸他妹妹的血維生。」

「不，羅利，不是那樣，不是的。他不是吸血蟲，他是……他或許是個冒險家……」

「還是個冷血的殺人凶手！」

她幾乎喘不過氣來。

「你這是什麼意思？」

「你想想，是什麼人殺了安得海？」

她大叫：「我不信！我不相信！」

「當然是他殺了安得海！還有誰會做這種事？那天他人就在這裡，是五點半到的。我那天去車站取貨，遠遠就看到他。」

琳恩立刻說：「他當天晚上就回倫敦了。」

「在殺死安得海之後。」羅利帶著得意的口吻說。

「你不應該說這種話，羅利。安得海是什麼時候被殺的？」

「呃，我不知道確切的時間，」羅利的口氣慢了下來，他在思考。「要等到明天驗屍審訊開庭才會知道。我猜，應該是九點到十點之間吧。」

「大衛是搭九點二十分的火車回倫敦的。」

「聽好，琳恩，你是怎麼知道的？」

「我……我見到他了。他當時正要去趕火車。」

「你怎麼知道他趕上了那班火車？」

「因為他後來從倫敦打電話給我。」

羅利怒視著她。

「他打電話給你做什麼？聽著，琳恩，要是讓我……」

「噢，那有什麼關係，羅利？不管怎麼說，這就表示他趕上那班火車了。」

「殺死安得海之後再去趕火車，時間綽綽有餘。」

「如果那人是在九點以後被殺，那就不可能是他下的手。」

「那人也可能是在九點以前被殺。」

但他的聲音帶著不確定。

琳恩半閉著眼睛。那是真的嗎？當時從樹叢中鑽出、一面喘氣一面咒罵又把她摟在懷裡的大衛，難道是位雙手剛染血腥的殺人凶手嗎？她記得他莫名所以的興奮……簡直就是不顧一切。那就是殺人後產生的現象嗎？有可能，她不得不承認。大衛和謀殺一點關係也沒有嗎？他會殺一個和他無冤無仇的人、一個已經過去的幽靈嗎？那人唯一的罪愆，就是杵在羅莎琳和那一大筆遺產中間礙事……這也等於擋住大衛享用羅莎琳那份財產的權利。

她喃喃說道：「為什麼他要殺害安得海？」

「我的老天，琳恩，這還要問？我剛才不是告訴過你，如果安得海活著，那就表示戈登的錢會落到我們手裡！總之，安得海在勒索他。」

啊，那更合乎邏輯了。大衛殺了一個勒索者。事實上，那不正是他會對付勒索者的方式嗎？沒錯，一切合情合理。大衛十萬火急的模樣，他的亢奮激動，他那暴烈、幾乎是憤怒的調情動作。而後來，他又宣布和她決裂。「我最好離開……」沒錯，這都十分符合。

羅利的聲音彷彿從遙遠的地方傳來。

「你怎麼了，琳恩？你沒事吧？」

「沒事，當然沒事。」

「看在老天的份上，臉色不要那麼難看。」他轉過身去，俯瞰山坡上的長柳舍。「謝天謝地，現在我們終於能把那片土地修整一番了……再添購一些省力的用具，以便你使用時舒服些。琳恩，我不希望讓你像住在豬窩一樣。」

那地方即將成為她的家。那棟房子。她和羅利的家。

而某天早晨八點，大衛的脖子會被套上繩索吊死……

／20

大衛臉色蒼白而決斷，雙眼充滿警覺，雙手握住羅莎琳的肩。

「不會有事的，我跟你說，不會有事的。可是你必須保持冷靜，完全按照我的話去做。」

「萬一他們把你帶走怎麼辦？是你說的，你說他們可能會把你帶走！」

「沒錯，是有這種可能。可是他們不會把我帶走太久。除非你不夠冷靜。」

「我會照你的話做，大衛。」

「這才是乖女孩！羅莎琳，你只要堅持你的說辭就行了。你要堅持，說那個死人不是你的丈夫羅伯特．安得海。」

「他們會設下陷阱，套出我不想說的事。」

「不，他們不會。沒問題的，我保證。」

「不，這是不對的，從一開始就不對，我們不該拿走不屬於我們的錢。大衛，我好幾個晚上都無法入睡，心頭總想著這件事。我們拿了不屬於我們的東西。上帝會因為我們的惡行而懲罰我們。」

他看著她，眉頭深鎖。她崩潰了，沒錯，她絕對是崩潰了。她一直就有篤信宗教的一面。她的良心從來就不曾平靜過。現在，除非他的運氣好到邪門，否則她會徹底崩潰。

好吧，只有這麼做了。

「聽著，羅莎琳，」他柔聲說道，「你希望我上絞刑台嗎？」

她嚇得雙眼圓睜。

「噢，大衛，你不會……他們不能……」

「只有一個人能夠讓我上絞刑台，那就是你。只要你承認那個死者是安得海，無論是以表情、手勢或言語，你就等於把繩子套在我的脖子上！你明白嗎？」

是的，她很明白。她睜著一雙驚恐的大眼緊盯著他看。

「我好笨，大衛。」

「不，你不笨。而且，你也沒必要聰明。你得向他們鄭重發誓那個死人不是你丈夫。這一點你能做到嗎？」

她點點頭。

「如果你願意，不妨表現得笨一點，就像你不懂他們在問你什麼。這樣沒有壞處。可是，你一定要信誓旦旦，堅持我和你研究過的那幾點。蓋桑會照顧你，他是個很能幹的刑事律師，所以我才會聘用他。驗屍審訊開庭的時候他會到場，他會保護你，讓你免受無關的訊問。可是，即使是對他，你也要堅持自己的說法。看在上帝的份上，你不要自作聰明，也不要以自以為對的方式幫助我。」

「我會照做的，大衛。我會完全照你的話做。」

「這才乖。等這一切都結束了，我們就離開，到法國南部去，到美洲去。不過，你要照顧好身體。不要半夜躺在床上翻來覆去，讓自己煩躁不安。柯洛德醫生為你開的安眠藥……什麼溴化物的，要按時吃。每晚吃一包。開心點，要記住，我們的好日子就要到了！現在，」他看看手錶。「我們該去參加驗屍審訊了。十一點開庭。」

他環顧那深長而美麗的客廳。美人、舒適、財富……他已享有了一切。犁溝居，是一棟好房子，而這可能是最後一瞥……

毫無疑問，他在作繭自縛。但即使是現在，他也不後悔。至於未來，他仍會繼續冒險。

時機成熟時我們當乘風破浪，否則將痛失前程。

他看著羅莎琳。她的大眼睛懇求似地注視著他，他的直覺告訴他，她想知道。

「我沒有殺他，羅莎琳，」他溫柔地說，「我向你發誓，你那些月曆上的每一位聖人都可以為我作證！」

／21

驗屍審訊在玉米市場街舉行。

主持開庭的驗屍官是矮小又愛挑剔的裴瑪許先生，他戴著眼鏡，一副自視甚高的模樣。坐在他身旁的是高頭大馬的史彭斯主任。一個不顯眼的座位上，坐著一個外國模樣的男人，黑色的八字鬍又濃又密。再就是柯洛德家族：傑米夫婦、萊諾夫婦、羅利·柯洛德、馬奇蒙夫人和琳恩……每個人都到了。波特少校獨自坐在那裡，似乎忐忑難安。大衛和羅莎琳最後才到，兩人單獨坐在一邊。

驗屍官清清喉嚨，眼神掃過九位本地人組成的陪審團，程序就此開始。

皮科克警士……

文恩警官……

萊諾·柯洛德醫生……

「你當時正在史塔格酒店為一位病人進行診療，這時候葛拉蒂．艾特金來找你。她說了什麼？」

「她告訴我，五號房的房客躺在地板上死了。」

「所以你就去了五號房？」

「是的。」

「你能不能描述一下，你在那裡看到了什麼？」

柯洛德醫生描述了一番。一個男人的屍體……臉部朝下……頭部受傷……後腦勺……火鉗。

「依你之見，這些傷口是這把火鉗造成的嗎？」

「有幾處絕對是。」

「而且敲了好幾下？」

「是的。當時我並未詳細檢查，因為我想，在警察到達之前不該觸碰或挪動屍體。」

「做得很對。那人死了嗎？」

「是的，死了好幾個鐘頭。」

「你認為他死了多久？」

「我不敢說得十分確定。至少十一個小時，很可能是十三或十四個小時。我們不妨說，他是在前一天晚上七點半到十一點半之間死去的。」

「謝謝你，柯洛德醫生。」

接下來是警察局的法醫。他對傷口做了極其詳盡的專業描述：下顎上有擦傷和腫塊；頭顱受到五或六次的重擊，有幾下還是死後敲下去的。

「是非常強烈的襲擊？」

「完全正確。」

「這樣的重擊需要很大的力氣嗎？」

「不，不一定要很大的力氣。那把火鉗，只要抓住它鉗狀的那端，不需多少力氣就能自由揮動。火鉗的末端呈球狀，是鋼製的，很重，是個很有力的武器。一個瘦弱的人就可以造成這種傷害……如果那人處於狂怒狀態的話。」

「謝謝你，醫生。」

接下來是屍體狀況的細節描述。營養很好，很健康，年齡約在四十五歲；沒有任何疾病的症狀，心、肺等器官都很正常。

碧翠絲．里賓格作證說，死者到達酒店後，在登記簿上以伊諾克．亞登之名入住，居住地是開普敦。

「死者有沒有出示配給券？」

「沒有，庭上。」

「你有向他要嗎？」

「一開始沒有。我不知道他要住多久。」

「不過你後來就向他要了，是不是？」

「是的，庭上。他是星期五來的，星期六我就對他說，如果他打算住五天以上，請他把配給券給我。」

「他怎麼說？」

「他說他會拿給我。」

「但事實上他並沒有？」

「沒有。」

「他有說他把它弄丟了嗎？或是他根本就沒這個東西？」

「噢，不是。他只說：『我會把它找出來給你。』」

「里賓格小姐，你週六晚上是不是無意間聽到了一段談話？」

碧翠絲．里賓格非常詳盡地解釋了她查看四號房的必要性之後，才把她聽到的談話內容述說了一遍。驗屍官技巧地將她引回正題。

「謝謝你。你可曾對任何人提起這段你無意間聽到的談話？」

「提過，我跟羅利．柯洛德先生說過。」

「你為什麼要告訴柯洛德先生？」

「我認為他應該知道。」碧翠絲臉紅了。

一個高瘦男人（蓋桑先生）站起身，請求詢問證人。

「在死者和大衛・亨特先生談話的過程中，死者曾經確鑿地提到他本人就是羅伯特・安得海嗎？」

「沒……沒有。」

「事實上，他說到『羅伯特・安得海』的時候，聽起來就好像羅伯特・安得海是另外一個人，是嗎？」

「是……是的，是這樣。」

「謝謝。法官大人，我只想澄清這一點。」

碧翠絲・里賓格步下證人席，羅利・柯洛德被傳喚上來。

他證實碧翠絲確實曾告訴他那段談話，接著敘述了他和死者見面的經過。

「他最後對你說的一句話是：『我想，沒有我的合作，你們是證明不了的。』他是指羅伯特・安得海還活著這項事實，是嗎？」

「他是這麼說的，沒錯。然後他就大笑。」

「他大笑？你認為那些話是什麼意思呢？」

「呃，一開始我以為他只是想向我要錢，可是後來我才想到……」

「是，柯洛德先生，不過你後來想到什麼和本案無關。我們可不可以說，你是因為那次的會面，才開始著手去找一個認識羅伯特・安得海的人？而靠著某人的幫忙，你確實找到了一個證人？」

羅利點頭。

「是的。」

「你離開死者的時候是幾點？」

「我想是八點五十五分。」

「你為什麼確定是那個時間？」

「當時我沿著街道行走，聽到一扇開著的窗戶裡傳來九點的報時聲。」

「死者可曾提到他的訪客什麼時間會來找他？」

「他說『隨時會來』。」

「他沒提到名字？」

「沒有。」

「傳大衛．亨特！」

現場出現一陣輕微的嘈雜聲，沃斯利河谷村的居民紛紛伸長脖子去看那位瘦高而一臉怒容的年輕人，他桀驁不馴地站在那裡，面對著驗屍官。

例行程序很快過去。驗屍官接著說：「週六晚上你去見了死者，對吧？」

「對。我收到他寫給我的信，說要我幫忙，還說認識我妹妹在非洲的第一任丈夫。」

「那封信還在嗎？」

「不，我沒有保存信件的習慣。」

「你剛才已經聽到碧翠絲．里賓格描述你和死者的談話內容。她敘述得對嗎？」

「完全不對。死者提到他認識我已故去的妹夫，抱怨自己運氣不好，如今變得窮困潦倒，他要求我給他一些金錢協助，而且和其他人沒兩樣，他滿口答應日後會歸還這筆錢。」

「他有沒有告訴你，羅伯特．安得海還活著？」

大衛露出微笑。

「當然沒有。他說：『如果羅伯特還活著，我知道他會幫我一把。』」

「這和碧翠絲．里賓格的敘述大不相同。」

「人在偷聽的時候，」大衛說，「通常只會聽到談話的一部分，然後再利用豐富的想像力補充漏掉的細節，所以常會誤解整個內容。」

碧翠絲氣得跳起來大叫：「喂，我從來沒有……」

驗屍官立刻阻止她。

「請保持安靜。」

「那麼，亨特先生，你是不是在週二晚上又去拜訪了死者？」

「不，我沒有。」

「你剛才有沒有聽到羅利．柯洛德先生說，死者在等一個人？」

「他有可能在等人，不過我不是那個人。我已經給了他一張五英鎊的鈔票，我想這些錢對他已經足夠了。沒有證據證明他認識羅伯特・安得海。自從我妹妹從她丈夫那裡繼承了一大筆遺產後，她就成了這附近所有求援信和吸血鬼的目標。」

他的目光輕輕掠過群聚於法庭一角的柯洛德家族。

「亨特先生，你能不能告訴我們，週二晚上你人在什麼地方？」

「你們去查吧！」

「亨特先生！」驗屍官往桌上一拍。「你這樣說話很愚蠢，非常不智。」

「我為什麼要告訴你我當時人在哪裡、在做什麼？既然你們打算控告我殺了人，那你們有得是時間去查。」

「如果你繼續用這種態度說話，那麼你被控告的時間一定會提早。你認得這東西嗎，亨特先生？」

大衛的身子前傾，將那個金質打火機接過來，臉上現出迷惑的神情。隨後他又遞回去，緩緩說道：「沒錯，是我的。」

「你最後一次帶著它是什麼時候？」

「我把它弄丟了，是在……」他的話停在那裡。

「嗯，亨特先生？」驗屍官的聲音很溫和。

蓋桑開始坐立不安，似乎打算說什麼，可是大衛先開了口。

「我上週五還帶著它，上週五上午。後來我就不記得它還在不在了。」

蓋桑先生站起身。

「請允許我問一句，庭上。你上週六晚上去見死者的時候，會不會把打火機遺落在那裡了？」

「我想這有可能，」大衛緩緩說道，「我確實在週五以後就沒見過它了。」他又問了一句：「這是在哪裡找到的？」

法醫說：「這問題我們稍後再談。你可以退下了，亨特先生。」

大衛慢條斯理地踱回座位。他低頭小聲對羅莎琳・柯洛德說了什麼。

「傳波特少校。」

波特少校磨蹭了片刻，這才站上證人席。他就像個軍人那樣筆直站著，彷彿在參加檢閱，但那不斷舔唇的動作，足以暴露出他內心的極度緊張。

「你是喬治・道格拉斯・波特，前皇家非洲步兵隊的少校嗎？」

「是的。」

「你和羅伯特・安得海很熟嗎？」

如同在練兵場一般，波特少校大聲報出了兩人相處的地點和日期。

「你看到死者的屍體了嗎？」

「看到了。」

「你認得出那具屍體是什麼人嗎？」

「認得出。那是羅伯特・安得海。」

一片騷動聲傳遍整個法庭。

「你敢確定？沒有絲毫疑問？」

「是的。」

「你有沒有錯認的可能？」

「沒有。」

「謝謝你，波特少校。請戈登・柯洛德夫人上來。」

羅莎琳站起身，從波特少校身旁走過。波特少校帶著好奇望著她，而羅莎琳連看都沒看他一眼。

「柯洛德夫人，警方帶你去看過死者的屍體了？」

她在發抖。

「是的。」

「你非常肯定地說，那是個你完全不認識的人？」

「是的。」

「聽了剛才波特少校所做的敘述，你是否打算收回或修正你所做的陳述？」

「不。」

「你依然確定那具屍體不是你的丈夫羅伯特・安得海？」

「那不是我丈夫的屍體，我從來沒見過那個人。」

「柯洛德夫人，波特少校已經指證歷歷，說那具屍體是他的朋友羅伯特．安得海。」

羅莎琳面上一無表情地說：「波特少校弄錯了。」

「柯洛德夫人，你雖然不需在這個法庭裡宣誓，但很可能不久後就得在另一個法庭上宣誓。到時候你仍舊可以發誓說這人不是羅伯特．安得海，而且是一個你不認識的陌生人嗎？」

「我會發誓，說死者並不是我的丈夫，而是一個我完全不認識的人。」

她的聲音清楚而堅定，眼神毫不畏縮地迎向驗屍官的目光。

驗屍官低聲說：「你可以退下了。」

接著他摘掉夾鼻眼鏡，開始對陪審團發言：

「陪審團齊聚此地，是為了查明死者因何致死。關於這一點已毫無疑問，它不可能是意外或自殺，也沒有任何誤殺的跡象。那麼，只剩下一種可能——蓄意謀殺。至於死者的身分，目前尚無明顯的認定。」

「他們已經聽到一個證人的說辭，這人正直、誠實、可靠，說死者是他以前的一個朋友羅伯特．安得海。可是另一方面，羅伯特．安得海在非洲死於熱病的事實，顯然曾被當地政府確認，而且當時並無異議。而羅伯特．安得海的遺孀，也就是現在的戈登．柯洛德夫人，證詞則和波特少校相左，她斬釘截鐵地說，死者不是羅伯特．安得海。這兩份說詞有如南轅北轍。除了身分問題，陪審團還得確定，有無證據顯示死者是死於何人之手。或許證據的矛頭指向某人，但在下此結論之前，必須有大量的證據，例如具體事證、動機和做案的機會。一定要有人於事發時間前後在做案現場附近看過這人。如果沒有這樣的證據，那麼最好的判決就是：此案為一蓄意殺人事件，但沒有足夠的證據證明凶手是何人。有了這樣的判決，警方就得以展開必要的調查。」

他請陪審團退席，討論判決結果。

他們花了四十五分鐘討論。

陪審團的最後裁決是：大衛・亨特將以蓄意謀殺罪被起訴。

／22

「我就怕他們會這樣，」驗屍官帶著歉意說道，「純粹本地人的偏見！感情用事，不講邏輯。」

驗屍官、警察局長、刑事主任史彭斯和赫丘勒．白羅，休庭後齊聚一堂進行討論。

「你已經盡了最大努力。」警察局長說。

「無論從什麼角度看，做出這樣的判決都太不成熟了，」史彭斯皺著眉頭說道，「而且害我們難辦事。兩位認識這位赫丘勒．白羅先生嗎？就是他請波特出庭的，真是功不可沒。」

驗屍官很有風度地說：「我聽過你的大名，白羅先生。」

白羅想表現出謙遜的模樣，可惜做不到。

「白羅先生對這個案子很有興趣。」史彭斯笑著說。

「確實，我很有興趣，」白羅說，「可以說，在本案發生之前，我就已經參與其中。」

為了滿足大家目中流露的好奇，他將在俱樂部那小小、特別的一幕說了一遍。那是他初次聽到羅伯特・安得海的名字。

「到了審判法庭上，波特的證詞會更有力，」警察局長若有所思地說，「安得海其實早就計畫好要偽裝死亡，還說過要用伊諾克・亞登這個名字。」他喃喃說道：「啊，不過這能拿來當證據嗎？一個已死的人所說的話？」

「很可能無法拿來當證據，」白羅一面想一面說，「不過，它會為大家點出一條有趣而暗示性十足的方向。」

「我們需要的，」史彭斯說，「不是暗示，而是具體的事實。我們得有一個週二晚上親眼看見大衛・亨特在酒店附近出沒的人。」

「這應該不難。」警察局長皺著眉頭說。

「如果是在敝國，要找這樣的人易如反掌，」白羅說，「我們那裡到處都有小咖啡館，晚上也總有人在那裡喝咖啡。可是，在英國鄉下……」他雙手一攤。

史彭斯主任點點頭。

「有些人會泡在小酒館裡，直到打烊才離去，其他人則大半待在家裡聽九點鐘的新聞。八點半到十點之間走在那條大街上，路上都是空空蕩蕩，連個人影也沒有。」

「他就碰這個運氣？」警察局長暗示道。

「有可能。」史彭斯說，表情並不開心。

未久，警察局長和驗屍官都離開了，剩下史彭斯和白羅兩人。

「你不喜歡這樁案子，對吧？」白羅語帶同情地問。

「我拿那年輕人沒轍，」史彭斯說，「和那種人打交道，你永遠摸不清他們的底細。有時候他們明明是清白的，卻露出一副有罪的模樣；而有時候他們真的犯了罪，唉，他們又會對天發誓，要你相信他們是純潔光明的大天使！」

「你認為他有罪？」白羅問。

「你不認為？」史彭斯反問。

白羅雙手一攤。

「我想知道，」他說，「你認為他犯罪的證據有多少？」

「你是說法律上的證據和定罪的機率嗎？」

白羅點點頭。

「我們有那個打火機。」史彭斯說。

「那是在哪裡找到的？」

「壓在屍體下面。」

「上面有指紋嗎？」

「完全沒有。」

「啊。」白羅說。

「沒錯，」史彭斯說，「我自己也不喜歡這種情況。死者的錶停在九點十分，這和醫生的證詞相符——還有羅利·柯洛德作證說安得海在等人，而那人隨時會到——恐怕他前腳走，那人後腳就來了。」

白羅點點頭。

「沒錯，手腳乾淨俐落。」

「而且，白羅先生，有一點我認為是不能忽視的，那就是他們（他和他妹妹）是唯一有殺人動機的人。如果不是大衛·亨特殺死了安得海，那就是有個人出於我們完全不知的原因，暗地跟蹤他到史塔格來，殺死了安得海……不過這種可能性微乎其微。」

「噢，我同意，非常同意。」

「你知道，沃斯利河谷村的居民沒有人具備殺人動機……除非出於巧合，有某個住在這裡的人（亨特兄妹除外）和安得海有過來往。我從來不排除這種可能，可是沒有半點跡象顯示這種巧合存在。除了那對兄妹之外，死者對所有人來說都是個陌生人。」

白羅點點頭。

「對柯洛德一家人來說，羅伯特·安得海有如天上掉下的珍寶，他們一定會千方百計讓他活下來。只要安得海依然活蹦亂跳，就表示他們都能分得一大筆遺產。」

「朋友，我要再次為你的看法表示激賞。柯洛德家族最需要的，就是一個活生生的羅伯特·安得海。」

「所以我們又回到原點來了——羅莎琳和大衛．亨特是唯一具有動機的人。羅莎琳．柯洛德當時在倫敦，但我們知道，大衛那天在沃斯利河谷村。他五點半到達沃斯利石南車站。」

「所以，我們不但有明顯的動機證據，而且事實證明，他從五點半到某時刻之間，人就在附近。」

「完全正確。現在，我們來看看碧翠絲．里賓格的說法。我相信她的話，她所敘述的談話內容，確實是她聽到的實況，或許會誇大了些，不過這是人之常情。」

「一如你所說，那確是人之常情。」

「我相信她的話，不只因為我了解她，也因為其中某些內容不可能是她編造出來的。比如說，她過去從未聽過羅伯特．安得海這個名字。所以，關於兩人之間的談話內容，我相信她的說法，而不相信大衛．亨特。」

「我也是，」白羅說，「她給我的印象是，她是個單純而誠實的證人。」

「既然我們都確定她所說屬實，那你認為這對兄妹為什麼要跑到倫敦去？」

「這也是我想一探究竟的事情。」

「噢，他們的財務狀況是這樣：羅莎琳只能得到戈登．柯洛德那筆財產的固定利息。除了一千英鎊的限額，她絕不能動用其他本金。但珠寶都屬於她。她到達倫敦所做的第一件事，就是將一些值錢的東西拿到龐德街賣掉。她急需一大筆現金。換句話說，她必須付錢給勒索的人。」

「你認為這是不利於大衛・亨特的證據？」

「你不認為嗎？」

白羅搖搖頭。

「沒錯，這是可以證明他們遭人勒索，但若是當作殺人意圖的證明，那可不然。親愛的朋友，那年輕人要不就付錢了事，要不就計畫殺人，這兩者不可能同時並存。而現在，你已經找到他打算付錢的證據。」

「呃……對，很可能。不過，他也可能改變了心意。」

白羅聳聳肩。

「我了解這種人，」主任若有所思地說道，「他們在戰爭期間如魚得水，這種人一身是膽，肆無忌憚，完全不顧自身安危，勇於面對任何危險，是最可能獲得維多利亞十字勳章的人，雖然往往是死後才得到追贈。沒錯，這樣的人在戰時有如英雄。可是在平和時期……唉，在平和時期，這種人通常會在監獄裡終老一生。他們喜歡刺激，不能端端正正做人，不把社會規範放在眼裡；久而久之，也就不把人命看在眼裡。」

白羅點頭。

「我告訴你，」刑事主任又說了一遍。「我真的了解這種人。」

接下來好幾分鐘，兩人都默默無語。

「所以，」白羅終於開口說道，「我們對凶手的性格類型有了共識。不過也僅此而已，我們仍舊毫無進展。」

史彭斯以好奇的眼神看著他。

「白羅先生，你對這件事的興趣非同一般呢！」

「沒錯。」

「我可以問為什麼嗎？」

「坦白說，」白羅雙手一攤。「我也不清楚。也許是因為兩年前的某一天，剛好在我反胃不已的時候（因為我不喜歡空襲，而且並不勇敢，雖然我努力裝出鎮靜的模樣）。我當時坐著，這裡感到非常難受，」白羅做出動作，用手緊捂著胃。「那是在我朋友所屬俱樂部的吸菸室裡，有個俱樂部裡常見的可厭人物在那裡打發時間。這人就是波特少校。他說了一個很長的故事，但沒有半個人在聽，除了我。因為我希望把注意力從爆炸聲中引開，也因為我覺得他的故事很有趣、很有意思。我當時還想，有朝一日他所敘述的事一定會橫生枝節。現在，它果然發生了。」

「出乎意料的事情發生了，是吧？」

「恰恰相反，」白羅糾正他。「是意料之中的事發生了。這件事的發生是可想而知的。」

「你早料到會發生謀殺案？」史彭斯的口氣透著懷疑。

「不是，不是，我是指他妻子重婚後的問題。她的第一任丈夫會不會還活著？他確實活著。他會不會再度現身？他確實再度現身。她有可能遭到勒索，結果確實遭到勒索。那個勒索者可能會被滅口，而他確實被滅了口！」

「這麼說，」史彭斯望著白羅，目光很是疑惑。「這種種事端都很符合某個模式。所以這只是個普通刑案……勒索導致的殺人案件。」

「你是覺得太無趣了？這種案件通常很無趣。但是此案很有意思，因為，你知道，」白羅泰然自若地說，「這裡面處處是漏洞。」

「處處是漏洞？這是什麼意思？」

「沒有一樣……我該怎麼說呢，合乎常情。」

史彭斯搖搖頭。

「你不這麼認為嗎？」白羅問，「噢，大概是我想太多了。我們不妨拿這點來說：安得海到了史塔格後，寫信給大衛．亨特。亨特第二天早上就收到信……是在早餐時分吧？」

「是的，是這樣，他承認就是那時候收到了亞登寫來的信。」

「這是安得海到達沃斯利河谷村的第一個通知，對吧？而亨特頭一件事做了什麼？十萬火急地把妹妹送到倫敦去！」

「這不難理解，」史彭斯說，「他把妹妹送走，是為了沒有後顧之憂，好全力以自己的方式處理事情。他可能擔心那女人太軟弱。別忘了，他是主控人物，柯洛德夫人完全在他的股掌之中。」

「噢，沒錯，這一點不言而喻。所以他把妹妹送到倫敦，然後去見伊諾克．亞登。我們已經聽到碧翠絲．里賓格對那次談話的詳盡敘述，顯而易見，正如你所說，大衛．亨特並不確定和他對話的人是不是羅伯特．安得海。他懷疑，但不確定。」

「可是這沒有什麼好奇怪，白羅先生。羅莎琳．亨特是在開普敦和安得海結婚的，接著就直接去了奈及利亞。亨特和安得海從未見過面。所以，正如你所說，雖然亨特懷疑亞登就是安得海，但他不能確定，因為他從未見過這個人。」

白羅若有所思地看著史彭斯。

「而你完全不覺得這有什麼……不尋常？」他問。

「我知道你的意思。你是說，安得海為什麼不直接承認自己就是安得海？關於這點，我想我可以理解。有頭有臉的人在做那些無恥勾當時，總會希望保留一點顏面。他們會避開累及本人的險況，你應該懂我的意思。不，我不認為這點有什麼特別重要。你得把人性因素考慮在內。」

「是啊，」白羅說，「人性。我想，這就是我對這樁案子感興趣的真正原因。在驗屍審訊上，我一直四處觀望，觀察所有的人，尤其是柯洛德那家人。他們人數眾多，而且性格個個不同，思想和感情厚度也深淺不一，卻因為一個共同的利益而團結在一起。多年來，他們每個人都依賴那個強人，柯洛德家族的中堅份子：戈登．柯洛德！並不是直接依賴，他們都有獨立的謀生之道。可是，也許有意也許無意，他們變得愈來愈依賴他。我請問你，主任，如果一棵大橡樹被砍倒了，那麼攀附在它上面的藤蔓會如何呢？」

「這問題和我的專業無關。」史彭斯說。

「你認為無關嗎？我認為有關。親愛的朋友，性格不是一成不變的。它可能變得強大堅韌，也可能退化墮落。一個人的實際為人，只有在考驗到來時才得見真章，換句話說，一個人會憑自己之力爬起來還是應聲倒地，到這時才看得出來。」

「我不太明白你想說什麼，白羅先生，」史彭斯似乎一頭霧水。「不管怎麼說，柯洛德一家現在沒事了……或者說就快沒事了，只等這些例行的法律程序完結就好。」

白羅提醒他，現在到法律程序完畢可能還需要一段時間。

「而且，他們還得推翻戈登·柯洛德夫人的證詞。再怎麼說，一個女人見到自己的丈夫不該認不出來吧？」

他頭微微一偏，詢問的眼光望向高頭大馬的刑事主任。

「對一個女人來說，只要不承認丈夫存在就能坐收數百萬英鎊，那何樂而不為？」主任語帶譏諷。「更何況，如果他不是安得海，為什麼有人要殺他？」

「這個，」白羅喃喃說道，「的確是個問題。」

23

白羅走出警察局，眉頭深鎖，步子也愈來愈慢。到了村中心廣場，他停下腳步，四下張望。眼前就是柯洛德醫生的家，黃銅色的招牌已經老舊褪色。過去不遠就是郵局，另一端則是傑米．柯洛德的家。再往後望，白羅眼前出現了一座聖母升天派的羅馬天主教堂，這個不起眼的小型建築，和另一座高傲地矗立於廣場中心、面朝市場、氣勢咄咄逼人且號稱占有新教主導地位的聖瑪莉大教堂比起來，有如一朵皺縮的紫羅蘭。

在一股衝動的驅使下，白羅踏入大鐵門，沿著小路來到羅馬天主教堂的大門口。他摘下帽子，在神壇前的一排椅子後面屈膝跪下。一陣陣壓抑的啜泣聲打斷了他的祈禱。

他轉過頭去。過道的另一側，一個身穿黑衣的女人跪著，整個頭埋在雙手裡。不久她站起身，依然泣不成聲，朝門口走去。白羅好奇地睜大了眼，也站起身尾隨於後。他已經認出來，那人是羅莎琳．柯洛德。

她在門廊處停下腳步，努力想控制住自己。白羅輕聲細語地對她說：「夫人，需要幫忙嗎？」

她並未顯露驚訝的神色，只是像個不開心的小孩簡單回答道：「不用，沒人幫得了我。」

「你遭遇到很大的麻煩，是不是？」

她說：「他們把大衛帶走了，只剩下我孤單一人。他們說他殺了……可是他沒有！他沒有！」她看著白羅。「今天你在那裡對不對？在驗屍審訊上，我看到你了！」

「是的。夫人，如果幫得了忙，我很樂意效勞。」

「我很害怕。大衛說，只要他在身旁照顧我，我都會很安全。可是現在，他們把他帶走了。我好怕。他說，他們都希望我死掉。這種話聽來好可怕。但這或許是真的。」

「讓我幫幫你吧，夫人。」

她搖搖頭。

「不，」她說，「沒人幫得了我。我甚至連告解都不能。我只能一個人承受自己深惡的罪孽，是我自己切斷了上帝的恩典。」

「任何人，」赫丘勒．白羅說，「都切不斷上帝的恩典。這一點你很清楚，我的孩子。」

她又看看他，一臉的茫然和不快。

「我必須為自己的罪惡告解……我需要告解。要是我能告解就好了。」

「你為什麼不能告解？你來教堂就是為了告解，不是嗎？」

「我是來尋求安慰，只是安慰。可是，我哪有資格得到安慰？我是個罪人。」

「我們都是罪人。」

「可是，我必須懺悔……我必須說，說出……」她用手捂著臉。「噢，我說過的那些謊言，我騙人的那些謊話。」

「關於你的丈夫羅伯特・安得海，你說了謊話？在此地被殺的那個人就是羅伯特・安得海，對吧？」

她立刻轉身面對他，眼神充滿疑懼和警覺，她厲聲叫道：「我告訴過你，他不是我丈夫。那人一點都不像他！」

「死者一點也不像你的丈夫？」

「不像！」她憤然說道。

「告訴我，」白羅說，「你的丈夫長什麼樣？」

她的那雙大眼瞪著他，接著臉色一暗，變成驚慌，眼神也因恐懼而黯淡下來。

她大叫：「我不要再和你說話了！」

她快步從他身旁走過，沿著那條小路跑去，穿過大鐵門，沒入了村中心廣場。

白羅沒打算追過去。相反的，他心滿意足地點點頭。

「啊，」他說，「原來如此！」

他慢慢走出教堂，進入廣場。

原。

猶豫了片刻後，他沿著大街往下走，最後來到史塔格酒店。再往前走就是一片開闊的荒原。

在史塔格門口，他遇見了羅利．柯洛德和琳恩．馬奇蒙。

白羅饒富興味地看著那女孩。他想，一個漂亮女孩，而且聰明。可惜不是他喜歡的那種類型。他喜歡溫柔一點、更有女人味的女孩。他想，琳恩．馬奇蒙是那種現代女性……有人可能會稱之為伊莉莎白女王型，那也沒錯。這些女人懂得為自己著想，說話無所顧忌，喜歡有膽識、熱愛冒險犯難的男人。

「我們都很感激你，白羅先生，」羅利說，「老天，真像變魔術一樣。」

確實像變魔術一樣，白羅心想。如果有人問了你一個你已知道答案的問題，那麼無論是誰，都可以裝模作樣、毫不費力地變個魔術出來。他清楚意識到，對頭腦簡單的羅利來說，他憑空找了一個波特少校出來，簡直就像魔術師從帽子裡變出無數的兔子一樣讓人欽佩。

「我真搞不懂你是怎麼做到的。」羅利說。

白羅沒有給他答案。他其實只是個凡人。魔術師不會告訴觀眾他的魔術如何變出來的。

「不管怎麼說，琳恩和我對您都感激不盡。」羅利又說。

白羅想，琳恩．馬奇蒙看來並不是十分感激。她眼睛周圍因心焦而留下皺紋，手指不斷緊張地交纏、扭動。

「這對我們未來的婚姻生活影響重大。」羅利說。

琳恩立刻接口。

「你怎麼知道？我們一定會有各式各樣的習慣和狀況要適應。」

「兩位要結婚了，什麼時候？」白羅秉持禮貌問道。

「六月。」

「那兩位是什麼時候訂的婚？」

「將近六年了，」羅利說，「琳恩剛從皇家海軍婦女隊退役。」

「在皇家海軍婦女隊服役的時候是不能結婚的，對吧？」

琳恩短短回了一句：「我人一直在海外。」

白羅注意到，羅利迅速蹙了一下眉頭。他唐突地說：「好了，琳恩，我們得走了。我相信白羅先生還要趕回城裡。」

白羅微笑說道：「我並不打算回城裡。」

「什麼？」

羅利突然頓住，給人一種怪異而木然的印象。

「我要留在這裡一陣子，就住在史塔格酒店。」

「可……可是為什麼？」

「這裡風景很美。」白羅心平氣和地說。

羅利說，口氣很猶豫。

「是，那當然……可是，你……呃，我的意思是說，你不忙嗎？」

「我的經濟無虞，」白羅說，臉龐依然帶笑。「我沒有必要勉強自己工作。是的，我可以盡情享用自己的餘暇，隨興之所至而消磨時間。而現在，我對沃斯利河谷村產生了興趣。」

他看到琳恩．馬奇蒙抬起頭，專注地凝視他。而羅利，他想，似乎不太高興。

「我想你打高爾夫球吧？」他說，「沃斯利石南村有家旅館比史塔格好得多。史塔格太簡陋了。」

「我只對……」白羅說，「沃斯利河谷村有興趣。」

琳恩說：「走吧，羅利。」

羅利跟著她走了，似乎有點不情願。琳恩在門口停下腳步，又立刻折回來。她以低柔的聲音對白羅說道：「驗屍審訊後，他們就逮捕了大衛。你……你認為他們做得對嗎？」

「小姐，既然已經做出判決，他們別無選擇。」

「我的意思是，你認為他是兇手嗎？」

「你認為呢？」白羅說。

可是，羅利這時候已經走回她身邊。她板起臉，露出一副木然的表情。她說：「再見，白羅先生。我……我希望我們還會再見面。」

我很懷疑，白羅心想。

不久，在碧翠絲．里賓格安排好房間後，他又出門了。他的腳步不由自主地朝萊諾．柯洛德醫生家走去。

「噢！」凱西一開門，便向後退了兩步。「白羅先生！」

「請多多指教，夫人。」白羅躬身說道，「我是來問候您的。」

「噢，你真是太體貼了，真的。好……呃，我想你最好進來。請坐，我給你拿點什麼喝的，或是一杯茶。只是蛋糕不新鮮了。我本來打算去市場買一些的，星期三糕餅店有時會賣瑞士捲……可是驗屍審訊把我們的生活秩序打亂了，你不認為嗎？」

白羅說，他完全可以理解。

他認為，當他宣布要在沃斯利河谷村小住時，羅利．柯洛德並不高興。而毫無疑問，凱西的待客方式也全無熱情可言。她以幾近絕望的神情看著他，身體前傾，用沙啞的聲音悄悄說道：「你不會告訴我丈夫吧？說我去過你家商量……呃，我們知道的那些事情？」

「我絕口不提。」

「我的意思是……當然，我那時候還不知道羅伯特．安得海……可憐的人，真是悲慘，本人其實就在沃斯利河谷村。在我看來，這依然是一樁非比尋常的巧合！」

「事情本來會更簡單，」白羅附和道，「如果占卜板直接指引你去史塔格酒店的話。」

提到占卜板，凱西的精神似乎振作了些。

「在神靈世界裡，萬事萬物的運作都是神祕莫測，」她說，「可是，白羅先生，我就是感覺到凡事都有它的旨意。你難道沒有在生活中感覺到這一點嗎？凡事都有它的旨意？」

「噢，確實，夫人。甚至我現在坐在這兒，你的客廳裡，也有一定的目的。」

「噢，是嗎？」柯洛德夫人似乎大為吃驚。「真的嗎？沒錯，我想是……你就要返回倫敦了，不是嗎？」

「不是現在。我要在史塔格酒店住上幾天。」

「住在史塔格？噢，住在史塔格！可是，那不就是……噢，白羅先生，你認為你這樣做明智嗎？」

「我是受到指引才住進史塔格的。」白羅說，一臉的嚴肅。

「指引？你是什麼意思？」

「受你的指引。」

「哦，可是我從未表示……我是說，我完全不知道。這一切都好可怕，你不認為嗎？」

白羅憂傷地搖著頭，口裡說道：「我剛才和羅利．柯洛德先生、馬奇蒙小姐說了幾句話。我聽說，他們不久就要結婚了？」

凱西立刻轉移了話題。

「親愛的琳恩，她真是個貼心的女孩，而且非常精於數學。而我，數學方面缺少天分，一點天分也沒有。有琳恩在家，絕對是我的福氣。每當我闖了什麼禍，她總能幫我把事情處理好。很好的孩子，我真心希望她能幸福。當然，羅利是個大好人，不過恐怕，呃，有點無趣。我說無趣，是對琳恩那種看過很多世面的女孩而言。戰爭期間，羅利一直待在他的農場裡……噢，這當然非常正確。我的意思是，這是政府要求的，很正確，不可以說是膽小鬼的做法，或拿波爾戰爭[5]中發生的那種事來類比……不過我的意思是，因為他沒有參加戰爭，觀念就比較狹隘。」

「六年的婚約，對感情是很好的考驗。」

「噢，確實是的！可是我覺得，這些女孩一旦回到家裡，總是一副失了魂的樣子，而如果這時周遭有別人出現，或許是個經歷過冒險生涯的人……」

「比如說大衛．亨特？」

「他們之間毫無關係，」凱西急急說道，「一點關係都沒有。這一點我非常肯定！如果他們曾有什麼瓜葛，後來發現他竟然是個殺人兇手，那不是很可怕嗎？更何況，那人是他自己的妹夫！噢，老天，白羅先生，請你千萬不要以為琳恩和大衛之間很談得來。真的，他們一見面就吵架。我的感覺是……噢，親愛的，我想是我丈夫回來了。白羅先生，關於我們第一次見面的事，請一個字都別說，你不會忘記，對吧？我那可憐、可愛的丈夫會生氣的，如果他……噢，親愛的萊諾，這是白羅先生，他好聰明，帶波特少校去認屍體。」

柯洛德醫生看來疲倦而憔悴。他淡藍色的細小瞳孔茫然環顧著整個客廳。

「幸會，白羅先生，就要回城裡去嗎？」

白羅心想，老天，又有一個人想攆我回倫敦！

他耐著性子大聲說道：「不，我還要在史塔格住一兩天。」

「史塔格？」萊諾．柯洛德皺起眉頭。「噢，是警方想多留你幾天？」

「不，這是我自己的決定。」

「真的？」醫生突然露出剎那的清醒目光。「這麼說，你對判決不滿？」

「你為什麼這樣想，柯洛德醫生？」

「少來了，老兄，我說對了，是不是？」

柯洛德夫人一面嘀咕著要去端茶，一面走出客廳。醫生接著又說：「你有種感覺是不是，覺得事有蹊蹺？」

白羅很吃驚。

「你這麼說有點奇怪。是不是你自己有那種感覺？」

柯洛德猶豫了。

「不……不，倒也不是……只是感覺不真實吧。在小說裡，勒索者往往會死於非命。但現實生活中也是如此嗎？顯然答案在這裡是肯定的。可是這似乎不太自然。」

「就醫學層面而言，這案子有什麼不對的地方嗎？當然，我只是隨口問問。」

柯洛德醫生若有所思地說：「沒有，我想是沒有。」

5 波爾戰爭（Boer War），發生於一八九九到一九〇二年，為英國擊敗南非波爾人的戰爭。

「有，一定有，我看得出來，這其中有問題。」

只要白羅願意，他的聲音會有一種近乎催眠的效果。

柯洛德醫生微蹙眉頭，遲疑地說道：「當然，我沒有辦案的經驗。可是，再怎麼說，醫學證據並不像一般人和小說家以為的那樣，會有鐵鑄一般的確鑿事實。我們人會犯錯；醫學判斷也可能會出錯。診斷是什麼？是猜測，基於非常有限的知識所做出的猜測，是不確定的線索，一些指向不只一種可能的線索。我在診斷麻疹方面或許很有把握，因為在我的生活經歷中，我見過成千上百的麻疹病例，深諳這種病症的不同徵兆和症狀。教科書上所謂麻疹的『典型病例』，你幾乎不可能遇到。可是在我的一生當中，我碰過一些很奇怪的事情。我碰過一個女人躺在手術台上準備切除盲腸，卻在臨門一腳發現她其實是感染了副傷寒！我見過一位認真負責的年輕醫生判斷某個小孩得了皮膚病是因為維生素嚴重缺乏，而當地的一位獸醫卻對孩子的母親說，孩子抱著的貓得了金錢癬，因此孩子也染上了！

「醫生和其他人沒兩樣，都是深受先入為主的迷思所害。本案的死者顯然是遭到謀殺，身旁有一把帶有血跡的火鉗。所以如果判斷他是受到其他物品的敲擊，會被認為是胡說八道。雖然我對頭顱被砸裂這種情況毫無經驗，但我認為凶器應該是一種截然不同的東西，一種不很光滑也不是圓形的東西，是某種……噢，我不知道，像是有鋒利邊緣的東西，磚頭之類的。」

「而在驗屍審訊上你卻沒有說出來？」

「沒有，因為我不確定。詹金斯是警局的法醫，他對這個結論很確定，而他是個可以信賴的人。可是，這不就是個先入為主的觀念：認為放在屍體旁邊的武器就是凶器。死者的傷口可能是那種東西造成的嗎？沒錯，有可能。可是如果你已看到死者的傷口，人家又問你是什麼凶器所致……那我就不知道你會不會這麼說，因為這真的不合常理……我是說，如果有兩個人，一人拿磚頭砸，一人用火鉗敲……」醫生停下話，不滿意地搖著頭。「這講不通，對吧？」他對白羅說。

「他有沒有可能倒在某個尖銳的物體上？」

柯洛德醫生搖頭。

「他是面朝下倒在地板中央，倒在一塊老式的地毯上。」

他的妻子走進客廳，他停下話頭。

「凱西端來了貓汁[6]。」他說。

凱西正在調整托盤上的東西，以保持平衡。上面有一片陶盤，放著半條麵包，一些不太新鮮的果醬，這些果醬裝在一個兩磅容量的罐子裡。

「我想水應該是開了。」她的語氣並不確定，一面揭開茶壺蓋往裡望。

柯洛德醫生再度嗤之以鼻地嘀咕了一句：「貓汁！」隨即離開客廳。

6 貓汁（cat-lap），指淡而無味的飲料。

「可憐的萊諾，自開戰以來，他的精神狀態一直不好。他工作太辛苦了。好多醫生都走了。他從不休息，早上出去，中午出去，晚上還要出去。他沒崩潰我都覺得奇怪。當然，他老盼望著一打完仗就退休，他和戈登都商量好了。他的嗜好，你知道，就是研究植物學，主要是中世紀的藥草。他正在撰寫這方面的書。他盼望能安靜度日，專心研究。可是，戈登就這麼突然死了！白羅先生，你也知道這年頭的景況，稅負等等一大堆。他沒錢退休，所以心頭苦悶。真是的，這實在不公平。戈登就這樣死了，也沒留下遺囑。這動搖了我的信心。我的意思是，我真不明白老天這麼做用意何在。我不得不認為，這似乎是個錯誤。」

她嘆了口氣，隨即又開心了些。

「不過，我從另一個世界得到了令人安心的保證。『只要有勇氣和耐心，就會找到出路。』真的，今天那位好心的波特少校站在法庭上，就像個男子漢般堅定，指出那被殺的可憐人就是羅伯特．安得海……噢，那時候我才恍然大悟，這就是那條出路！事情終於有了最好的發展，真是太好了，你說是不是，白羅先生？」

「即使是發生了謀殺。」赫丘勒．白羅說。

／24

白羅一邊想著心事，一邊走進史塔格酒店。一陣刺骨的寒風吹來，他微微打了個冷顫。大廳裡半個人也沒有。他推開右邊休息室的門。裡頭有股霉味，爐火也快滅了。白羅躡手躡腳，來到走廊盡頭標有「非本店房客不得入內」的房門口。裡頭爐火旺盛，一個體型龐大的老婦坐在一大張扶手椅上，舒服地烤著腳趾頭。那老婦狠狠瞪著他，眼裡露出凶光，嚇得他連聲道歉，退了出來。

白羅在走道上站了一陣，看看那個空空如也的玻璃辦公室，又瞧瞧那扇以遒勁古體字標著「咖啡廳」的門。他憑著自己對鄉村酒店的經驗知道，這裡唯一供應咖啡的時間是在早餐時分，而即使在那段時間，要來的咖啡裡有一大半也都是稀薄如水的熱牛奶。那種裝在小杯裡、甜膩泥濁卻也叫作「純咖啡」的液體，「咖啡廳」裡不供應，要「休息室」裡才有。而內容包括溫莎濃湯、維也納牛排、馬鈴薯和蒸布丁的晚餐，則於七點整由「咖啡廳」供應。

在那之前，史塔格的客房區都籠罩在一片沉寂中。

白羅一面思索，一面踏上樓梯。但他並未左轉走向自己的十一號房間，反而向右，停在五號房的門口。他四下張望，一片寂靜和空盪。他推開門，走了進去。

這個房間警方已搜查完畢。它顯然才剛經過清掃和擦洗，地板上沒有地毯。也許那塊「老式地毯」已經送去乾洗店了。床上的毯子疊得好好的，俐落而整齊。

白羅將身後的門關上，在房裡信步來回。房間很乾淨，只是少了人的味道，有點怪異。白羅仔細察看房裡的家具。一張寫字檯、一個上等桃花心木做成的舊式五斗櫃、同樣材質的衣櫃（應該就是遮住通向四號房門的那個）、一張銅柱大雙人床、冷熱水皆備的浴缸（現代化和人手短缺的產物）、一張雖大但坐上去並不舒服的扶手椅、兩張小椅子、一個維多利亞樣式的爐柵、跟那個火鉗成套的撥火棒和尖頭鏟各一、厚重的大理石壁爐台、四四方方的堅實大理石壁爐。

白羅彎下腰去，打量最後這幾樣東西。他將一根手指弄溼，沿著右邊的尖角摩擦過去，接著仔細端詳指頭，上頭沾了一點汙黑。他又用另一根手指沿著左邊的尖角重複剛才的動作，這回他的指頭很乾淨。

「這就對了，」白羅若有所思地自言自語道，「這就對了。」

他看看洗臉盆，接著踱到窗前。從窗口往下望，是個鉛板屋頂（他想，應該是個車庫屋頂），再下去通往一條僻靜的小巷。從這裡可以輕易進出五號房間，不被人看見。其實，從樓梯上來到五號房而不被人發現，也是非常容易。剛才他就是如此進來的。

他悄悄從房裡退了出來，無聲無息地將門帶上，走回自己的房間。真是非常寒冷。他又下了樓，躊躇片刻後，在徹骨的寒意逼迫下，大膽走進那個「非本店房客不得入內」的房間，將另一把扶手椅拖到火爐旁邊，坐了下來。

那個體型龐大的老婦從近處看更顯可怕。她一頭鐵灰色頭髮，濃密的鬍髭，她開口說話時，聲音沉厚得令人生畏。

「這間休息室，」她說，「是讓這個旅館的房客專用的。」

「我是這個旅館的房客。」赫丘勒．白羅回答。

老婦沉吟片刻後，再度進攻。她以指責的口吻說道：「你是外國人。」

「沒錯。」赫丘勒．白羅回答。

「依我之見，」老婦說，「你們都該滾回去。」

「滾回哪裡去？」

「哪裡來的回哪裡，」老婦的口氣異常堅定。接著有如腹語一般，低聲加上一句：「外國人！」鼻孔裡還哼了一聲。

「這，」白羅溫和地說，「並不容易。」

「什麼話！」老婦說，「我們打這場仗就是為了這個，不是嗎？讓大家回到原來的地方去，乖乖待著別動。」

白羅無意爭辯。他早就知道，每個人對以下這個話題都有不同的解釋：「我們打這場仗究竟為了什麼？」

一陣帶有敵意的沉默籠罩下來。

「我不懂事情怎會變成這樣，」老婦說，「我真不懂。每年我都會來這地方小住一陣。我丈夫十六年前在這裡過世。他就埋在這裡，我每年都來住上一個月。」

「十分堅貞的敬悼者。」白羅彬彬有禮地說。

「情況一年比一年糟。沒有服務！食物難以下嚥！尤其是維也納牛排！牛排應該是牛的大腿肉或裡脊肉，不是剁碎的馬肉！」

白羅悲哀地搖搖頭。

「有一件事倒是好……他們關閉了機場，」老婦說，「真是不知羞恥，一些年輕的飛行員到這裡來和那些沒有家教的女孩子鬼混。唉，那些女孩！我真是不明白，這年頭那些做母親的腦子到底在想什麼，就讓她們的女兒到處亂晃。這一切都要怪政府。把那些做母親的送到工廠裡做工，除非有小孩才准不去。小孩！真是無聊！什麼人都能夠照顧小孩！小孩並不會跟在大兵後頭到處亂跑。那些十四歲到十八歲的女孩，她們才需要照顧，她們才需要母親！只有做母親的才會懂得女兒的心思。大兵！飛行員！她們只想著這些。美國人！黑鬼！波蘭流氓！」

憤慨引起老婦一陣咳嗽。等她恢復過來，她又繼續往下說，而且任由自己進入一種暢快的狂怒中，把白羅當成了洩憤的靶子。

「他們為什麼要在營地四周圍起鐵絲網？是為了不讓大兵去找女孩子嗎？不是，是為了不讓女孩子去找大兵！想男人都想瘋了，她們就是這個樣子！瞧瞧她們的衣著，竟然穿起長褲！有些蠢貨還穿短褲……如果她們知道自己從後頭看上去是什麼模樣，她們絕對不會這麼穿的！」

「我同意你的看法，夫人，我真的非常同意。」

「瞧瞧她們頭上戴的是什麼？是像樣的帽子嗎？不是，是一種歪七扭八的玩意兒，臉上還抹著各種顏色的脂粉；還有那種髒兮兮的東西，塗滿了嘴巴。不光是手指搽得紅紅的，連腳趾也是！」

老婦的狂怒戛然而止，滿臉期盼地望著白羅。白羅嘆了口氣，搖搖頭。

「即使在教堂裡，」老婦又說，「也不戴帽子。有時候連難看的頭巾也不戴，就光頂著一頭亂糟一通的鬈髮。頭髮？如今誰知道什麼叫頭髮。想我年輕的時候，我頭髮長得自己可以坐在上面！」

白羅朝她鐵灰的頭髮偷瞄了一眼。真不可思議，這位凶惡的老太太竟然年輕過！

「一天晚上，有個女孩把頭探進這裡，」老婦繼續說下去。「不但用橘黃色的頭巾裹著頭，臉上還五顏六色。我就瞪著她，狠狠瞪著她看！她馬上就跑掉了！

「她不是這裡的房客，」老婦還沒說完。「我可以自豪地說，像她那種人不可能住在這裡！你說她從男人房裡出來能幹什麼？簡直噁心，我說。我跟里賓格那女人提過……只是她和那些女孩是半斤八兩，都會向男人投懷送抱！」

白羅心中激起了一絲微弱的興趣。

「從一個男人房裡出來？」他問道。

說起這個話題，老婦顯得興致勃勃。

「就是呀。我親眼看到的。從五號房。」

「那是哪一天，夫人？」

「就是大家為一個男人被殺而忙得人仰馬翻的前一天。這麼不要臉的事竟然發生在這裡！過去，這裡可是一個高尚又保守的地方。可是現在……」

「你是那天什麼時候見到的？」

「什麼天？根本不是白天，是晚上，而且很晚。簡直是不要臉。十點鐘以後。我一向十點一刻上床。她就這麼大搖大擺地從五號房出來，看到我，又閃回房裡，和那個男人又說又笑。」

「你聽到那男人說話？」

「我不是才剛說了嗎？她閃回房裡，而他大聲喊道：『噢，快走，滾開。我受夠了。』哪有男人這樣對女人說話？可是這是她們自找的！蕩婦！」

白羅說：「你沒有把這件事向警方報告？」

她殺氣騰騰的眼神緊盯著他，顫巍巍地從椅子上起身，俯立在他面前，對他怒視，口中說道：「我從來就不和警察打交道。警察，呸！我，去應訊？」

她氣得渾身發抖，最後狠狠瞪了白羅一眼，離開了房間。

白羅在那兒坐了幾分鐘，一面摩挲著八字鬍一面沉思。接著他去找碧翠絲・里賓格。

「噢，是的，白羅先生，你說的是黎貝特老太太吧？她是卡農・黎貝特的遺孀。她每年都來這裡，可是，我們都認為她很難纏。她待人粗魯得很，好像不知道如今時代不同了。當然，她已年近八十了。」

「可是，她的頭腦清楚嗎？她知道自己在說什麼嗎？」

「噢，很清楚。她是個相當精明的老太太……有時候過於精明了。」

「你知道星期二晚上來找死者的年輕女人是誰嗎？」

碧翠絲顯得很驚訝。

「我不記得有年輕女人來找過他。她長得什麼樣？」

「她頭上圍著一條橘黃色頭巾，我相信她還化了濃妝。星期二晚上十點一刻的時候，她在五號房裡跟亞登說話。」

「真的，白羅先生，我一點也不知道。」

白羅一面思索，一面逕自去找史彭斯主任。

史彭斯默默聽著白羅說完，接著往椅背一靠，緩緩點點頭。

「有意思，對吧？」他說，「這公式不知被套用多少回了：Cherches la femme[7]。」史彭斯的法語發音不如格雷夫警官，但他也頗為自豪。他站起身，走到房間另一端又走回來，手裡握著什麼東西。是一管裝在硬紙盒裡的口紅。

「這個證據表示很可能有女人涉及本案。」他說。

白羅接過口紅，輕輕往手背抹上些許。

「品質很好，」他說，「深櫻桃紅，很可能是褐色皮膚的人用的。」

「沒錯。這是在五號房的地板上找到的。它滾到五斗櫃下面，當然，也可能滾進去好一段時間了。上頭沒有指紋。當然，如今不比往年了，沒有那麼多種口紅可選，只有幾種標準顏色。」

「毫無疑問，你已經調查過了？」

史彭斯露出微笑。

「沒錯，」他說，「正如你所說，我們已經調查過了。羅莎琳・柯洛德用的就是這種口紅。琳恩・馬奇蒙也是。法蘭西絲・柯洛德用的顏色比較暗一些。萊諾・柯洛德的太太根本不搽口紅。馬奇蒙夫人搽的則是一種淡紫色的口紅。碧翠絲・里賓格好像不會用這麼貴的口紅。打掃房間的女傭葛拉蒂也不會。」

他頓了頓。

「你調查得很徹底。」

「還不夠徹底。現在看來，似乎有個外人捲入了這起案子，而且是個女人。也許是羅伯特．安得海認識的當地人。」

「而且星期二晚上十點一刻時和他在一起。」

「沒錯。」史彭斯說。嘆了口氣後，他又說：「這就排除了大衛．亨特的嫌疑。」

「是嗎？」

「是的。在他的律師對他分析利害關係之後，那心高氣傲的傢伙終於同意做一份自白。這是他對自己行蹤的陳述。」

白羅唸出那份打字打得整整齊齊的備忘錄：

搭四點十六分的火車離開倫敦，前往沃斯利石南車站。五點半到達。經由小路步行到犁溝居。

「他回來的原因，」主任插口道，「據他說，是來拿一些東西，信件、文件、支票簿，看看襯衫是不是從洗衣店送回來了……當然沒有！唉，現在洗個衣服都成問題了，他們已經

7 法語，意思是「找到那個女人」。

整整四個星期沒到我家去了，家裡一條乾淨的毛巾也沒有，我的衣服全得由我太太自己洗。」

說完這番很富人情味的話，史彭斯又回到大衛的行程表來。

七點二十五分離開犁溝居，說是出外散步，因為他錯過了七點二十分的火車，而下班車要到九點二十分。

「他朝哪個方向去散步？」白羅問。

主任查了查筆記。

「說是沿著道恩樹林、拜茨坡和長峰走了一下。」

「事實上，那就等於繞著白屋整整走了一圈！」

「白羅先生，你對本地的地形熟悉得真快！」

白羅微微一笑，搖搖頭。

「不，我並不知道你所說的那些地方在哪裡。我是猜的。」

「噢，猜的，是嗎？」主任頭一偏。

「接著，據他說，他到了長峰後，才發現時間已經相當緊迫，於是穿過野地，急忙跑到沃斯利石南車站去。他在千鈞一髮之際趕上了火車，十點四十五分到達維多利亞車站，然後步行回到牧人園，十一點回到家。這一點已經得到戈登．柯洛德夫人的證實。」

「其他部分呢？都證實過了嗎？」

「沒有全部證實，但有些已可以確定。羅利・柯洛德和其他一些人都看見他抵達沃斯利石南車站。犁溝居的女傭都出門了（他自己當然有鑰匙），所以沒看見他。不過她們在書房裡發現一根菸蒂，我想這引起了她們的興趣，此外，她們還發現放床單的衣櫃被翻得很亂。有個花匠那天因為要關暖房的關係工作到很晚，也看見了他。馬奇蒙小姐在馬登樹林也遇見了他。他當時正要去趕火車。」

「有沒有人看見他趕上火車？」

「沒有，不過他一到家就從倫敦打了個電話給馬奇蒙小姐。那時候是十一點五分。」

「查過這通電話了嗎？」

「查了。我們查過那個號碼要求接通的電話。十一點四分，有一通長途電話打到沃斯利河谷村三十四號。那是馬奇蒙家的電話。」

「有意思，真有意思。」白羅低聲道。

史彭斯依然認真而有條不紊地繼續敘述。

「羅利・柯洛德八點五十五分的時候離開亞登的房間，他很肯定，不會比這更早。九點十分左右，琳恩・馬奇蒙在馬登樹林看見了亨特，就算他是從史塔格一路跑過去，但這麼短的時間內，他可能去找了亞登、起爭執、殺了他、再跑到馬登樹林嗎？這我們正在研究，但我認為不可能。不管怎麼說，我們又得從頭開始了。亞登不是九點被殺的，他十點十分的時候還活著，除非你那位老太太在作夢。殺他的人如果不是那個掉了口紅的女人、那個戴橘黃頭巾的女人，就是某個在那女人離開後進來的人。無論凶手是誰，這人都故意將手錶指針往回撥到九點十分。」

「如果大衛・亨特不是湊巧在一個很意外的地方遇見琳恩・馬奇蒙，這個時間對他來說不是非常不利嗎？」白羅說。

「是的，確實如此。從沃斯利石南車站前往倫敦的最後一班火車是九點二十分，這時天色已黑，通常是一些打高爾夫球的人會搭這班車回去。沒有人會注意到亨特……火車站的人不認識他。而到了倫敦後，他也沒搭計程車。所以他說他回到了牧人園，依賴的也只是他妹妹的證詞。」

白羅沒說話。史彭斯問：「你在想什麼，白羅先生？」

白羅說：「繞著白屋散步良久，在馬登樹林相遇，後來又打了電話……而琳恩・馬奇蒙和羅利・柯洛德已經訂婚……我真想知道，他們在電話裡說了什麼。」

「是出於對人性的好奇嗎？」

「是的，」白羅說，「我總有這種好奇心。」

25

天色已晚，不過白羅還打算再去見一個人。他向傑米．柯洛德的家走去。進了他家，一個看來很靈光的小女傭把他帶到傑米．柯洛德的書房。

趁著一人在書房等待的時間，他帶著興味四下張望。全然的實事求是、一板一眼、枯燥乏味，即使是在家裡。書桌上放著一張戈登．柯洛德的大幅肖像畫。還有一張褪色的照片，是愛德華．崔頓爵士騎在馬上。白羅正仔細打量這張照片，傑米．柯洛德進來了。

「啊，請原諒。」白羅放下相框，表情有點迷惑。

「是我的岳父，」傑米說，聲音裡帶著得意。「那是他最出色的愛馬之一，栗子崔頓，一九二四年在德比郡的跑馬比賽中得到亞軍。你對賽馬有興趣嗎？」

「可惜，我沒興趣。」

「要花很多錢才跑得動，」傑米的話中帶刺。「愛德華爵士在這上面栽了跟頭，不得不跑到國外定居。沒錯，真是項昂貴的運動。」

不過，他的聲音依然透著驕傲。

白羅暗忖，傑米是那種寧可把錢扔到大街上也不會投資在馬身上的人，然而對那些投資賽馬的人，他內心自有一股欽佩和敬意。

柯洛德繼續說道：「有什麼事要我效勞嗎，白羅先生？身為柯洛德家的一份子，我認為我們對你有無盡的感激，是你找到了波特少校來作證。」

「你們家人對這件事似乎非常高興。」白羅說。

「啊，」傑米說，「現在高興未免太早。案子結束還得要好一段時間。安得海的死亡在非洲畢竟經過確認，推翻這種事實需要不下數年，更何況羅莎琳的證詞很肯定，非常肯定。你知道，大家對她的印象很好。」

傑米．柯洛德似乎不相信他的前景會有任何改善。

「我不願意驟下任何定論，」他說，「很難說案子會如何發展。」接著他煩躁、也是疲累地推開一些文件，說道：「你想見我？」

「柯洛德先生，我是想請問，你是否真的確定令兄沒有留下遺囑？我的意思是，在他結婚之後？」

傑米似乎很驚訝。

「我想，他根本就沒有萌生過這個念頭。可以肯定的是，他在離開紐約之前並沒有立下遺囑。」

「他可能在他停留倫敦的那兩天當中立了遺囑。」

「跑去找倫敦的律師？」

「或是自己寫一份。」

「然後找人作證？找誰作證呢？」

「當時他家裡有三個傭人，」白羅提醒他。「他被炸死的那天晚上，三個傭人也死了。」

「呃，對。不過，即使他確如你所說的立下了遺囑，現在那份遺囑也已經毀了。」

「這就是重點所在。最近有許多被認為已經毀壞的文件，可以透過一種新方法辨讀出來。譬如說，那些在保險箱裡被燒焦、但還不致認不出來的文件。」

「噢，白羅先生，你這個想法真特別，相當特別。只是我不認為……不，我不相信那裡面會有什麼東西。就我所知，那棟房子裡根本就沒有保險箱。戈登所有的重要文件都放在辦公室，而那裡確實沒有留下遺囑。」

「但做些調查總可以吧？」白羅鍥而不捨。「比如說，去找空襲預防部門的官員問問。你願意授權給我去調查這件事嗎？」

「噢，當然，當然。你願意自告奮勇去調查，真是太好了。不過，我恐怕一點信心也沒有。話說回來，還是有萬一的希望，這麼說，你……你馬上就要回倫敦去了？」

白羅瞇起眼睛。傑米的語氣很急切。回倫敦去？難道他們每個人都嫌他礙事嗎？

他還沒來得及回答，門就開了，法蘭西絲．柯洛德走了進來。

兩件事吸引了白羅的注意。第一，她看起來有如生了一場大病，令他大為吃驚。第二，她和照片上的父親竟是如此相像。

「赫丘勒．白羅先生來看我們了，親愛的。」傑米的介紹顯然有些多餘。她和白羅握過手後，傑米立刻將白羅對遺囑的建議簡短說了一遍。

法蘭西絲露出懷疑的表情。

「可能性微乎其微。」

「白羅先生要回倫敦去進行調查。」

「據我所知，波特少校是該區的民防隊員。」白羅說。

柯洛德夫人臉上閃過一絲好奇。她說：「誰是波特少校？」

白羅聳聳肩。

「一個退休軍官，靠退休俸為生。」

「他真的在非洲待過？」

白羅奇怪地看著她。

「當然待過，夫人。有什麼不可能呢？」

她彷彿心不在焉地說道：「我不知道，他讓我感到迷惑不解。」

「沒錯，夫人，」白羅說，「這我能理解。」

她立刻望向他，眼眸裡出現一種近似害怕的神情。她轉過身對丈夫說：「傑米，我很為羅莎琳難過。大衛遭到逮捕，她獨自一人待在犁溝居一定非常傷心。我想請她到家裡來小住一陣，你贊成嗎？」

「你真的覺得這樣做明智嗎，親愛的？」傑米的語氣透著懷疑。

「明智？我不知道！可是她也是人，現在又那麼無助。」

「我很懷疑她會接受邀請。」

「無論如何，我可以問問她。」

律師輕聲說道：「如果這能讓你快樂一點，那就去做吧。」

「快樂一點！」

這句話裡含有一絲奇怪的怨恨意味。她以懷疑的眼神飛快瞥了白羅一眼。

白羅嚴肅地低聲說道：「那我告辭了。」

她跟著他進入大廳。

「你就要回倫敦去了？」

「我明天會回倫敦，不過頂多在那裡待上二十四小時，然後我會再回到史塔格。夫人，如果你想找我，你可以到那裡。」

她立刻質問：「我為什麼要找你？」

白羅沒有回答這個問題，只說：「我會住在史塔格。」

那天夜裡稍晚，法蘭西絲・柯洛德在黑暗中對她丈夫說：「我不相信那人去倫敦是為了他所說的理由。那些關於戈登立遺囑的事，我一句也不信。你相信嗎，傑米？」

一個缺乏生氣、非常疲倦的聲音回答她。

「我也不信，法蘭西絲。不，他去倫敦另有原因。」

「什麼原因？」

「我不知道。」

「我們要怎麼辦，傑米？我們該怎麼辦呢？」

他立刻回答：「法蘭西絲，我想，只有一個辦法。」

26

帶著傑米・柯洛德所開具的必要證明，白羅得到了一些問題的答案。答案很確定，那棟房子已經全毀，而那塊土地也於新近清理完畢，準備重建。除了大衛・亨特和柯洛德夫人，別無他人幸免於難。房子裡的三個傭人：費德瑞克・蓋姆、伊麗莎白・蓋姆和艾琳・科里根，全都當場死亡。戈登・柯洛德被救出時還活著，但在送往醫院途中嚥了氣，始終沒有恢復知覺。白羅記下這三個傭人幾個近親的名字和地址。

「有可能，」他說，「他們在閒談中或做批評的時候對親友說過什麼。或許我能因此得到一些啟示，找到我急需的資料。」

聽到他說的這番話，那個官員似乎有些狐疑。蓋姆兄妹是從德塞來的，而艾琳・科里根來自科克鄉。

接著，白羅的腳步朝向波特少校的住處走去。白羅記得波特說過，他是英國民防隊的隊員。他想知道那天晚上波特是否正好當值，在薛菲德街出事的那晚是否看到過什麼。

除此之外，他還有其他事，想和波特少校談一談。

當他轉過愛奇威路的街角時，訝異地看到，一個身穿制服的警察站在他正要前往的房子門口。小孩和人群圍成一圈，緊盯著房子看。白羅了解這景象表示什麼，心裡不禁一沉。

站在門口的警察攔住了他。

「這裡不能進去，先生。」他說。

「出了什麼事？」

「你是不是這房子裡的住戶，先生？」白羅搖搖頭。「那你要找誰？」

「我找波特少校。」

「你是他的朋友嗎，先生？」

「不，算不上是朋友。出了什麼事嗎？」

「據我所知，這位先生開槍自殺了。啊，警探來了。」

門開了，兩道身影走出來。一個是當地的探長，另一個是白羅認識的，來自沃斯利河谷村的格雷夫警官，後者認出了他，立刻告訴那位警探。

「你最好進來說。」後者說。

三人走進那棟房子。

「他們撥電話到沃斯利河谷村，」格雷夫解釋道，「史彭斯主任就派我過來。」

「是自殺嗎？」

那警探回答道：「沒錯。案情似乎一目了然。不知道是不是他在驗屍審訊上作證後，讓他心理很受折磨。人有時候會做出令人百思不解的事，不過，我想他最近情緒很低落，財務困難，不順心的事情又接踵而來。是用他自己的左輪手槍自殺的。」

「我可以到樓上去嗎？」白羅問。

「請便，白羅先生。警官，請帶白羅先生上樓。」

「是的，長官。」

格雷夫在前帶路，兩人來到二樓的房間。房裡的景物和白羅記憶中差不多：暗色的舊地毯，很多書。波特少校坐在大扶手椅裡。他的姿勢很正常，只是頭無力地垂在胸前，右臂垂在一側，右臂下的地毯上是那把左輪槍。空氣中還飄浮著一絲微弱的煙硝味。

「他們認為事情發生在幾個小時前，」格雷夫說，「沒人聽到槍響。屋裡的女人出門買東西去了。」

白羅鎖著眉頭，俯視那個安安靜靜的屍體。那人右邊的太陽穴上有個燒焦的小傷口。

「您知道他為什麼會這麼做嗎，白羅先生？」格雷夫問。

他對白羅相當謙恭有禮，因為他看到主任對白羅敬重有加，雖然他自己認為，白羅只是那種退休後又重出江湖的老人。

白羅漫不經心地回答：「沒錯，沒錯，有個很充分的理由，這毫無疑問。」

他的目光移到波特少校左邊的一張小桌子上，上頭有個大而結實的玻璃菸灰缸、一支菸斗、一盒火柴，其他什麼都沒有。他環視房間一圈，這才走到一張附帶活動桌面的書桌旁。書桌非常整潔。文件整整齊齊放在文件架上。正中央是一本皮面的小記事簿，一個筆盒裡裝著一枝鋼筆、兩枝鉛筆，還有一盒迴紋針和一本郵票冊。所有的東西都是乾乾淨淨，井然有序。平平常常的生活，有條有理的死亡……沒錯，這就是了，就是缺少了這樣東西！

他對格雷夫說：「他沒有留下任何字條，或是寫給法醫的信？」

格雷夫搖搖頭。

「沒有。完全不像一般退伍軍人的做法。」

「真是非常奇怪。」

波特少校的生活一絲不苟，對自己的死卻那麼草率處理。波特沒留下任何字條，白羅想，這非常不對勁。

「這對柯洛德一家將是個打擊，」格雷夫說，「一定會讓他們相當氣餒。他們必須再找個和安得海很熟的人了。」他有點坐立不安。「您還要看什麼嗎，白羅先生？」

白羅搖搖頭，跟著格雷夫走出房間。

兩人在樓梯口遇到了房東。她顯然很享受自己激動焦灼的情緒，也滔滔不絕說了許多話。格雷夫巧妙地脫了身，留下白羅獨自承受她的絮絮叨叨。

「我簡直喘不過氣來。心臟，就是這東西。心絞痛，我媽就死於這種病，她在穿越市場的時候，就這麼倒下死了。而當我發現他的時候，差點也要倒地暴斃……噢，真把我給嚇死了！我從來沒想過會發生這種事，雖然他情緒低落很久了。我想，他常為錢擔憂，吃也吃不飽，連維生都困難。我們想給他一點東西吃，他從來不收。而昨天，他還得老遠跑到奧斯特郡某個地方——沃斯利河谷村——的驗屍審訊上作證。他的內心很受折磨，真的。他回來的時候，氣色壞透了。一整夜來來回回走個不停，走過來，又走過去。是為了一個被人殺死的男人，他的一個朋友，大家都這麼說。可憐的人，他因此難過極了。走個不停，走過來，又走過去。我打算出門去買點東西——得排好久的隊才買得到魚——順便上樓去問他要不要喝杯茶，然後就看到他那個樣子了，可憐的人，左輪槍從手裡滑到地上。他坐在椅子上，身子往後仰。可真把我嚇死了。我就找警察來。不是我說，這個世界究竟是怎麼了？」

白羅緩緩說道：「在這個世界上，人愈來愈難生存了。除了那些強者。」

／27

白羅八點多回到史塔格酒店，發現一張法蘭西絲·柯洛德的留言，請他去見她。他立刻出門。

她正在客廳等他。他從未踏進過這個房間。敞開的窗戶朝向設有圍牆的花園，梨樹上花朵怒放。桌上放著好幾盆鬱金香。老家具上的蜂蠟和滑脂閃閃發光，黃銅的火爐圍欄和煤箱也明亮耀眼。

白羅心想，這個客廳真是漂亮。

「你說過我可能會找你，白羅先生。你說得對，有件事我不吐不快，而我認為你是最佳的傾吐對象。」

「夫人，把心事告訴一個事先已了然於胸的人是容易多了。」

「你認為你已經知道我要說什麼了？」

白羅點點頭。

「從什麼時候……」

她沒把問題問完，而白羅立即答道：「從我看到你父親相片的那一瞬間開始。你們崔頓家的特徵非常明顯。任何人都可以斷定你和他是一家人。而那個來到此地自稱是伊諾克・亞登的人，和你們也是極其貌似。」

她嘆了口氣，很長、很不開心的嘆息。

「沒錯。是的，你說對了，雖然可憐的查爾斯留著鬍子。白羅先生，他是我的二堂弟，可以說是我們崔頓家的敗家子。雖然我和他從來就不熟，不過我們小時候玩在一起，而現在，我把他推上了死路，而且死得如此醜惡、如此不堪……」

她沉默了好一陣子。白羅柔聲說道：「你是要告訴我……」

她隨即清醒過來。

「沒錯，這件事遲早得說出來。我們急需用錢，一切都因此而起。我丈夫……我丈夫出了很大紕漏，很嚴重的紕漏。在他面前等著他的是名譽掃地，甚或鋃鐺入獄，而就那件事來說，他目前依然面臨著這種威脅。白羅先生，請你了解，這計畫是我想出來的，付諸實行的也是我，和我丈夫毫無關係。他絕不可能執行這種計畫。對他來說，這實在太冒險了。但我從來就不怕冒險，而且我一向無所忌憚。一開始我先去找羅莎琳・柯洛德借錢。我不知道如果她能自己作主，她會不會借錢給我。但她哥哥插手阻撓。當時他心情極壞，而且故意羞辱我……起碼讓我有這樣的感覺。所以我一想到這個計畫，就立即付諸實行，一刻也沒猶豫。

「為了把事情解釋清楚，我得告訴你，我丈夫去年一再對我說的一件趣事。他是在他的俱樂部裡聽到的。我相信當時你也在場，所以我就不詳述了。可是這件事讓我想到一種可能性，那就是羅莎琳的第一任丈夫並沒有死。當然，如果真是這樣，戈登的錢她一毛都沒權利拿。但這種可能性微乎其微，而我們內心深處始終有個想法：可能還是有些微的機率變成現實。我突然想到，我們可以利用這點可能性來想辦法。查爾斯，我的堂弟，當時正好在英國，窮困潦倒。我想他可能坐過牢，而且他做事並不牢靠，不過在戰時表現出色。我將這個計畫告訴了他。當然，這是不折不扣的勒索，可是我們認為很可能全身而退，最壞的情況不過是大衛．亨特不肯上鉤。我認為他不會為這種事去找警察。他那種人不喜歡警察。」

她的聲音變得僵硬。

「我們的計畫進行得很順利。大衛上鉤了，比我們預期的情形還好。當然，查爾斯不能自稱『羅伯特．安得海』，這樣羅莎琳立刻就會識破。但幸好她去了倫敦，這給了查爾斯一個機會，至少他可以暗示自己有可能是羅伯特．安得海。一如我所說，大衛看來是上鉤了。照理說，他會在週二晚上九點把錢帶來。可是他反而……」

她的聲音開始顫抖。

「我們早該知道大衛是……是個危險人物。現在查爾斯死了，被人殺死了，要不是我，他現在還活在人世，是我把他送上了絕路。」

片刻後，她繼續說道，聲音帶著苦澀。

「事發之後，你應該想像得到我的心情。」

「但是，」白羅說，「你腦筋還是動得很快，立刻就想出了計畫的下一步。是你去誘使波特少校指認你堂弟為『羅伯特．安得海』的？」

她立刻狂喊：「不，我向你發誓，不是我。事情不是那樣！當這位波特少校出面作證，說查爾斯就是羅伯特．安得海的時候，再沒有人比我們更吃驚了……吃驚？我們簡直是嚇呆了！我不懂為什麼會這樣！我到現在還是不懂！」

「有人去找過波特少校。有人勸他或是賄賂他，要他指認死者為安得海。」

法蘭西絲堅決否認。

「不是我，也不是傑米，我們兩個都不會做這種事。噢，我敢說這話在你聽來一定很可笑！你會想，我既然準備勒索，當然很容易更加墮落，跑去詐欺。可是，在我心裡，這是截然不同的兩回事。你一定要了解我的感受，我覺得……其實我到現在依然覺得，我們有權利分得戈登的遺產。既然我不能透過正當手段取得，那就不妨耍點手段。可是存心騙走羅莎琳的每一分錢，偽造證據來證明她根本不是戈登的妻子……噢，不，真的，白羅先生，我不會做這樣的事。相信我，請你相信我。」

「我承認，」白羅一字一句說道，「每個人對罪惡都有不同定義。是，我相信這點。」

接著，他銳利的眼光看著她。

「柯洛德夫人，你可知道，波特少校今天下午開槍自殺了？」

她的身子往後一縮，驚恐地瞪大眼睛。

「噢，不，白羅先生……不可能！」

「是真的，夫人。波特少校，你知道，他原本是個老實人，經濟上很拮据，而當誘惑來到眼前，他和其他許多人一樣，抗拒不了。可能對他來說，也可能他讓自己相信，他這個謊言具有道德的正當性。在他心底，他對安得海娶進門的這個女人懷有根深柢固的成見。他覺得她是以一種為人不齒的手段對待他的朋友。而現在，這個無情無義的小淘金女又和一個百萬富翁結了婚，不但坐擁第二任丈夫的財產，還損及他親人的利益。對他來說，破壞她的計畫相當大快人心，這完全是她活該。更何況，只要指認了死者，他自己的未來也有了保障；等柯洛德一家人重拾他們的權利，他也能分得一杯羹。沒錯，我能體會這種誘惑。可是像他那種人，大多數都缺乏想像力，他也不例外。在驗屍審訊上，誰都看得出來，他很不安，非常不安。再過不久，他還得在宣誓後重複他的謊言。不僅如此，有個人現在被逮捕下獄，被指控謀殺，而這個指控就是拜他指認死者所賜。他回到家之後，勇敢面對現實。他選擇了在他看來最好的解決方式。」

「他開槍殺了自己？」

「是的。」

法蘭西絲低聲說道：「他沒有說是誰，誰……」

白羅緩緩搖頭。

「這祕密他保留給自己。沒有線索指出是誰慫恿他去做偽證。」

他仔細觀察她。有那麼一剎那，她是不是閃過一絲寬慰或如釋重負的表情？沒錯，然而，這應該也是再自然不過……

她站起身，走到窗前。她說：「這麼說，我們又回到原點了。」

白羅想，不知道她心裡閃過了什麼念頭。

28

第二天早晨，史彭斯主任說的話幾乎和法蘭西絲一模一樣。

「這麼說，我們又回到原點了，」他邊說邊嘆氣。「我們必須查明，這個叫作伊諾克・亞登的傢伙究竟是什麼人。」

「這我可以告訴你，」白羅說，「他是查爾斯・崔頓。」

「查爾斯・崔頓！」史彭斯吹出一聲口哨，「嗯！原來是崔頓家的人。我想是她把他拉進來的……我是指傑米的夫人。不過，我們不能證明她和這件事有關。查爾斯・崔頓？我好像記得……」

白羅點點頭。「沒錯，他有前科。」

「我想也是。如果我沒記錯，他專門在旅館行騙。他會住進麗緻大飯店，出去買勞斯萊斯——利用車行可以試開一早上的規定，開著它到處轉——然後去最豪華的商店買東西。我告訴你，一個外頭有勞斯萊斯等著、還要把買的東西帶回麗緻飯店的人，沒有人會懷疑他的支票有問題！再說，他文質彬彬，又有教養。他會在那裡住上約莫一個星期，等別人開始起疑時，他就無聲無息地消失了，還把各種東西便宜地賣給他結交的那批狐群狗黨。查爾斯．崔頓，嗯……」他看著白羅。「你很會調查，對吧？」

「大衛．亨特的起訴案可有什麼發展？」

「我們得放走他。那天晚上，確實有個女人和亞登在一起。不只是那個凶老太婆這麼說，那時候吉米．皮爾斯正要回家，他被人從乾草堆酒吧裡推出來……一兩杯下肚後，他就愛找人打架。他看到一個女人從史塔格出來，走進郵局外頭的電話亭，那時候剛過十點。他說他不認得那人，以為是史塔格的房客。他把她叫作『一個從倫敦來的妓女』。」

「他離她不是很近？」

「不近，在對街。這女人到底是誰呢，白羅先生？」

「他有說她穿什麼衣服嗎？」

「他說她穿著斜紋軟呢外套，頭上裹著橘黃頭巾。穿著長褲，化妝很濃。從裝束來看，很符合那老太婆形容的人。」

「是的，很符合。」白羅皺著眉頭。

史彭斯問：「唉，她會是誰呢？從哪裡來，又往哪裡去？你知道我們的火車時間表。北上倫敦的最後一班車是九點二十分，往南走的最後一班則是十點零三分。難道那女人在外面晃蕩了一晚上，等到天亮再搭六點十八分的火車離開？她自己有車嗎？還是她搭別人的便車離開？我們已經派人查過這整塊區域，可是毫無所獲。」

「六點十八分的班車呢？」

「這班車一向人多擁擠，不過乘客多半是男性，我相信他們會注意到一個女人，尤其是那種女人。我想，她也許是自己開車來回，可是私家轎車在如今的沃斯利河谷村是很引人注目的。我們已經沒了頭緒，你知道。」

「那天晚上沒有人看到有私家轎車出入？」

「只有柯洛德醫生的車。他出門外診，走的是中頂漢路。所以說，如果有個陌生女子開著一輛車，大家一定會注意到。」

「她未必是陌生人，」白羅緩緩說道，「比如說，一個人有點醉意，又間隔一百碼遠，很可能認不出一個他並不熟悉的本地人。而這人的穿著打扮或許又和平常不同。」

史彭斯以詢問的眼神看著他。

「比如說，這個叫皮爾斯的年輕人會認出琳恩．馬奇蒙嗎？她離家好幾年了。」

「當時琳恩．馬奇蒙和她媽媽一起在家。」史彭斯說。

「你確定？」

「萊諾．柯洛德夫人，就是那個有點瘋瘋癲癲的醫生太太，說她十點十分打過電話到她家。羅莎琳．柯洛德當時人在倫敦。而傑米夫人……呃，我從沒看過她穿長褲，而且她不怎麼化妝。不管怎麼說，她並不年輕。」

「噢，親愛的主任，」白羅身子前傾。「黑沉沉的夜晚，昏黃幽暗的街燈下，又化了濃妝，你怎麼認得出一個人年不年輕？」

「好吧，白羅，」史彭斯說，「你到底想說什麼？」

白羅身子往後一靠，半瞇著眼睛。

「長褲，斜紋軟呢外套，頭上裹著橘黃色頭巾，一臉濃妝，一管丟掉的口紅。這很有聯想空間。」

「我想你就像在德爾菲[8]傳神諭的祭司一樣，」史彭斯大聲說道，「這倒不是說我知道德爾菲神殿的祭司是什麼樣子……格雷夫那年輕人對這些事情故意裝得很懂，可是這對他的警察工作一點用處也沒有。還有什麼神祕的指示嗎，白羅先生？」

「我告訴過你，」白羅說，「這案子完全不對勁。我還替你舉了個例子，說那個死者本身就大有文章。事實證明，把他當成安得海確實是錯誤的。安得海顯然是個特異偏執、具有騎士風度的人，思想守舊又傳統。住在史塔格酒店的人則是個勒索者，既無騎士風度，思想也不保守、傳統，更不特別古怪，所以他不是安得海。他不可能是安得海，因為人的本性是

8　德爾菲（Delphi），古希臘城市，因有阿波羅神殿而知名。

不會變的。有趣的是，波特卻說他是安得海。」
「所以你就去找傑米夫人？」
「不，是他們酷似的外貌讓我前去找她。崔頓的五官非常有特色，那是崔頓家族的相貌。請容我賣弄小小的文字修養；死者查爾斯．崔頓才是『若合符節』。不過還有一些問題我們必須得到答案。為什麼大衛．亨特那麼輕易就接受了勒索？他是那種輕易讓人勒索的人嗎？答案很明顯，他不是。所以，他也一樣，行為不符合他的性格。還有羅莎琳．柯洛德，她整個行徑令人難以理解……不過有件事我非常想知道。她為什麼害怕？為什麼覺得如果哥哥不在身旁保護她，她就會遭遇不測？是某個人或某樣東西令她害怕。她害怕的不是失去財產。不，比這更嚴重。她擔心會失去生命……」
「老天，白羅先生，你該不會以為……」
「別忘了，史彭斯，一如你剛才所說，我們回到原點了。換句話說，柯洛德這家人又得從頭開始。羅伯特．安得海死於非洲。而羅莎琳．柯洛德擋在他們和戈登．柯洛德的遺產之間，讓他們無福享用……」
「你真的認為柯洛德家的某個人會做出那種事來？」
「我想會。羅莎琳．柯洛德現在二十六歲，雖然精神有些不穩定，但身體很健康，她可能活到七十歲，甚至更久。就算再活四十四年好了，主任，你不認為四十四年對覬覦這筆財產的人來說，實在太長了嗎？」

／29

白羅才踏出警局，就碰到凱西迎上前來。她手裡提著好幾個購物袋，氣急敗壞地走來，上氣不接下氣。

「可憐的波特少校，真是太可怕了，」她說，「我不得不說，他的人生觀太物化了。你也知道軍隊生活是什麼模樣，狹隘得很。雖然他在印度住了很久，恐怕他從來不曾利用這個機會提升性靈。早餐、午餐、打野豬……這就是狹隘的軍隊生活。想想看，他曾經有機會皈依印度大師當他們的門徒呢！唉，白羅先生，他錯失了機會，多可惜！」

凱西搖著頭，原本抓緊一個袋子的手不覺鬆了開來。一條難看的鱈魚溜出袋子，掉進排水溝裡。白羅把牠找了回來，在激動不安中，凱西又掉了第二個袋子，一罐金黃色糖漿沿著中央大街滾動，開始它歡快的旅程。

「真是謝謝你，白羅先生，」凱西抓住鱈魚，他又去追金色糖漿。「噢，謝謝你，我真是笨手笨腳，可是我實在太難過了。那個不幸的人……是的，這條魚是很黏手，但我不想弄髒你乾淨的手帕……你太好心了……我剛說，我們活著就是死了，死了就是活著；如果我看到已過世的好友他們來自冥界的軀體，我絕不會感到驚訝。你知道，我們有可能就在大街上跟他們擦肩而過。比如說，前幾天的一個晚上，我就……」

「我來幫你好嗎？」白羅將那條鱈魚用力往袋子深處塞。「你剛才說……呃？」

「來自冥界的軀體，」凱西說，「你知道，我向他換了兩便士的硬幣，因為我只有半便士。當時我就覺得那張臉有些面熟，但就想不起是誰。我到現在還沒想起來，不過我想，一定是個已經死了的人……恐怕死了一段時間，所以我的記憶才那麼模糊。只要我們有需要，他們就會被派來幫忙，這真是太好了，即使是送打電話的硬幣這種小事。噢，天哪，糕餅店排了那麼長的隊伍；他們今天一定有鬆餅，要不就是瑞士捲！希望我還來得及！」

萊諾·柯洛德夫人衝過馬路，在糕餅店外頭加入一大堆表情陰鬱的女人當中，並在排成的長龍尾巴處站定。

白羅繼續沿著中央大街前行。經過史塔格時，他沒有彎進去，反而朝白屋走去。他很想找琳恩·馬奇蒙談談，而且他相信，琳恩不會反對跟他說上幾句話。

這是個天清氣爽的早晨，就是那種感覺有如夏日的春季晨光，但空氣裡的清新氣息又提醒你，真正的夏日尚未到來。

白羅從大路轉進彎道，看到了那條經過長柳舍、直通犁溝居的山坡小徑。查爾斯·崔頓在死前的那個星期五，就是從車站沿著這條步行小徑進入村子。他在下山途中遇到了正往上走的羅莎琳‧柯洛德。他沒認出她來，這並不奇怪，因為他不是羅伯特‧安得海。而她基於同樣的道理，自然也沒認出他來。但當她看到死者的屍體，她信誓旦旦說，自己完全沒注意到這個和她擦肩而過的男人。果真如此，她那時候在想什麼？可不可能在想羅利‧柯洛德？

白羅轉個彎，沿著那條通往白屋的小路前行。白屋的花園非常美麗，有多種開花灌木、紫丁香、金鏈花，草坪中央是一棵滿身疤瘤的老蘋果樹。果樹下一張躺椅上，琳恩‧馬奇蒙正舒展著四肢。

聽到白羅一本正經地向她道「早安」，她驚得跳起來。

「你真把我嚇壞了，白羅先生。我沒聽見你穿過草坪而來。原來你還在這裡……在沃斯利河谷村？」

「我還在這裡，確實如此。」

「為什麼？」

白羅聳聳肩。

「這是個令人賞心悅目、能讓人解放的世外桃源。我在解放自己。」

「我很高興你還在這裡。」琳恩說。

「你為什麼不像你們其他的家人那樣問：『你什麼時候回倫敦，白羅先生？』接著便焦急地等著聽我回答？」

「他們希望你回倫敦去嗎？」
「似乎如此。」
「我不希望。」
「對，我知道。為什麼呢，馬奇蒙小姐？」
「因為你沒有回去就表示你不滿意。我的意思是，對於大衛．亨特是凶手的結論並不滿意。」
「而你是如此盼望……他是無辜的？」
他看到她銅色的臉龐泛起紅暈。
「這很自然，我不願意看到一個人含冤上絞刑台。」
「這很自然……噢，沒錯！」
「只因為他惹火了警察，他們就對他心懷偏見。這是大衛最糟糕的一點。他喜歡跟別人作對。」
「警察並不如你所想的那般偏頗，馬奇蒙小姐。對他心懷偏見的是陪審團。他們拒絕聽從驗屍官的指點。因為他們做出了他有罪的判決，警方才不得不逮捕他。但我可以告訴你，他們對這樣的判決非常不滿意。」
她隨即口氣急切地問道：「這麼說，他們會放了他嗎？」
白羅聳聳肩。

「他們認為是誰下的毒手，白羅先生？」

白羅不慌不忙地說道：「那天晚上，有個女人出現在史塔格。」

琳恩叫道：「我完全搞糊塗了。當初我們以為那人就是羅伯特·安得海，一切似乎非常單純。可是如果他不是安得海，波特少校為什麼說他是？而他為什麼又要開槍自殺呢？我們又回到原點了。」

「你是第三個說這句話的人！」

「是嗎？」她似乎很吃驚。「那你現在在做什麼呢，白羅先生？」

「和大家說話，就是這樣，和大家談話。」

「可是，你不問他們關於謀殺的事情嗎？」

白羅搖頭。

「不，我只是……該怎麼說呢，聽聽閒言閒語。」

「那有用嗎？」

「有時候有用。如果你知道我在過去這幾個星期當中，對沃斯利河谷村人的日常生活已有多少了解，你一定會感到訝異。我知道什麼人從哪裡走過、遇到誰，有時候還知道他們談了什麼。比如說，我知道那個叫作亞登的人是從犁溝居旁邊的小徑進村來的，他向羅利·柯洛德問過路，他背著一個背包，沒有行李。我也知道羅莎琳·柯洛德曾經在農場裡跟羅利一起待了一個多鐘頭，而且很開心，不像她平常那樣。」

「沒錯，」琳恩說，「羅利跟我提過。他說她就像個放了一下午假的人。」

「啊，他說過這話？」白羅頓了頓，接著又說：「沒錯，我對這裡大大小小的事所知甚多。而且對於大家的難處，我也聽了不少。比如說，你的，還有令堂的。」

「我們任何人都沒有祕密，」琳恩說，「我們全都想過辦法去向羅莎琳要錢。你是這個意思，對吧？」

「我沒有這麼說。」

「那我告訴你，這是真的！還有，我想你也聽說了我、羅利和大衛的事。」

「你要嫁給羅利．柯洛德？」

「我？但願我知道答案。那天我正試圖做出決定，大衛突然從樹林裡鑽了出來。它就像我腦子裡的一個大問號。我要不要嫁給羅利？要不要？連河谷裡的火車似乎也在問。火車冒出的煙霧在天空中形成了一個好大的問號。」

白羅的臉上現出好奇的神色。琳恩誤解了，她大叫道：「噢，白羅先生，你難道看不出來，這個決定多麼難下！這完全不是大衛的問題，是我自己！我變了，我離開三年……四年，現在我回來了，卻不再是離家時的我。這是到處都在發生的悲劇。歸鄉的人變了，不得不重新調適自己。你怎麼可能長久離家過著另一種生活後而不改變！」

「你錯了，」白羅說，「人生的悲劇是，人不會改變。」

她瞪著他，一面搖頭。他依然堅持道：「這是真的，就是如此。當初你為什麼離開？」

「為什麼？我參加了皇家海軍婦女隊，我去服役。」

「對，沒錯，可是你為什麼要進入皇家海軍婦女隊？你那時候已經訂婚，就要結婚，你也愛羅利．柯洛德。你大可以一介農民的身分留在沃斯利河谷村工作，難道不是嗎？」

「我想我是可以，可是我想要……」

「你想要擺脫現狀。你想出國，去體驗生活。也許你是想要擺脫羅利．柯洛德。而現在你雖然感到不安，你仍然想離開！噢，不會的，小姐，人是不會變的！」

「當我遠在國外、在東方時，我好想家。」琳恩辯白道。

「對，沒錯，你不在哪裡就想哪裡！就你而言，恐怕你永遠都會這樣。你知道，你為自己塑造了一個形象，一個琳恩．馬奇蒙出外歸家的形象，可是這個形象並不真實，因為你想像的琳恩．馬奇蒙並不是真正的琳恩．馬奇蒙，她只是你想成為的琳恩．馬奇蒙。」

琳恩語帶挖苦地問：「這麼說，依你之見，我無論到哪裡都不可能滿足囉？」

「我沒有那樣說。可是我得說，在你離家之際，你對自己的婚約並不滿意，而現在你回來了，對自己的婚約依然不滿意。」

琳恩摘下一片樹葉，放入嘴裡若有所思地嚼著。

「你真厲害，竟然知道這麼多，白羅先生。」

「這是我的專業，」白羅謙虛地說，「我想，另外一個事實你還沒有意識到。」

琳恩立刻說：「你是指大衛，對不對？你認為我愛上了大衛？」

「那是你說的。」白羅小心翼翼地低聲說道。

「我……我不知道！大衛身上有種東西令我害怕，可是也吸引著我……」她沉默片刻，接著又說：「我昨天和他的陸軍准將長官談過。他一聽說大衛被捕就趕來這裡，看能不能幫點忙。他告訴我一些大衛的事情，他的大膽英勇令人難以置信。他說大衛是他麾下最勇敢的人。可是你知道，白羅先生，不管他對大衛如何讚不絕口，我總有種感覺：他不能確定、也不敢斬釘截鐵地說大衛沒有犯下這起案子！」

「你也不確定嗎？」

琳恩擠出一絲淒涼的苦笑。

「我不確定。你知道，我從來就不信任大衛。你會愛上一個你不信任的人嗎？」

「很不幸，會。」

「我一直對大衛很不公平，因為我不信任他。我聽信本地不少狠毒的流言蜚語，說大衛根本就不是大衛・亨特，他只是羅莎琳的男友。而當我見過這位陸軍准將之後，我很慚愧。他告訴我，大衛在愛爾蘭長大，他從小就認識他。」

「這很重要，」白羅低語道，「可見人對錯誤的成見多不容易扭轉！」

「你這是什麼意思？」

「就是我剛說的意思。告訴我，柯洛德夫人……我是指柯洛德醫生的太太，她在命案發生的那天晚上，打過電話給你嗎？」

「凱西舅媽嗎？是的，她打來過。」

「關於什麼事？」

「關於一些她搞不清楚的帳目。」

「她是從家裡打電話給你的嗎？」

「不是，事實上，她家的電話壞了，所以她只好出門到電話亭打電話。」

「十點十分的時候？」

「差不多。我們家的鐘從來就不是很準。」

「差不多。」白羅若有所思地說，接著又慎重地問：「那並不是那天晚上你接到的唯一一通電話吧？」

「沒錯。」琳恩答得很簡短。

「大衛・亨特也從倫敦打電話給你？」

「沒錯，」她突然發火。「我猜你想知道他說了些什麼吧？」

「噢，我不敢擅自揣測……」

「我樂意讓你知道！他說他要離開了，從我的生活中消失。他說他對我沒有任何好處，他永遠都不會正當做人，即使是為了我也不會。」

「這大概是真話，所以你不喜歡聽。」白羅說。

「我希望他離開……我是說，如果他得到釋放的話。我希望他們兩個都離開這裡，去美國或是別的地方。這樣一來，也許我們就不會再想起他們。我們會學著靠自己生存，我們也不會再心懷敵意。」

「心懷敵意？」

「對。我第一次有這種感覺是在凱西舅媽家裡，那天晚上她辦了一次聚會。我大概剛從國外回來，很敏感，可是我似乎感覺到，那股敵意瀰漫在我們周遭的空氣中。是對她的敵意，對羅莎琳。你看不出來嗎，我們都希望她死掉……我們所有的人！全都希望她死掉。真可怕，盼望一個從來不曾傷害你的人死掉……」

「當然，她的死對你們有實質的好處。」白羅的口吻既輕鬆又現實。

「你是說對改善我們的經濟有好處？她光是出現在這裡，就對我們各方面都造成傷害！我們嫉妒她，憎恨他們，卻又向他們乞討，這對任何人都沒好處。現在，她獨自一人留在犁溝居，像鬼似的——她看起來怕得要命——那模樣，噢，就好像腦袋會隨時不保。而且她不要我們幫忙！誰想幫她她都拒絕。我們都試過了。我媽邀她過來和我們同住，法蘭西絲也邀她去住，連凱西舅媽也去找她，說要留在犁溝居陪她。可是她現在不想和我們有任何瓜葛，這我不怪她。她甚至不肯見康羅義准將。我想她是生病了，因為憂心、害怕和不幸遭遇。而我們無能為力，因為她不要我們幫忙。」

「你試過了嗎？你，你自己？」

「試過了，」琳恩說，「我昨天去找她。我說有沒有能幫忙的地方？她看著我……」她突然頓住，渾身顫抖。「我想她恨我。她說：『你，我尤其不要你幫忙。』我想，大衛告訴過她，要好好留在犁溝居，別和任何人來往。她一向對大衛言聽計從。羅利從長柳舍拿了一些蛋和奶油送去給她。我想他是我們當中她唯一喜歡的人。她謝謝他，說他一直對她很好。羅利，當然，是個好人。」

「有些人，那些負擔重得難以承受的人，」白羅說，「會引起他人極度的同情、極大的悲憫。我對羅莎琳．柯洛德就懷有極大的同情。如果我有能力，我會幫助她。即使是現在，如果她願意聽……」

他突然下定決心，站起身來。

「來吧，馬奇蒙小姐，」他說，「我們去犁溝居。」

「你要我和你一道去？」

「如果你準備好了要對人慷慨、要同心感受……」

琳恩大聲叫道：「我準備好了！我真的準備好了！」

30

他們只花了五分鐘左右就到了犁溝居。蜿蜒的車道沿著一面斜坡往上走，穿過茂盛的杜鵑花叢。戈登·柯洛德大刀闊斧所費不貲地把犁溝居變成一個懾人眼目的漂亮景點。

前來應門的女傭看到他們似乎很驚訝，同時又有點猶豫，不知道要不要讓他們見夫人。她說，夫人還沒起床。不過她還是將他們領進客廳，自己帶著白羅的口信上樓去了。

白羅四下望了望。他在比較這個客廳和法蘭西絲·柯洛德的家。法蘭西絲·柯洛德的客廳深具個人特色，強烈反映出女主人的個性。犁溝居則毫無個人風味，只道出主人的財富，雖然其中透著高級的品味。戈登·柯洛德非常注意品味，這裡的一切都是質地精良、深具藝術價值之物，可是除此之外別無其他，全然嗅不出女主人的個人特色。羅莎琳似乎沒有在這棟豪宅印上自己的個性標記。

她住在犁溝居，就像一個外國人住在麗緻等等的五星級飯店裡。

「不知道。」白羅心想，「另一位……」

琳恩打斷了他的思路，問他在想什麼，為什麼他看起來那麼陰沉。

「馬奇蒙小姐，罪惡的代價據說是死亡。可是，有時候它的代價似乎是奢侈。我在想，奢侈能持久嗎？為了它，斷絕了自己的家庭生活。而一旦重回奢侈的道路遭到阻擋，只為了多看它一眼……」

他的話說到一半。那個女傭跑進房間，高高在上的姿態不見了，一下變成一個驚慌莫名的中年婦女，又結巴又哽咽，話不成句。

「噢，馬奇蒙小姐！噢，先生，夫人她……樓上……她不好了，她不說話，我也叫不醒她，她的手好冷。」

白羅立刻轉身，跑出客廳，琳恩和女傭緊隨在後。他飛快衝到二樓。女傭指向面對著樓梯口的一扇門，門是開的。

這是一間很漂亮的臥室，陽光穿過洞開的窗戶流瀉在屋內，照在漂亮的淺色地毯上。

羅莎琳躺在一張雕花大床上，外表看是睡著了。她那又長又黑的睫毛落在雙頰上，頭很自然地埋在枕頭裡，一隻手上握著一條皺手帕，看起來像一個哭完就睡著的傷心小孩。

白羅舉起她的手，摸摸她的脈搏。那隻手冷得像冰，那表示他的猜想沒錯。

他輕聲對琳恩說：「她死了好一陣子了，是在睡夢中死去的。」

「噢，先生，噢，我們該怎麼辦？」女傭突然大哭起來。

「她的醫生是誰？」

「是萊諾舅舅。」琳恩說。

白羅對女傭說：「打個電話給柯洛德醫生。」

她一面啜泣，一面走出房間。白羅在房裡四處走動。床邊有個白色的小紙盒，上頭貼有標籤：「就寢前吃一包」。他拿出自己的手帕，將小盒子打開。裡頭還剩下三包藥。他走到房間那端的壁爐台，又走到寫字檯前。桌前的椅子被推向一邊，記事本是開著的。裡面夾著一張紙，上頭以稚氣的筆跡潦草地寫著：

我不知道該怎麼辦，我熬不下去了……我是如此地罪孽深重。我必須找人訴說以求得內心的平靜……一開始我不是存心要做壞事的。我當初不知道這件事會引起種種事端。我必須寫下……

這些龍飛鳳舞的字以一個破折號結束了。筆放在隨意扔下的位置。白羅佇立桌前，看著那些文字。琳恩還站在床邊，望著那死去的女孩。

門猛然被推開，上氣不接下氣的大衛・亨特大步走進房間。

「大衛，」琳恩立刻趨向前去。「他們把你放了？我好高興……」

他把她的話掃到一邊，一如他彎身去看那安靜的白色身軀時，一把把她推到一邊一樣。

「羅莎琳！羅莎琳……」

他摸著她的手，接著猛然轉過身面對琳恩，怒容滿面。他激動而尖刻的話語陣陣傳來。

「原來是你殺了她，是不是？你終於除掉她了！你除掉了我，以莫須有的罪名把我送進監獄，接著又代表你們所有的人除掉了她！是你們所有的人，還是就你一個？不管是幾個人下的手，反正是你們殺了她！你們想要那筆該死的錢，現在終於到手了！她死了，所以你們得逞了！現在你們全都脫離了困境，就要成為有錢人……一堆齷齪的殺人強盜，那就是你們！當我在她身旁時，你們無法碰她，我知道如何保護妹妹，她不是個會保護自己的人。可是，當她獨自住在這裡，你們看到機會來了，就趁虛而入，」他頓了頓，身子輕晃一下，聲音低而顫抖。「一群殺人凶手。」

琳恩大聲喊道：「不，大衛，不是的，你錯了。我們沒人殺她，我們不會做這種事。」

「琳恩．馬奇蒙，你和我一樣心知肚明，是你們其中一個殺了她。」

「我發誓我們沒殺人，大衛，我發誓我們根本沒做這種事。」

他狂暴的眼神柔和了一些。

「也許不是你，琳恩……」

「不是我，大衛，我發誓不是……」

赫丘勒．白羅進前一步，咳嗽一聲。大衛驀然轉身面向他。

「我想，」白羅說，「你的推斷有點太戲劇化了。為什麼你貿然斷定你妹妹是遭人謀殺的呢？」

「你說她不是遭人謀殺？你把這個叫作……」他指指床上的軀體。「自然死亡？沒錯，羅莎琳神經失調，可是，她的生理器官可不脆弱。她的心臟夠健康。」

「昨天晚上，」白羅說，「她上床睡覺前，坐在這裡寫了一些東西。」

大衛大步經過他身旁，俯身去看那張紙。

「別碰它。」白羅提醒他。

大衛縮回手，動也不動地站著，一面讀著那些字。

他迅速轉過頭來，探詢的目光望著白羅。

「你是暗示我，她是自殺的？羅莎琳為什麼要自殺？」

回答這個問題的不是白羅。史彭斯主任低柔的奧斯特郡口音從門口傳來。

「假設上星期二晚上，柯洛德夫人不在倫敦，而是在沃斯利河谷村呢？假設她去找那個試圖勒索她的人呢？假設在一陣狂怒下，她殺了他呢？」

大衛一個旋身轉向他，他的眼神冷硬而憤怒。

「我妹妹上星期二晚上人在倫敦。當我十一點回到家時，她就在公寓裡。」

「對，」史彭斯說，「不過那是你的說辭，亨特先生。而且我敢說，你還會堅持這樣說下去。但我沒有義務要相信你說的話。而且不管你怎麼說，現在都來不及了。」他對著床上做了一個手勢。「因為這個證人永遠都不能步上法庭作證了。」

／31

「他不會承認，」史彭斯說，「不過我想他知道，是她殺死了亞登。」他坐在警局的辦公室裡，看著桌子對面的白羅。「好笑的是，我們對他的不在場證明查得認真透頂，卻從來沒多想她那方面的疑點。沒有證據顯示她那天晚上待在倫敦的公寓裡。我們只從亨特口中知道她在倫敦。其實我們一直都很明白，只有兩個人有除去亞登的動機：大衛．亨特和羅莎琳．柯洛德，而我不遺餘力地鎖定他，卻完全把她忽略了。事實上，她看似溫順，甚至有點笨……我敢說，這就是她容易被人忽略的部分原因。大衛．亨特催促她去倫敦，很可能就是因為這個理由。他或許知道她會失去理智，是那種一慌張就會變得很危險的人。還有一件事也夠可笑：我常看到她出外時穿著橘黃色亞麻寬袍，她最喜歡那種顏色。橘黃色圍巾、橘黃色條紋寬袍、外加橘黃色扁帽。然而，甚至在黎貝特老太太描述一個頭上戴著橘黃色頭巾的年輕女人時，我竟然沒想到那人可能就是戈登夫人。我還是覺得這女孩神智不清。她不該負起全部責任。聽你描述她在羅馬天主教堂徘徊的情景，讓人覺得，她因為悔恨和罪惡感交加，幾乎失了半條魂似的。」

「沒錯，她是有一種罪惡感。」白羅說。

史彭斯若有所思地說道：「她一定是在狂怒之下對亞登做出攻擊。我想他當時一點也沒想到會有這種事發生。一個如此瘦弱的女孩，他定然不會有任何防範。」他沉思片刻，接著又說：「還有一件事我不太明白。是誰收買波特？你說不是傑米的太太？不管她怎麼說，我敢打賭就是她！」

「不是她，」白羅說，「不是傑米的夫人。她向我保證不是她，我相信她。其實這件事我太不開竅了。我早該知道是誰收買了他。波特少校親口告訴過我。」

「他告訴過你？」

「噢，當然是間接告訴我的。他根本就不知道他告訴了我。」

「那人是誰？」

白羅微微一側頭。

「我先問你兩個問題，可以嗎？」

主任現出驚訝的神情。

「儘管問。」

「放在羅莎琳・柯洛德床頭的安眠藥。那是什麼成分？」

主任似乎更驚訝了。

「那些藥嗎？噢，它們完全無害。溴化鉀，對神經有鎮靜作用。她每天晚上吃一包。當然，我們分析過了，那些藥沒問題。」

「是誰開的藥？」

「柯洛德醫生。」

「他是什麼時候開的藥？」

「噢，已經好一陣子了。」

「她是中了什麼毒而死？」

「這個，事實上，我們還沒拿到化驗報告，不過我想無庸置疑，她是死於嗎啡中毒，相當高劑量的嗎啡。」

「她的遺物中有發現嗎啡嗎？」

史彭斯好奇地看著白羅。

「沒有。白羅先生，你的重點是什麼？」

「我現在先跳到第二個問題，」白羅賣了個關子。「大衛・亨特在星期二晚上十一點零五分從倫敦撥了一通電話給琳恩・馬奇蒙。你說你核對過電話。那是從牧人園打出的唯一一通電話。有打進來的電話嗎？」

「有一通，在十點十五分・也是從沃斯利河谷村打來，是從一個公共電話亭打來的。」

「原來如此。」白羅沉默了片刻。

「有什麼高見嗎，白羅先生？」

「那通電話有人接嗎？我的意思是，接線生撥了這個電話號碼後，有沒有人回覆。」

「我明白你的意思，」史彭斯緩緩說道，「公寓裡一定有人。但不可能是大衛・亨特，他當時正在回倫敦的火車上。那麼應該就是羅莎琳・柯洛德了。果真如此，羅莎琳・柯洛德不可能在幾分鐘前出現在史塔格。白羅先生，你的意思是，裹著橘黃色頭巾的女人不是羅莎琳・柯洛德。如果不是羅莎琳・柯洛德，那麼殺死亞登的人就不會是她。話說回來，那她為什麼要自殺呢？」

「這個問題的答案，」白羅說，「非常簡單，她不是自殺。羅莎琳・柯洛德是他殺！」

「什麼？」

「她是遭到蓄意而冷血的謀殺。」

「那是誰殺死了亞登？我們已經排除了大衛⋯⋯」

「不是大衛殺的。」

「而現在你又排除了羅莎琳？要命，那兩個人是僅有而且具有動機的人！」

「沒錯，」白羅說，「動機，就是它把我們引入歧途的。如果甲有殺害丙的動機，乙又有殺害丁的動機，那麼，甲去殺丁、乙去殺丙似乎就沒有道理了，對吧？」

史彭斯呻吟道：「白羅先生，等一下。我連你說的那些甲乙丙是什麼都不明白。」

「很複雜，」白羅說，「是很複雜。因為，你知道，這是兩種不同的犯罪，所以會有（勢必會有）兩個不同的兇手。第一個兇手先上場，第二個兇手再出場。」

「不要再引用莎士比亞的台詞了，」史彭斯呻吟道，「這可不是伊莉莎白女王時期的戲劇。」

「噢，不，這頗有莎士比亞風格；所有的情感……人類的情感，盡在其中；莎士比亞一定會著迷不已。嫉妒，憎恨，稍縱即逝而又充滿激情的行為。而這起案子，也是機會主義的成功案例。『紛擾的人世間總有一股浪潮，只要順水推舟，便能航向財富……』有人就照著這話做了，主任。抓住機會，利用它來達到一己的目的……這人已順利達到目的，而且簡直就是在你面前做的！」

史彭斯揉揉鼻子，相當不耐。

「請你說個道理吧，白羅先生，」他懇求道，「如果可能，就直接說出你的意思。」

「我會說得清清楚楚，就像水晶一樣清楚。現在死了三個人，是不是？這一點你沒有異議吧，有三個人死了。」

史彭斯以奇怪的眼神看著他。

「我當然沒有異議……你不會是要我相信，他們其中一個人還活著吧？」

「不，不是，」白羅說，「他們確實死了。但他們是怎麼死的呢？換句話說，你對這些人的死會如何歸類呢？」

「噢，關於這個，白羅先生，你知道我的看法：一個人遭到謀殺，另外兩人是自殺。可是在你看來，最後這個自殺案件並非自殺，而是另一樁謀殺。」

「在我看來，」白羅說，「一樁是謀殺，一樁是意外事件，另一樁是自殺。」

「意外事件？你是說柯洛德夫人是無意間把自己毒死的嗎？還是波特少校向自己開槍是意外？」

「不，」白羅說，「查爾斯．崔頓，也就是伊諾克．亞登，他的死是意外事件。」

「意外事件！」主任爆發了。「意外事件？這是個極其殘忍的殺人案件，把腦袋都敲碎了，而你竟然說是意外！」

白羅不為主任的激憤情緒所影響，依舊四平八穩地答道：「說這是意外事件，意思是，其中並沒有殺人的意圖。」

「沒有殺人意圖？連那人的腦袋都敲碎了！難道你的意思是說，他是被一個瘋子打死的？」

「我想你說的很接近事實，雖然還不是你說的那個意思。」

「戈登夫人是這起案子中唯一稍嫌瘋癲的人。有時候我看到她，她的神情確實極不正常。當然，萊諾．柯洛德夫人也有點異想天開，可是她絕對不會施用暴力。傑米夫人的頭腦再清醒不過。對了，你說賄賂波特的人不是傑米夫人？」

「不是她，我知道是誰。一如我所說，是波特自己說漏了嘴。就那麼簡短的一句話，啊，我真該踢自己一腳，當時竟然沒注意到。」

「而你那些不知名姓的瘋子甲乙丙又殺了羅莎琳．柯洛德？」史彭斯的聲音透出愈來愈多的懷疑。

白羅猛搖頭。

「完全不對。這正是第一個凶手退場、第二個凶手出場的時候。這是一種截然不同的罪行，沒有憤怒，沒有激烈情緒，是冷血的蓄意謀殺。主任，我要讓殺她的凶手為這樁罪行而問絞。」

他邊說邊站起身，朝門口走去。

「喂！」史彭斯叫道，「你得給我幾個名字。你不能就這樣離開！」

「用不了多久……沒錯，我會告訴你的。不過我還要等某樣東西。確切地說，等一封來自海外的信。」

「你說話不要像個算命大師好嗎？喂，白羅。」

可是白羅已經走了。

他逕自穿過廣場，按下柯洛德醫生家的門鈴。柯洛德夫人開門看見白羅，一如往常顯得大吃一驚。他開門見山地說：「夫人，我得和你談談。」

「哦，當然，請進。恐怕我時間不多，不過……」

「我想請問一些事情。柯洛德醫生吸食嗎啡有多久了？」

凱西立刻哭了起來。

「噢，天啊，噢，天啊，我本來希望這件事永遠不會有人知道。是從戰爭期間開始的。他過度疲勞，患了嚴重的神經痛。後來，他一直努力減少劑量——他真的很努力，可是也因此變得暴躁易怒……」

「這也是他急需用錢的原因之一，對吧？」

「我想是的。噢，天啊，白羅先生，他答應過要去治療……」

「冷靜點，夫人。請你再回答我一個小問題。那天晚上你打電話給琳恩．馬奇蒙，是出門到郵局外面的電話亭打的，對吧？那天晚上你在廣場上有沒有遇見什麼人？」

「噢，沒有，白羅先生，連個人影也沒看見。」

「但據我所知，你向人借了兩便士的硬幣，因為你只有半便士。」

「噢，對。我不得不向一個從電話亭裡出來的女人借錢。她給了我兩便士，卻只拿了我半便士……」

「那女人長得什麼模樣？」

「呃，很像個女演員，如果你懂我意思的話。頭上裹著橘黃色頭巾。好笑的是，我幾乎可以確定曾在哪裡見過她，她看來面熟得很。我想，她一定是個已經過世的人。可是，你知道，我就是想不起來在哪裡或是怎麼認識她的。」

「謝謝你，柯洛德夫人。」赫丘勒．白羅說。

32

琳恩走出家門，抬頭望望天空。

太陽正慢慢西沉，天空裡沒有紅霞，只有一片不自然的亮光。這是個寂靜的夜晚，令人感覺喘不過氣來。再過不久，她想，就會有一場暴風雨。

唉，時候到了，她不能再拖了。她必須到長柳舍去，把事情告訴羅利。至少她應該做到這一點：親自去告訴他，而不是選擇寫信這種簡單的方式。

她告訴自己，她已下定決心，而且很堅決。可是她心裡有股莫名的不情願。她四下張望，心想，這表示我要告別這一切，告別自己的世界、自己的生活方式……

她不存任何幻想。和大衛一起生活有如一場賭博，一場結局可能是好也可能是壞的冒險。他自己也警告過她……

發生命案的那天晚上，他在電話裡警告過她。

而現在，不過幾個小時前，他說：「我原本打算要走出你的生活。真傻，以為可以把你拋在腦後。現在我們要去倫敦，取得特許證後結婚……噢，沒錯，我不打算給你機會猶豫。你的根在這裡，這些根會緊抓住你不放，而我要把你連根拔起。」他接著又說：「等你成了大衛．亨特夫人，我們再把這個消息告訴羅利。可憐的傢伙，這是讓他得知這個消息的最佳方式。」

可是這一點她不同意，雖然當時她嘴上沒說什麼。不，她必須親自告訴羅利。現在，她就要去找羅利！

琳恩輕敲長柳舍的門。暴風雨才剛開始。羅利開了門，看到她吃了一驚。

「嗨，琳恩，你怎麼不先打個電話告訴我你要來？我有可能不在家。」

「我想和你談談，羅利。」

他退到一邊，讓她進了門，尾隨著她走進大廚房。桌上擺著晚餐的剩菜。

「我正打算買一些用具放在這裡，」他說，「讓你方便做事。再放一個新的水槽，鋼製的……」

她打斷他。

「不要再做什麼打算了，羅利。」

「是因為那個可憐的女孩屍骨未寒？我想，這看起來確實很無情。不過在我的印象中，她從來就不是一個快活的人。我想，病得不輕。她一直都沒有從那次該死的空襲中恢復過來。不管怎麼說，事實如此。她死了，進了墳墓，讓我……更確切地說，讓我們的情況大為改觀……」

琳恩屏住呼吸。

「不，羅利。根本沒有『我們』。我就是來告訴你這個的。」

他瞪著她。她心裡暗恨自己，但口裡卻以堅定不移的平靜口吻說下去。

「羅利，我要嫁給大衛·亨特。」

她不知道自己期待這句話會產生什麼後果。抗議？或許是勃然大怒。但她完全沒想到，羅利會是這種表現。

他盯著她看了一兩分鐘，接著走到屋子的另一頭撥弄柴火，最後，像是漫不經心地轉過身來。

「好吧，」他說，「我們把事情說清楚。你要嫁給大衛·亨特，為什麼？」

「因為我愛他。」

「你愛的是我。」

「不，我是愛過你，當我離開這裡的時候。可是四年過去了，我……我變了，我們兩個都變了。」

「你錯了，」他平靜地說，「我沒變。」

「你的改變可能沒那麼大。」

「我一點也沒變，我沒有多少機會改變。我只是繼續在這裡耕地。我沒有在夜間跳過降落傘、攀爬懸崖，或是在黑暗中將一個人的胳膊反轉到背後，拿刀刺他……」

「羅利……」

「我沒上過戰場，我沒打過仗，我不知道戰爭是什麼模樣。我一直過著一種安全平穩的生活，就在這個農場上。幸運的羅利！你卻以這樣的一個丈夫為恥！」

「不，羅利，噢，不是的！完全不是那樣。」

「可是我告訴你，是這樣的！」

他走近她。他的脖子脹紅，額頭上青筋畢露，他的眼神……她曾經在一頭公牛的眼裡見過這種眼神；牠搖頭蹬腳，慢慢低下頭，頂出頭上那兩隻大尖角；牠被驅趕得滿腔悶怒，盲目的狂暴……

「你別說話，琳恩，現在輪到你聽我說。我失去了我本該擁有的一切，我失去了為祖國而戰的機會。我看到我最好的朋友上戰場而慷慨就義，我看到我的女人……我的女人身著戎裝，遠走海外。而我只是一個被她拋在身後的男人。我的生活暗無天日，你難道不了解，琳恩？我有如身陷地獄。後來你回來了，卻讓我陷入更深的地獄。自從那天晚上在凱西嬸嬸家的聚會上，我看到你看著桌子對面的大衛・亨利之後，我就變成如此。可是他不可能擁有你，你聽到了嗎？如果我得不到你，那麼誰也不能得到你。你以為我是什麼？」

「羅利……」

已經站起身子的她不覺地後退了一步，她嚇壞了，現在的他不再是人，而是一頭凶殘的野獸。

「我已經殺了兩個人，」羅利．柯洛德說，「你猜我還會繼續殺第三個人嗎？」

「羅利……」

他已經撲在她身上，雙手掐住她的喉嚨……

「我再也受不了了，琳恩……」

她脖子上的雙手逐漸加重力道，整個房間都在旋轉，她眼前一片昏黑，那團黑不斷地打轉，她喘不過氣來，一切都變暗了……

這時候，突然傳來一聲咳嗽。這聲咳嗽一本正經，還有點造作。

羅利停下動作，鬆開的雙手垂落在身體兩側。被放開的琳恩蜷曲著身子，癱坐在地板上。

白羅走進屋內，抱歉似地站定腳步，口裡還一面咳嗽著。

「我希望，」他說，「沒有打擾到兩位。我敲過門了。真的，我敲過門了，可是，沒人來應門。兩位想必很忙吧？」

一時之間，氣氛甚是緊繃，一觸即發。羅利瞪大眼睛，彷彿就要朝赫丘勒．白羅撲過去，但他終究還是轉身走開了。他平板而空洞地說：「你出現得……正是時候。」

／33

在危機四伏、一觸即發的氣氛中，赫丘勒．白羅用他獨特的風格，化解了這種白熱化的局面。

「水壺的水開了吧？」他問。

羅利以沉重的語氣（簡直是遲鈍）回答：「對，水開了。」

「那可不可以請你泡點咖啡？泡茶也行，如果這樣比較方便的話。」

羅利就像個機器人，乖乖照做了。

白羅從衣袋中掏出一塊乾淨的大手帕浸在冷水裡，把水擰乾，接著走到琳恩面前。

「馬奇蒙小姐，請你把這條手帕圍在喉嚨上。就這樣。噢，我這裡有安全別針。這樣你的疼痛馬上就會減輕。」

琳恩啞著嗓子向他道謝。長柳舍的廚房，白羅忙東忙西……這一切對她來說，不啻是一場噩夢。她覺得非常難受，喉嚨尤其痛得厲害。她搖搖晃晃站起身來，白羅溫柔地將她扶到椅子上坐下。

「好了，」他說完，轉過頭去。「咖啡呢？」他問。

「泡好了。」羅利說。

他把咖啡端上來。白羅倒了一杯，遞給琳恩。

「喂，」羅利說，「我想你沒搞清楚。我剛才想勒死琳恩。」

「嘖嘖嘖。」白羅故意發出惱怒的聲音，彷彿在譴責羅利適才的失態。

「我為兩個人的死感到良心不安，」羅利說，「她本來要成為第三個……如果你沒及時趕到的話。」

「我們喝咖啡吧，」白羅說，「別再談死亡了。這個話題不合琳恩小姐的胃口。」

「我的天！」羅利說，他瞠目結舌地瞪著白羅。

琳恩勉為其難啜了一小口咖啡。咖啡很燙很濃，她立刻感到喉嚨的疼痛減輕。咖啡發揮了興奮劑的作用。

「你看，不痛了，對吧？」白羅說。

她點點頭。

「現在我們可以說話了，」白羅說，「我說我們可以說話了，是表示我有話要說。」

「你知道多少？」羅利說，臉色凝重。「你知道我殺了查爾斯．崔頓？」

「沒錯，」白羅說，「我已經知道很久了。」

門突然被撞開。是大衛・亨特。

「琳恩，」他大叫道，「你從來沒對我說過……」

他停下來，一副不解的模樣，目光看看這個，又看看那個。

「你的喉嚨怎麼了？」

「再來一杯。」白羅說。

羅利又從碗櫃裡取出一只杯子。白羅接過杯子，倒滿咖啡，遞給大衛。白羅再次主導全局。

「坐下，」他對大衛說，「我們坐在這裡喝咖啡，而你們三個好好聽著，我赫丘勒・白羅要給你們上一堂關於犯罪的課。」

他對那三人環視一圈後，點點頭。

琳恩心忖，這是個匪夷所思的噩夢，這不是真的！

這個唇上蓄著濃密八字鬍、極其可笑的小矮子似乎擺平了他們，三個人就這麼坐著，敬謹聽命……羅利這個凶手；琳恩，他的受害者；大衛，一個愛她的男人……這些人就這麼端著咖啡杯，專心聽著這個小矮子、這個以某種奇特方式控制著他們的人發言。

「是什麼導致了犯罪？」赫丘勒・白羅字斟句酌地問道，「這是個大哉問。犯罪需要什麼樣的刺激？又需要具備什麼樣的天性呢？每個人都有犯罪的能力、犯下某種罪行的能力。

如果說……我從一開始就問自己，那些一向受到保護而脫離現實生活的人，那些不曾遭受現實生活肆虐和蹂躪的人，一旦失去了他們的保護網，會發生什麼事？

「你們知道，我指的是柯洛德家族。這裡只有一個姓柯洛德的人，因此我說話可以無所忌憚。打一開始，這個問題就令我著迷。這整個家族因為環境使然，從來不必自力更生、自食其力。儘管每個成員都有自己的生活或職業，但他們從來就沒有擺脫過一個仁慈保護者的影子。他們的生活向來高枕無憂，一直過著安全無虞的生活，而這種安全生活是不自然的，是人為的，因為戈登·柯洛德總是站在他們背後。

「我要跟各位說的是，在考驗到來之前，一個人的品格如何是無從得知的。對大多數人而言，這種考驗在人生早期便已來臨，受到考驗的人很快就被迫自立自強、面對困難艱險，以一己的方式應付困境。這種方式可能是正當的，也可能是旁門左道，無論是什麼樣的方式，一個人往往很早就知道自己的本質。

「但柯洛德一家人沒有機會得知自己的弱點，直到保護傘突然被剝奪，他們只好在毫無準備、不得已的情況下面對困難。一樣東西，而且只有這樣東西，讓他們不能重新獲得安全保障，那就是羅莎琳·柯洛德這個人。我打心底確定，柯洛德家的每個人或多或少都想過：『如果羅莎琳死了該多好……』」

琳恩身體一顫。白羅頓了頓，讓這些話充分發揮效果後，這才繼續說道：「死亡，她的死亡，每個人的腦際都曾閃過這個念頭，這一點我敢肯定。而更進一步想到的謀殺，是不是也曾靈光乍現呢？甚至，在某種情境下，這個念頭更超越了思維，化為行動。」

他轉向羅利，語氣絲毫未變。

「你想過要殺她嗎？」

「想過，」羅利說，「就在她來農場的那天，四周別無旁人。我那時就想，要殺死她是輕而易舉。她的模樣楚楚可憐，而且很漂亮，就像被我送到市場去的小牛一樣。你可以想像那些牛隻有多可憐，但你還是得把牠們送走。我真的不懂，當時她為什麼不害怕。如果她知道我心裡的念頭，她應該害怕才對。沒錯，當我從她手裡接過打火機替她點菸時，我心裡就是這麼想。」

「我想，她是完全沒想到，所以你克制住了自己。」

羅利點點頭。

「我不知道為什麼我沒殺她，」他的模樣茫然不解。「我也想過這問題。我大可謊稱出了意外什麼的。」

「那不是你會犯下的罪行，」白羅說，「這就是問題的答案。你殺了那人，是在盛怒之下殺死他的，而你原來並沒有打算殺他，對吧？」

「老天，完全沒有。我一拳打在他的下顎，他往後倒，頭撞到了大理石的爐柵。等我發現他死了，真是不敢相信。」

他突然望向白羅，目光中淨是驚愕。

「你是怎麼知道的？」

「我想，」白羅說，「我現在可以十分精確地將你的所作所為重新描述一遍。你等一下再告訴我，我的推斷有沒有錯誤。你去史塔格，碧翠絲・里賓格把她偷聽到的談話告訴了你，對吧？於是你就像你所說的那樣，跑到傑米・柯洛德的家，想徵詢律師對這件事的看法。但某件事發生了，某件事讓你改變了心意，不想再徵詢他的意見。我想我知道為什麼。因為你看到了一張照片……」

羅利點頭。

「沒錯，那張照片就在桌上。我突然意識到，照片上的人非常像一個人，我意識到為什麼那傢伙看來如此面熟。我恍然大悟，傑米和法蘭西絲耍了花招，找了她一個親戚來向羅莎琳騙錢。我很生氣。我頭也不回就朝史塔格走去，上樓來到五號房間，當面指責那傢伙，說他是個騙子。他大笑著承認了，還說那天晚上大衛・亨特會帶錢來見他。當我意識到我的家人竟然出賣了我，我不禁怒火中燒。我罵他是豬，還打了他。接著他就像我所說的那樣，倒地死了。」

羅利頓了頓。白羅說：「然後呢？」

「那個打火機，」羅利慢慢說道，「從我的口袋裡掉了出來。我隨身帶著它，是想再見到羅莎琳的時候還給她。打火機掉在屍體上，我看到那兩個姓名字首：DH。那是大衛的打火機，不是她的。

「自從凱西孃孃舉辦那次聚會後，我就意識到……唉，別提那些了。有時候我想我快發瘋了，搞不好我已經有點不正常。先是強尼走了，後來是打仗，我……我不能談那些事，可是我常覺得胸中有股盲目的憤怒。現在琳恩又……還有這個傢伙。我把屍體拖到房間中央，把他翻成面朝下的俯臥姿勢，然後拿起那個沉重的鋼鐵火鉗……唉，細節我就不說了。我擦掉指紋，把大理石爐柵清理乾淨，故意把那支手錶的指針撥到九點十分，然後把它砸碎。我把他的配給券和證件拿走，因為我想警方可能會透過這些東西追查到他的身分。然後我就走了。當時我想，從碧翠絲聽到的談話來看，大衛應該會如約而至。」

「然後，」白羅說，「你就來找我。你要我找一些認識安得海的人。這就像在演一齣小小的喜劇一樣，不是嗎？我早該知道傑米．柯洛德已經對他的家人說過波特少校的故事。將近兩年來，柯洛德家的每個人莫不暗地希望安得海會驀然出現。這種希望也影響了萊諾．柯洛德夫人操作占卜板的感應。儘管她渾然不覺，可是效果非常明顯。

「所以，我就要了一個『魔術把戲』。我還因為讓你留下深刻印象而沾沾自喜，其實我才是個不折不扣的笨蛋。沒錯，就在波特少校家裡，他遞給我一根香菸後，對你說：『你不抽菸，對吧？』

「他怎麼知道你不抽菸？照理說他是第一回跟你見面。我真是笨，早該看出真相的；我早該知道你和波特少校兩人已經共同做了小小的安排！難怪他那天早上那麼緊張。沒錯，我就是你們計畫中的大傻瓜，我就是那個會把波特少校帶去辨認屍體的人。但我不會永遠當傻瓜。不會的，我現在就不是傻瓜了，不是嗎？」

他憤憤地將那三人環視一遍，接著又說：「可是，波特少校違背了原先的承諾。他不想在謀殺法庭上宣誓作證，而且大衛．亨特的謀殺罪嫌有很大程度是取決於死者身分的確認。所以波特少校退出了。」

「他寫信給我，說他不能完成任務，」羅利沉重地說，「這個該死的傻瓜。難道他不明白，我們已經涉入太深，無法叫停了嗎？我去找他，想勸他理智一點。太晚了。他以前就說過，如果涉及謀殺案，他寧願開槍自殺，也不願宣誓做偽證。前門沒上鎖，我就直接上樓，發現他已身亡。

「我沒辦法形容我當時的感覺，那就好像我殺了兩個人似的。要是他等一等……要是他讓我和他談談，那就好了。」

「那裡是不是有張字條？」白羅問，「你把它拿走了？」

「沒錯，是我拿的。我乾脆都說出來吧。字條是寫給法醫的，只說他在驗屍審訊中做了偽證，死者並不是羅伯特．安得海。我把紙條拿走撕毀了。」羅利的拳頭用力往桌上一捶。「這就像一場噩夢，一場可怕已極的噩夢！這些事端都是因我而起，我非繼續不可。我需要錢和琳恩結婚，我也希望亨特上絞刑台。但我真的不懂，警方竟撤除了對他的控訴。是因為一個女人，一個後來和亞登在一起的女人。我不懂，到現在還不懂，什麼女人？亞登已經死了，怎麼會有女人在那裡和他說話？」

「根本沒有什麼女人。」白羅說。

「可是，白羅先生，」琳恩啞著嗓子說，「那個老太太，她看見她了，還聽到她說話。」

「啊哈，」白羅說，「可是她看見了什麼？又聽到了什麼？她看見一個穿著長褲及斜紋軟呢外套的人。她看見一個以橘黃色頭巾裹得密密實實的頭、一張化了妝的臉、一個搽著口紅的嘴巴。她是在昏暗的光線下看到的。而她聽到了什麼？她看到那個『蕩婦』退回五號房，聽到房裡一個男人的聲音說：『快走，滾開，你這女人。』唉，她看到的是個男人，聽到的也是個男人！這個點子確實匠心獨具，亨特先生。」

白羅一邊說，一邊從容地轉過身，面對著大衛。

「你是什麼意思？」大衛立刻問道。

「現在，我要為你說個故事。那天九點左右，你來到史塔格酒店。你的目的不是殺人，是要付錢。可是你發現了什麼？你發現那個勒索你的人躺在地板上，被人以殘忍的手段殺害了。亨特先生，你的腦筋動得很快，你立即意識到，危機迫在眼前。就你所知，沒有人看見你走進史塔格，所以你第一個念頭是盡快離開，趕搭九點二十分的火車回倫敦，然後發誓你那天不在沃斯利河谷村附近。為了趕火車，你唯一的選擇就是穿過野地。這時候，你意外遇到了馬奇蒙小姐，而你也意識到，你是趕不上火車了……你在山谷裡已經看到它冒出氣煙。她其實也看到了，只是你不知道。不過她沒有意識到這表示你不可能趕上火車。你告訴她當時是九點十五分，她毫不懷疑，就信了你的話。

「為了讓她更加相信你趕上了火車，你想出一個非常巧妙的計畫。事實上，你不得不重新計畫，好讓嫌疑從你身上移開。

「你回到犁溝居，用你的鑰匙悄悄進了屋，裹上你妹妹的頭巾，拿了她一管口紅，還把自己的臉化妝成上台演戲時的濃妝。

「你找了個適當的時機回到史塔格，讓坐在『非本店房客不得入內』那個房間裡的老太太對你留下深刻印象。這古怪的老太太在史塔格素來是大家茶餘飯後的話題。接著你上樓到五號房去。當你聽到她回房睡覺的動靜，你便走出來，又急忙退回去，一面大聲說：『滾開，你這女人。』」白羅頓了頓。「非常精采的表演。」他又說。

「這是真的嗎，大衛？」琳恩大叫，「是真的嗎？」

大衛咧開嘴大笑起來。

「我認為自己扮女生扮得很像。老天，你們真該看看那老巫婆的臉！」

「可是你怎麼可能十點鐘人在這裡，十一點鐘又從倫敦打電話給我？」琳恩質問道，聲音透著不解。

大衛・亨特向白羅一鞠躬。

「這一切都要由赫丘勒・白羅來解釋，」他說，「請問這位萬事通先生，我是怎麼做到的？」

「很簡單。」白羅說，「你在公用電話亭打了電話給你在倫敦公寓的妹妹，一字一句告訴她要怎麼做。十一點零四分的時候，她撥了一通長途電話到沃斯利河谷村三十四號。等馬奇蒙小姐前來接聽，接線生證實號碼無誤後，她是不是一定會說：『倫敦打來的電話』或『倫敦，請講話』之類的？」

琳恩點點頭。

「羅莎琳．柯洛德這時掛上電話，而你……」白羅轉身面對大衛。「一直在注意時間的你，這時就撥了三十四號，接通後按A鍵，以假聲說『倫敦可以通話了』，接著開始說話。這年頭，一通電話有一兩分鐘沒聲音並不稀奇，馬奇蒙小姐只是覺得電話又重新接通了。」

琳恩語氣平靜地說：「大衛，這就是你打電話給我的原因？」

她的口氣裡明顯有種意涵，使得大衛敏銳地望向她。

然後他又轉向白羅，做出投降的姿勢。

「千真萬確，你確實是萬事通！老實說，我當時都嚇呆了。我非想點辦法不可。打完電話給琳恩後，我走了五哩路到達斯里比，從那裡搭早班運牛奶的火車回到倫敦。然後我偷偷溜進公寓，趕忙把床鋪弄亂、和羅莎琳一道吃早餐。我萬萬沒想到，警方會懷疑是她殺了那個男人。

「當然，我完全不知道究竟是誰殺了他！我怎麼也想不通有誰會想殺他。就我所了解的情況，除了我和羅莎琳，沒有任何人有殺人的動機。」

「這一點，」白羅說，「就是最棘手的地方，動機。你和你妹妹有殺掉亞登的動機，而柯洛德家族每個人都有殺死羅莎琳的動機。」

大衛立刻說：「這麼說，她是被殺死的，不是自殺？」

「不是。這是個精心策畫、深思熟慮的預謀殺人案件。她有一包安眠藥，靠近盒子底部的那一包，裡頭的溴化鉀被人換成了嗎啡。」

「藥包，」大衛皺起眉頭。「你不是指……你不是指萊諾．柯洛德吧？」

「噢，不。」白羅說，「你知道，柯洛德家幾乎每個人都有可能把溴化鉀換成嗎啡。凱西舅媽可能在他們離開手術室前動過那些藥。羅利曾經帶了奶油和蛋到犁溝居去探望羅莎琳。馬奇蒙夫人也去過，傑米．柯洛德夫人也是，連琳恩．馬奇蒙都去過。而且他們每個人都有動機。」

「琳恩沒有動機。」大衛大聲說。

「我們都有動機，」琳恩說，「你是這個意思嗎？」

「是的，」白羅說，「這個案子之所以複雜，就是因為如此。大衛．亨特和羅莎琳．柯洛德有殺害亞登的動機，可是他們沒有殺他。你們柯洛德家每個人都有殺害羅莎琳．柯洛德的動機，可是你們任何人都沒殺她。這個案子從一開始就跳脫了邏輯。羅莎琳．柯洛德是被一個她一旦死去就會遭受最大損失的人殺死的。」他微微轉過頭來。「是你殺了她，亨特先生。」

「我？」亨特大叫道，「我為什麼要殺死自己的妹妹？」

「你殺死她，是因為她不是你妹妹。羅莎琳．柯洛德已在兩年前的敵軍轟炸中死於倫敦。這個被你殺死的女人是個年輕的愛爾蘭女傭，艾琳．科里根。我今天才收到一張從愛爾蘭寄來的照片。」

他邊說邊從口袋裡掏出一張照片。大衛以迅雷不及掩耳的速度從他手裡奪過來，衝到門口跳過門檻，砰一聲撞開門就不見了人影。羅利一聲大吼，跟著他衝了出去。

只剩下白羅和琳恩留在那裡。琳恩大叫道：「這不是真的，這不可能是真的！」

「噢，沒錯，是真的。當你想到大衛．亨特可能不是她哥哥的時候，你只看到了一部分的事實。換個角度看，這一切都合情合理。這個羅莎琳是個天主教徒（安得海的妻子並不是天主教徒），深受良心折磨，對大衛忠心耿耿。想想看他在空襲那個晚上的心情。妹妹死了，戈登．柯洛德奄奄一息，才剛得到的舒適和財富即將被剝奪。這時候他看到這女孩，這個除了他之外唯一的倖存者，年齡和他妹妹相仿，被炸昏過去，失去了知覺。現在看來，他一定向她示愛過，而且毫無疑問，他能讓她百依百順。

「他對女人很有一套。」白羅含諷帶刺地加上一句。雖然他沒有看向琳恩，但他知道她的臉紅了。「他是個投機主義者，會抓住任何發財的機會。他要她假扮他的妹妹。她恢復知覺後，發現他坐在她床邊。他連哄帶騙，要她答應扮演這個角色。

「不過，我們可以想見，他們收到第一封勒索信的時候有多麼驚惶失措。我不斷自問：『亨特真是那種輕易被勒索的人嗎？』而且他似乎不能確定勒索者是不是安得海。可是他怎麼可能不確定呢？羅莎琳·柯洛德立刻就可以告訴他那人是不是她丈夫。為什麼連讓她看一眼的機會都不給，就急忙把她打發到倫敦去呢？因為只有一種可能原因：他不能冒險讓那人看到她，哪怕是一眼。如果那人真是安得海，他絕不能讓他知道這個羅莎琳·柯洛德根本就不是真正的羅莎琳。不行，所以只有一條路可走：付錢給那個勒索者，讓他保持沉默，然後偷偷離開，到美洲去。

「然而令他大為意外的是，那個勒索他的陌生人竟然遭人殺害了，而且波特少校還指認那人就是安得海。亨特這輩子從沒面對過這麼大的危機。更糟的是，那女孩也開始崩潰。她的良心愈來愈不安，開始出現精神失調的徵兆。她遲早會坦白一切，把事情和盤托出，讓他受到起訴。更何況，他覺得她對他的要求愈來愈令人厭煩。他愛上了你。他決定要掙脫束縛，減少損失。所以艾琳非死不可。於是他把柯洛德醫生開給她的一包藥換成嗎啡，叮嚀她每晚都要吃，還不斷刺激她，激起她對柯洛德一家的懼怕。沒有人會懷疑大衛·亨特，因為他妹妹一死，就表示她的錢落入了柯洛德家族之手。

「這就是他的王牌：缺乏動機。一如我適才所說，這案子打一開始就跳脫了邏輯。」

門開了，史彭斯走進來。

白羅高聲問：「順利嗎？」

「相當順利。我們已經逮捕他了。」

琳恩低聲說：「他說……說了什麼嗎？」

「他說他為了錢費盡心思……」

「真可笑，」史彭斯又說，「這些人怎麼老是不會挑時間說話。我們當然警告他了，可是他說：『算了吧，老兄。我是個賭徒，我知道什麼時候會輸掉最後一局。』」

白羅喃喃低語道：

紛擾的人世間總有一股浪潮，
只要順水推舟，便能航向財富……

「沒錯，浪潮來了。可是它也有漩渦，而且可能把你捲入汪洋大海之中。」

34

一個星期日的早晨，有人敲了農場的門。羅利．柯洛德出來開門，發現琳恩站在門外。

他後退一步。

「琳恩！」

「我可以進來嗎，羅利？」

他往後讓了讓。她經過他身旁，走進廚房。她剛從教堂過來，頭上還戴著帽子。她慢慢地、幾乎有如儀式一般，舉起雙手摘下帽子，將它放在窗台上。

「我到家了，羅利。」

「你這話是什麼意思？」

「就是這樣，我到家了。這就是我的家……這裡，和你在一起。我真傻，以前沒有意識到。明明眼睛已經看到了，卻沒意識到自己的歸宿。羅利，你難道不明白我已經到家了！」

「你不知道你在說什麼，琳恩。我……我曾經想殺你。」

「我知道，」琳恩扮了個鬼臉，小心翼翼地把自己的雙手放在喉嚨上。「事實上，就是因為我想到你要殺我，我才意識到自己是個天大的傻瓜！」

「我不懂。」羅利說。

「噢，別傻了。我一直都想嫁給你，不是嗎？後來我和你漸行漸遠——在我看來，你是如此的溫順、謙恭，我覺得和你在一起很安全——也好沒意思。我之所以落入大衛的情網，就是因為他危險、有魅力，還有，老實說，因為他對女人非常了解。但這些沒有一樣是真實的。當你掐住我的喉嚨對我說，如果你得不到我，沒有人能得到我，噢，我當下就明白了，我是你的女人！不幸的是，我明白的時候已經太晚……幸好赫丘勒・白羅走進來，挽救了大局。我是你的女人，羅利！」

羅利搖頭。

「這不可能，琳恩。我殺了兩個人，我謀殺了他們……」

「胡說！」琳恩大叫道，「不要再鑽牛角尖、胡思亂想了。你跟一個粗野的大塊頭起了爭執，你打了他，他倒下，頭撞到了爐柵，那不是謀殺。它連法律意義的謀殺都談不上。」

「這是過失殺人，我會因此坐牢的。」

「也許。果真如此，等你出獄的時候，我會在家門口等你。」

「還有波特。我對他的死負有一份道義責任。」

「不，你沒有責任。他是一個完全成熟、具有獨立人格的人；他大可拒絕你的提議。一個人明知故犯，眼睜睜做了一些蠢事，這不能怪罪其他人。你要他做不誠實的事，他接受了，事後又後悔莫及，找了一條捷徑一了百了。他只是個軟弱的人。」

羅利依然固執地搖頭。

「沒有用的，寶貝，你不能嫁給一個囚犯。」

「我想你不會坐牢的，否則警察早就逮捕你了。」

羅利瞪大眼睛。

「可是，過失殺人罪，賄賂波特……」

「你為什麼認為警察已經知道所有的來龍去脈，或是遲早會知道呢？」

「那傢伙……白羅知道。」

「他不是警察。我告訴你警察是怎麼想的。他們認為是大衛‧亨特殺了亞登和羅莎琳，現在他們知道那天晚上他人就在沃斯利河谷村。他們不會因此起訴他，因為這沒有必要，更何況，我相信他不會因為同一個罪名而被逮捕兩次。不過，只要他們認定是他下的手，他們就不會去找別人。」

「可是，白羅那傢伙……」

「他告訴刑事主任，說這只是一樁意外事件，而我想主任只會嗤笑他。如果你問我，我會說，白羅不會對任何人洩漏半個字。他這人很可愛……」

「不，琳恩，我不能讓你冒險。姑且不論其他，我……呃，我的意思是，我能信任自己嗎？我是說，這對你很不安全。」

「也許不安全，可是你知道，羅利，我是真心愛你，尤其在你經歷了有如地獄般的生活之後。而且，真的，我對於安不安全從來就不在乎……」

專文推薦

藏在日常細節中的冒險

楊照（作家）

一開始，就都在那裡了。

一九二〇年，阿嘉莎．克莉絲蒂出版了《史岱爾莊謀殺案》，神探白羅就已經退休了。而且在這個案子裡，藉由敘述者海斯汀的轉述，就鋪陳出克莉絲蒂小說最基本的偵探原則：

「那些看來或許無關緊要的小細節……它們才是重要的關鍵，它們才是偉大的線索！」

「豐富的想像力就像洪水一樣，既能載舟亦能覆舟，而且，最簡單直接的解釋，往往就是最可能的答案。」

「沒有任何謀殺行為是沒有動機的。」

還有，一個不討人喜歡的死者，一群各有理由不喜歡死者、因而也就都有殺人動機的人，這些人彼此之間構成複雜的關係，有的互相仇視，有的互相愛戀，麻煩的是，有些愛人其實貌合神離，有些仇人其實私下愛慕；更麻煩的是，不論是愛或是仇，都有可能是扮演出來的。

一個外來的偵探必須周旋在這些嫌疑者之間，從他們口中獲取對於案情的了解，換句話說，他必須在很短的時間內，搞清楚誰是誰、誰跟誰吵架、誰跟誰偷情，然後判斷誰說的哪一句是實話、哪一句是謊言。常常謊言比實話對於破案更有幫助。

再偷偷透露一下，如果要和小說裡的凶手及小說背後的作者鬥智，就像克莉絲蒂對英國社會的了解，祕訣就在於要去追究小說裡的人物背景，尤其是他們的階級地位。基本上，階級地位愈高、權力愈大、愈有錢者，說的話就愈不要相信。例如在《史岱爾莊謀殺案》中，僕人、園丁說的話遠比有頭有臉的人說的要可信多了。就算要說謊，他們的謊言也比較天真，而且往往出於善良動機。當你歸納線索時，就會知道他們並非故意說謊，那是因為他們的認知受到蒙蔽或誤導，而你慢慢就從這蒙蔽或誤導中被引導到真相。

《史岱爾莊謀殺案》出版那年，克莉絲蒂三十歲，但書稿其實早在五年前就寫好了，畢竟要找到有人願意出版一個看來再平凡不過的家庭主婦寫的小說，並不是那麼容易。

所有和克莉絲蒂接觸過的人，都對於她的「正常」留下深刻印象。她看起來就和她那個年紀的典型英國家庭主婦一樣，害羞、靦腆，只能在社交場合勉強跟人聊些瑣事話題，完全無法演講，甚至連只是站起來對眾賓客說幾句客套話，請大家一起舉杯，她都做不到。她不演講，也很少答應接受採訪，就算採訪到她也很難從她口中得到有趣的內容。她會講的，幾乎都是記者本來就知道、或者自己就可以想得出來的。

例如說白羅這個神探的來歷。克莉絲蒂回答：他應該是個外國人，這樣就能在英國日常生活中看出英國人自己看不出的線索。她自己碰過的外國人，只有第一次大戰剛爆發時到英國避難的比利時人。比利時警察怎麼能跑到英國來？那一定是因為他已經退休了。他有潔癖，所以對於現場會有特殊的直覺，馬上感受到不對勁的地方。一個有潔癖的人，好像應該長得矮小些才相稱，一個矮小有潔癖的人最適當的名字，就是希臘神話裡的大力士「赫丘勒斯（Hercules）」，製造出荒唐的對比趣味。那白羅這個姓是怎麼來的呢？克莉絲蒂很誠實地說：「我不記得了。」

一切都如此順理成章，一切都如此合邏輯，不是嗎？有記者問她怎麼看自己的舞台劇〈捕鼠器〉，創下了英國劇場、甚至全世界劇場連演最多場紀錄的名劇？克莉絲蒂的回答也還是中規中矩，合理合節：那是一齣小戲，在一個小劇院演出，成本很低，任何人想到了都可以帶家人或朋友去看，老少咸宜，並不恐怖，也不特別荒謬打鬧，可是又什麼都有一點，包括恐怖和荒謬打鬧的成分。

她的身上找不出一點傳奇、怪誕色彩，那她為什麼能在五十年間持續寫偵探小說，創造了那麼多謀殺，還創造了那麼多詭計？

首先因為她是女性，以及她的身世，包括她的階級身分，使得她在描寫故事場景時比一般男性作者來得敏感。因為在她之前的偵探推理小說男性作家的階級身分都是高高在上，基本上他們會從較高的角度看社會，比較看不到底層的感受。

而她的婚變以及婚變中遭逢的痛苦，都使她更能體會與觀察，將英國社會的複雜細節融入小說的核心情節，讓探案與線索分析結合在一起。

克莉絲蒂一生結過兩次婚，第一次在一九一四年，婚後不久，丈夫就參加了歐戰，是英國皇家空軍最早一批飛行員。一九二六年，這個丈夫有了外遇，直率地向克莉絲蒂要求離婚，在那之前，克莉絲蒂的媽媽才剛過世，雙重打擊之下，又遇到車子無法發動，克莉絲蒂崩潰了，她棄車而走，忘記了自己究竟是誰，躲進一家鄉間旅館，登記時寫了她心裡唯一有印象的名字——她丈夫情婦的名字。

離婚後，一次在晚宴中，有人提起近東烏爾考古的最新收穫，克莉絲蒂就取消了原定要去西印度群島的計畫，改訂了跨越歐洲到君士坦丁堡的「東方快車」，是的，就是這趟旅程給了她寫《東方快車謀殺案》的靈感。不過更重要的是，在烏爾，她認識了一位年輕的考古學家，比她小十四歲，這個人後來成了她的第二任丈夫。

這位考古學家陪她去參觀在沙漠中的烏克海迪爾城，卻在沙漠中迷路困陷了。幾小時中克莉絲蒂卻沒有一點驚慌不安，當下考古學家就決定要向她求婚。

原來，克莉絲蒂的內心是有這種冒險成分的。要不然她不會兩次選到的，都是喜愛冒險的丈夫，而她本身大概也不會吸引一個在各種危險情境下挖掘古代寶藏的人，讓他願意向一個大他十四歲的女人求婚。

這樣說吧，維多利亞時代後期的英國環境，壓抑限制了克莉絲蒂冒險、追求傳奇的內在衝動，她只好將這樣的衝動寄託在丈夫和寫作上。她一邊陪著第二任丈夫在近東漫走，一邊在小說中寫各式各樣的謀殺與探案。謀殺和探案都是冒險，還有，偵探偵查中做的事——蒐集線索，還原命案過程——其實和考古學家的考掘，如此相似！

克莉絲蒂寫得最好的，正是「藏在日常中的冒險」。她個性中的雙面成分，造就了特殊的偵探魅力。既嚮往非常傳奇，卻又有根深柢固的日常邏輯信念，兩者都在克莉絲蒂的小說中扮演了重要角色。她的謀殺案幾乎都和日常習慣緊密編織在一起，日常環境成了凶手最重要的掩護。有些日常規律明顯地被破壞了，讓我們很自然以為那會是謀殺的線索，沿著這些線索形成了閱讀中的推理猜測，然而白羅早就提醒了，真正重要的反而是那些「細節」，也就是看來像是依隨日常邏輯進行的事，或說藏在日常邏輯中因而不被看重的事，那裡要嘛藏著凶手的核心詭計、煙幕，要嘛藏著凶手致命的破綻。

凶案的構想，就是如何讓異常蓋上日常、正常的面貌，又如何故意將日常、正常予以扭曲，製造假象；那麼偵探要做的，就是如何準確地在日常中分辨出真正的異常，將假的、明顯的異常撥開來，找出細節堆疊起來的異常真相。

此外，克莉絲蒂的小說裡隱藏著極其曖昧的情感價值觀，最典型、最有名的就是《東方快車謀殺案》。透過追查過程，讓讀者知道為什麼凶手要訴諸於這種手段，其動機具有可同情之處，再加上克莉絲蒂對身分階級的觀察，她比較相信或讓讀者相信那些沒有權力、地位的人，隨著偵查節奏去認識可能或必須懷疑的人。克莉絲蒂最擅長營造「多重嫌疑犯」的小說特質，因為讀者在閱讀時必須被迫去認識很多不一樣的人。在她最受歡迎的作品，大概都具備這樣的特質。

當然，她的作品中還有兩個最突出的神探，即白羅和瑪波。白羅是比利時人，但為什麼必須是外國人？這是因為英國人具有高度階級意識，這種觀念一路滲透到所有互動細節，包括人與人之間如何說話。而白羅因為不是英國人，他會發現一般英國人不太看得出來的東西，以及兩個人互動的方法哪裡不正常。至於瑪波為什麼得是老太太？她一如那個年代的老人家，總是靜靜坐著打毛線，因為不起眼，自然讓人放鬆防備，所以瑪波探案的線索都是來自於這樣的互動模式。

然而，白羅有很明顯的優勢，瑪波的身分使她基本上只能進行「靜態」的辦案，案子的空間受到侷限，白羅卻可以跨越各種空間，恣意揮灑。而且白羅擁有警官身分，可以合理出現在各種犯罪現場，瑪波能出現的地方，相形之下就勉強、不自然多了。白羅是明白的outsider，在英國，只要他出現，就會覺得有外人在而感到緊張，於是很容易露出平常不會表現的行為；瑪波則看起來是 insider，但實質上是 outsider，因為總是沒人發現她、當她空氣人。這兩人的探案，是兩個極端。雖然讀者最愛白羅，但克莉絲蒂自己偏愛瑪波勝於白羅。

不管後來的偵探、推理小說發展了多少巧妙詭計，克莉絲蒂卻不會過時，因為她的推理如此密切地和日常纏繞在一起；活在日常中，我們就無可避免被克莉絲蒂的「日常細節推理」吸引，隨時讀來都充滿驚奇趣味。

名家盛讚克莉絲蒂（依推薦時間排序）

金庸（作家）

克莉絲蒂的寫作功力一流，內容寫實，邏輯性順暢，也很會運用語言的趣味。閱讀她的小說，在謎底沒有揭露之前，我會與作者鬥智，這種過程非常令人享受。其作品的高明之處在於：布局的巧妙完全意想不到，而謎底揭穿時又十分合理，讓人不得不信服。

詹宏志（作家、PChome 網路家庭董事長）

推理小說在從先輩柯南・道爾等人的發明中出現力量時，誕生了一位《天方夜譚》故事中每天說故事說個不停的王妃薛斐拉・柴德，也就是「謀殺天后」克莉絲蒂，整個世界對聽這些故事才有如此的熱情。他們捨不得睡覺，每天問後來還有嗎、還有嗎，永遠不肯離去，這就是克莉絲蒂對推理小說的最大貢獻。

可樂王（藝術家）

所謂「克莉絲蒂式」的推理小說，就是一場和一個天才的寫作者或高明的恐怖份子在紙上捕掠捉殺的戰事。即便是一列火車、一處飯店或一間酒吧，在克莉絲蒂寫來皆充滿神祕和猜謎。在人生適合的下午裡，我總是一面嚼著口香糖，一面跟著矮子偵探白羅穿梭謀殺現場，克莉絲蒂的推理作品無疑是推理世界中最充滿「魔術性」的小說。

吳若權（作家、節目主持人）

我從小就對推理小說情有獨鍾，克莉絲蒂一系列的作品尤其令我愛不釋手。多年來，閱讀推理小說的經驗讓我覺悟：讀者在文字情節中推展開來的驚嘆，不只是因緣於故事的本身，而是自我性格的投射。從這個觀點來看克莉絲蒂一系列的作品，她簡直就是洞徹人性的算命師。而讀者，在她的文字中，發現了自己無可奉告的命運。

藍祖蔚（國家電影及視聽文化中心董事長）

做過藥劑師，難免懂得毒藥；嫁給考古學家，難免也就嫻熟文明的神祕；再加上曾經失蹤九天，一切不復記憶的離奇經驗，的確提供了寫作靈感，但若少了想像力，那些片羽靈光縱使辛辣如辣椒，卻不足以成菜。

推理小說重布局、重人物描寫，克莉絲蒂最厲害的卻是犀利的人性觀察，她一手創造的白羅探長，潔癖個性完全和她相反，更將她所憎厭的人格特質集於一身，殊不知，唯有不對著鏡子寫作，才能夠跳出框架與制式反應，開闢無限寬廣的新世界，建構多面向的詭異迷宮。

看完她的小說，你只會更加訝異，到底是什麼樣的心靈才能成就這般視野？

李家同（作家、前暨南大學校長）

克莉絲蒂的整體布局十分細膩，最後案情也都講解得非常詳細，回頭去看，在書中都找得到線索。故事的情節與內容也很好看，不是像一個流氓在街上被殺掉那麼單調。……看小說應該要花腦筋、要思考，從小就要養成思辨的能力，看她的小說，就是對邏輯思考能力極佳的訓練。

袁瓊瓊（作家）

雖然被公認是冷靜理性的謀殺天后，但是在理性之下，克莉絲蒂的底色依舊是感情。克莉絲蒂很明白，所有的慾望之後，都無非是某種愛情。在以性命相搏的犯罪世界裡，凶手以終結他人的性命來遂私欲，不過是為了成全自己的愛，或者是成全自己的恨。

鄧惠文（精神科醫師）

以推理小說作家而言，克莉絲蒂的風格相當獨樹一格。她的偵探在辦案時，靠的不光是科學證據的搜集，而是大量運用犯罪心理學，及對人性的深刻了解。例如在《五隻小豬之歌》中，白羅便是藉由聽取嫌疑犯訴說案情時所不自覺顯露的主觀意識及中心思想，而看出其中破綻，找出真凶。白羅是靠腦袋辦案，以心理層面去剖析案情，即使人們敘述的是同一件事，他可以聽出不同角色因出發點及看待角度不同所透露的情緒觀感，從而抽絲剝繭，還原事實真相。

克莉絲蒂所塑造的人物也生動且各具特色，不同個性所出現的情緒反應描寫，皆細膩而準確，讓讀者產生豐富的想像空間，一展卷便欲罷而不能。

吳曉樂（作家）

克莉絲蒂使用的語言平易近人，主要是以角色與情節的對應來斧鑿出故事的深度，堆疊出讓讀者回味的迂迴空間。而她筆下的角色往往性別、階級、性格、族群各異，塑造出多元又豐富的人物群像。

文學作品不問類型，若要流傳於世，最終仍得上溯至「人性」的理解與反思。而阿嘉莎・克莉絲蒂的作品中，我們可以看到人類屢屢得和自己的人生討價還價，或千方百計讓主觀意識與客觀條件達成某種程度的整合，讀者在重建人物的心理軌跡時，也見識到自身的是非成敗，我認為，這也是克莉絲蒂的作品能夠璀璨經年、暢銷不衰的主因。

許皓宜（心理學作家）

克莉絲蒂筆下的故事看似在談人性的醜惡，實則像一位披著小說家靈魂的心靈引導者，用她的文字訴說著人們得不到「愛」時的痛苦。於是在故事終了的剎那，你不得不對人生多了幾分「看透感」：原來，我們心裡的那些痛苦、報復與自我折磨的慾望，不是因為「憤恨」，而是起於對「愛的失落」。這或許是我們在情感世界中最珍貴且深刻的一種覺察了。

推理小說荒謬驚悚嗎？不，它其實很寫實。它幫我們說出心裡的苦、怨、醜陋的慾望，於是，我們可以重新學習愛了。

一頁華爾滋 Kristin（影評人）

從有記憶以來，閱讀克莉絲蒂最迷人之處往往不在真正的凶手是誰，而是在於「Why」（為什麼）與「How」（如何進行），在於人性與心理描摹的故事肌理。依循其書寫脈絡，會發覺不只是邏輯清晰、布局縝密、著重細節，她總能完美掌握敘事節奏，書中人物彷彿真實存在般鮮明躍然紙上，讀者情緒會隨精準文字保持流轉、跳動、收放，掩卷時並無太多真相水落石出的暢快，反倒淡淡的惆悵化為餘韻襲上心頭，原來還是種種意料之外，卻屬情理之中的人性盲目使然。私以為，那成就了克莉絲蒂的推理故事之所以無比迷人的主因之一。

冬陽（推理評論人）

雖然阿嘉莎・克莉絲蒂的作品並非我的推理閱讀啟蒙，卻是養成閱讀不輟的重要推手。首先，她無庸置疑是個說故事能手，打開我名為好奇的開關；其次是設計犯罪事件的巧妙多元，既日常又異常，凶手更是叫人意想不到。沒錯，我相信每個當讀者的都忍不住想破案，想早偵探一步識破詭計，或者像考試結束鈴響前一秒，瞎猜都要指著某個角色大喊「你就是犯人」！然後會忍不住作弊——不是翻到最後幾頁窺探真凶身分，而是往前翻查讓人起疑的段落、偵探顯然掌握重要線索的時刻，直到忍不住豎白旗投降，看神探（我知道啦，真正把我要得團團轉的聰明人是作者）頭頭是道地分析我遺漏錯置的片片拼圖，終於看清真相全貌。這，就是偵探推理，我因此熟悉遊戲規則、沉醉在每一場迷人故事裡，成為這個類型書寫的俘虜，享受至今不疲的美好滋味。

石芳瑜（作家、永樂座書店店主）

布局細膩、處處留下線索，破案解說詳細，說明了這位安靜、害羞的推理小說女王心思縝密，且充滿想像力。密室殺人，完美犯罪，《東方快車謀殺案》不愧為古典推理小說的經典。再加上神祕的東方色彩，隨著火車抵達的迫切時間感，連非推理小說迷都會神經拉緊，讀完大呼過癮。

家庭主婦缺少人生經驗？處女座的阿嘉莎．克莉絲蒂充分展現她過人的寫作天分，靠得是從小開始的閱讀，以及對偵探小說的著迷。三十歲寫下第一本偵探小說《史岱爾莊謀殺案》的克莉絲蒂，在那個時代並不能說是「早慧」，但寫作生涯五十五年中，共創作了八十部偵探小說，卻令人難以企及。這位害羞靦腆的小說女神，大概是相信只要有足夠的理由，每個人都有殺人的可能！

余小芳（暨南大學推理研究社指導老師、台灣推理作家協會常務理事）

學生時代加入推理社團，社課指定讀物便是經典作品《一個都不留》，成為我對克莉絲蒂的初步印象，自此沉浸於推理小說的世界。隔年寒假陪同學參與轉學考，在斜風細雨的走廊中，滿足讀完《東方快車謀殺案》。隨著歲月遠走，已昇華成趣味回憶。

踏入推理文學領域需要認識的作家，阿嘉莎．克莉絲蒂絕對名列其中，她的作品常有英國小鎮風光、莊園式的謀殺、設備豪華的交通工具等，還有特色鮮明的偵探活躍其中。書中少有血腥、暴力的橋段，布局巧妙且結構嚴密，手法純粹、知性，故事內容與人物性格融為一體，以高超的想像力結合說好故事的能耐，為推理小說開創新局面。克莉絲蒂推理全集重編改版，值得新舊讀者一起探索。

林怡辰（國小教師、教育部閱讀推手）

多年後，還是難忘第一次閱讀阿嘉莎．克莉絲蒂作品的感動和激動。

這套將近一世紀的作品，文筆流暢，邏輯縝密，過程中不斷與作者較量、猜出凶手，直到最後解答不禁佩服，蛛絲馬跡處處展現作者的精妙手法，於是又拿起另一部作品，再次沉溺在謀殺天后所編織的日常世界中的奇幻，無可自拔。犯罪動機和手法穿越時空限制，如今讀來合理且依舊令人感動，閱讀中趣味橫生，難怪成為後來諸多偵探小說的原型。

克莉絲蒂創作生涯中產出的八十部推理作品，至今多部躍上大銀幕，無怪乎被稱之為「經典」，喜愛推理偵探作品的人不可不讀，你會驚異於她在文字中施展的魔法！

張東君（推理評論家、科普作家）

我愛克莉絲蒂！這位在台灣有時會被稱為克奶奶的超級暢銷推理小說家，即使是自認沒讀過她的書的人，也都會在各種書籍或影視作品中看到對她致敬的片段。由於她喜歡旅行和冒險，那些經驗與體驗都成為書中的場景，因此閱讀她的作品時，不只是雀躍地跟著偵探推理，也有了虛擬的旅行體驗。或者當成旅遊導覽書，在出發去尼羅河、去英國鄉間、去搭船搭火車時，就塞一本克奶奶的作品到隨身背包中。

我還是大學新生時，就聽學姐說她哥哥經常看克奶奶的小說，而且邊看邊狂笑。於是我跟著效仿，在某次搭飛機之前買了第一本小說當旅伴，不只看得超開心，看完後還到處找尋書中出現的那種有兜帽的斗篷，當成出門時的必備用品。克奶奶的作品是跨越文字、國界的。只要看過一本，就會不停地追下去。還好，真的是還好只有八十本。何況這次是全新校訂的紀念珍藏版，當然不能錯過！

發光小魚（呂湘瑜）（文史作家、助理教授）

一部好的偵探小說，除了情節設計巧妙之外，還需要洞悉人性，如此方能合理地交代人物的言行舉止與動機。阿嘉莎．克莉絲蒂便是其中翹楚，她的作品不管是偵探、愛情小說或戲劇，必要元素都是謎題與人性。在寧靜無波的場景下暗潮洶湧，永遠都有意料之外，讀者的情緒也會隨著劇情的進行起伏糾結。克莉絲蒂觀察到時代的變化，將犯罪心理融入作品中，於是，看她的小說不只能得到解謎的快樂，同時對人性也能夠有所省思。

此外，克莉絲蒂豐富的人生歷練及旅行經歷，例如一九二二年的環球之旅、居住過也旅行過的巴黎和埃及，甚至是追隨考古學家丈夫前往的中東，都讓她的小說讀來更加充滿異國情調。如果你也愛旅行，不如就讓我們一同搭上那一班南法的藍色列車，或由伊斯坦堡出發的東方快車，跟著白羅鑽進一樁奇案，一嘗旅程中破解謎題的快感吧。

盧郁佳（作家）

國小時，家裡買了一套阿嘉莎．克莉絲蒂全集，從此成了我的毒品，在白癡課本將我的腦袋啃嚙成海綿般空洞時，撫慰受創的心靈，那時我仍對人心險惡一無所知。

數學課教你列算式，樂趣遠不如克莉絲蒂教你住宅平面圖、偷換時序的密室魔術，你從庭園長窗進房間，我從房門直通鄰房，他從走廊進房……從而學會故事是建構邏輯。她文風多變，時而《四大天王》中讓神探白羅向助手海斯汀大賣關子，眉頭緊皺，山雨欲來，預示天翻地覆，只能靠他拯救世界；時而用維吉尼亞．吳爾芙《自己的房間》中俏皮的語言，讓貧苦村姑安妮在《褐衣男子》中回憶南非出生入死的冒險，竟源於她耽讀村裡圖書館爛舊的冒險愛情小說，還有戲院每週末放映〈帕米拉歷險記〉，帕米拉每集從飛機跳落高空、搭潛艇、爬上摩天大樓，每次被黑幫老大抓到總不一刀斃命，卻老要用瓦斯毒死她，暗示續集又會逃出生天。

長大才發現，克莉絲蒂小說就是我的〈帕米拉歷險記〉：它以歌劇般輝煌龐大的天真陰謀、精細的人際觀察（一句話重音放在哪個字、從膝蓋鑑定女人的年齡等），召喚年輕讀者抱持浪漫精神投入未知的壯遊，瘋魔、衝撞、冒犯，傷痕累累毫無懼色。正如瓦斯在冒險片中太多、現實中卻太少；陰謀在現實中沒有克莉絲蒂寫得那麼複雜，但她刻畫的心理卻是現實中解謎的試金石。

賴以威（臺灣師範大學電機系副教授）

或許可以為經典下幾個定義：該領域的愛好者更都讀過；不是這個領域的愛好者，許多人也都聽過；影響後續的作品，在很多著作中都可以看到它的影子；值得反覆再三閱讀，每隔一陣子再讀都可以獲得閱讀的樂趣，有更多的體悟。我永遠記得第一次讀《東方快車謀殺案》時，被那宛如嚴謹設計數學謎題的鋪陳、推進給深深吸引、震撼。從這幾個角度來說，克莉絲蒂的推理小說被稱之為「經典」，可說是當之無愧。

謝哲青（作家、旅行家、知名節目主持人）

克莉絲蒂小說的魅力在於透過每個角色的對白，藉由不斷的說話來表現人物的個性，以彰顯其人格特質中一些無法被忽略的事實。我們從他們的言語、講話的過程和字裡行間，竟然就能知道誰是凶手。

我從克莉絲蒂的小說學到很多，除了推理小說有趣的事實之外，最重要的是，我在工作的職場跟人應對的時候，如何從語言和對話裡去捕捉某些隱而不顯的事實。許多人們欲蓋彌彰的東西，無論心事也好、祕密也好，克莉絲蒂都會用文學的手法，讓你理解語言的奧妙和魅力。

克莉絲蒂的書寫會讓你覺得彷彿自己也在現場，你可以從聽到的對話當中，學會如何理解人心的一些小技巧，這是小說家最出色、最偉大的地方。我們必須學習傾聽別人說話——這些人講話是真誠的嗎？他想要跟你分享什麼資訊？這些資訊可靠嗎？——這是我在閱讀推理小說時，最大的收穫和理解。

阿嘉莎．克莉絲蒂大事記

1890		• 九月十五日出生於英格蘭德文郡托基鎮。
1894	4 歲	• 開始在家自學，父母親、姐姐教導閱讀、寫作、算術和彈鋼琴。
1895	5 歲	• 家中經濟走下坡，舉家搬至法國，學會流利的法語。
1905	15 歲	• 在巴黎寄宿學校學鋼琴和聲樂，但生性極度害羞，未成為職業鋼琴家，最終回到英國。
1907	17 歲	• 陪同母親前往埃及調養身體，對社交活動充滿興趣，但尚未對日後感興趣的埃及古物點燃熱情。 • 回英國後繼續寫作、參與業餘戲劇表演。
1908	18 歲	• 寫出第一篇短篇小說〈麗人之屋〉，同時也寫出第一部愛情小說《白雪黃漠》，以筆名向出版社投稿，但屢遭退稿。
1912	22 歲	• 與英國皇家軍官亞契．克莉絲蒂（Archibald Christie）熱戀。 • 八月爆發第一次世界大戰，亞契奉派到法國作戰。
1914	24 歲	• 耶誕夜結婚，亞契隨即返回戰場。克莉絲蒂參與紅十字會工作，在醫院擔任護士和藥劑師，因此對藥理和毒物非常熟悉，造就後來多部推理小說情節都以毒藥殺人。
1916	26 歲	• 開始嘗試寫推理小說，寫出第一部小說《史岱爾莊謀殺案》，主角偵探赫丘勒．白羅的靈感，來自於大戰期間英國鄉間的比利時難民營。本書歷經數家出版社退稿後，終獲柏德雷．海德（The Bodley Head）圖書公司的出版機會，之後並簽下另五本小說的合約。
1919	29 歲	• 前一年亞契返回英國，八月生下女兒露莎琳。

1920	30 歲	• 出版《史岱爾莊謀殺案》。
1922	32 歲	• 出版第二部小說《隱身魔鬼》，主角是夫妻檔偵探湯米和陶品絲。 • 與亞契至南非、澳洲、紐西蘭、夏威夷和加拿大等國旅行十個月，在南非得到《褐衣男子》的靈感。
1923	33 歲	• 三月出版第三部小說《高爾夫球場命案》，白羅再度登場。
1926	36 歲	• 四月母親過世，克莉絲蒂陷入憂鬱。 • 六月在「威廉．柯林斯父子出版社」出版《羅傑艾克洛命案》。 • 八月亞契因外遇提出離婚，十二月初一次爭吵後，克莉絲蒂離家棄車失蹤，消息登上全國新聞。
1927	37 歲	• 一月在悲痛心情中寫出《藍色列車之謎》，第一次創造出聖瑪莉米德村，即後來瑪波小姐居住的村子。 • 分居期間在雜誌刊登以白羅為主角的短篇小說，後來集結出版《四大天王》。 • 十二月在雜誌刊登短篇小說〈週二夜間俱樂部〉，瑪波小姐初登場，後來收錄在一九三二年出版的短篇小說集《十三個難題》。
1928	38 歲	• 十月正式離婚，仍保留「克莉絲蒂」姓氏。 • 秋天搭乘「東方快車」前往土耳其的伊斯坦堡，再轉往伊拉克首都巴格達，參觀考古現場烏爾，認識考古學家伍利夫婦（Leonard and Katharine Woolley）。
1930	40 歲	• 二月應伍利夫婦之邀再訪烏爾，認識考古學家麥克斯．馬龍（Max Mallowan），九月於英國愛丁堡結婚。這段婚姻開啟克莉絲蒂旺盛的創作生涯，兩人到中東考古現場的旅行為許多作品帶來靈感。

- 婚後克莉絲蒂開始維持固定的寫作行程。十月出版《牧師公館謀殺案》，是第一部以瑪波小姐為主角的小說。
- 出版第一部以「瑪麗．魏斯麥珂特」（Mary Westmacott）為筆名的《撒旦的情歌》，並陸續發表了五部非犯罪小說。

1932　42歲
- 出版《危機四伏》。

1934　44歲
- 出版《東方快車謀殺案》，是白羅海外辦案三部曲之一，故事靈感來自中東的旅行經歷。一九七四年第一次改編成電影大獲好評。

1936　46歲
- 出版《美索不達米亞驚魂》，白羅海外辦案三部曲之二。

1937　47歲
- 出版《尼羅河謀殺案》，白羅海外辦案三部曲之三，故事背景是年輕時與母親同遊的埃及。一九七八年第一次改編成電影大受歡迎。

1939　49歲
- 二次大戰期間，克莉絲蒂在大學學院醫院擔任義務藥師，學習到最新的毒藥知識，對於推理小說寫作大有助益。
- 出版《一個都不留》，是克莉絲蒂最著名作品之一。

1941　51歲
- 出版《密碼》，呈現出克莉絲蒂對戰爭的看法。
- 出版《豔陽下的謀殺案》。

1942　52歲
- 出版《藏書室的陌生人》、《五隻小豬之歌》等名作。

1944　54歲
- 以「瑪麗．魏斯麥珂特」為筆名出版第三部作品《幸福假面》，被美國書評人發現是克莉絲蒂的作品，讓她從此失去匿名創作的自在樂趣。

1950　60 歲　• 獲選為皇家文學學會的會員。

1953　63 歲　• 出版《葬禮變奏曲》。

1956　66 歲　• 一月獲頒大英帝國爵級大十字勳章（GBE）。
• 十一月以「瑪麗．魏斯麥珂特」為筆名出版《愛的重量》，是這個筆名的最後一部作品。

1958　68 歲　• 成為「偵探作家俱樂部」主席。

1960　70 歲　• 馬龍獲頒大英帝國爵級大十字勳章。

1961　71 歲　• 獲得艾克塞特大學頒發榮譽文學博士學位。

1968　78 歲　• 馬龍獲封為爵士，克莉絲蒂亦被稱為馬龍爵士夫人。

1971　81 歲　• 獲頒大英帝國爵級司令勳章（DBE），獲封為女爵士。

1973　83 歲　• 出版最後一部創作《死亡暗道》，亦為湯米和陶品絲最後一次辦案。

1974　84 歲　• 最後一次公開露面，出席電影《東方快車謀殺案》首映會。

1975　85 歲　• 八月六日，白羅成為有史以來第一次在《紐約時報》頭版刊出訃聞的小說主角，宣傳九月即將出版的《謝幕》，這也是白羅最後一次辦案。

1976　86 歲　• 一月十二日去世。
• 十月出版《死亡不長眠》，瑪波小姐的最後一次辦案。

克莉絲蒂推理原著出版年表

1920　史岱爾莊謀殺案 The Mysterious Affair at Styles（神探白羅系列）
1922　隱身魔鬼 The Secret Adversary（神探湯米＆陶品絲系列）
1923　高爾夫球場命案 The Murder on the Links（神探白羅系列）
1924　白羅出擊 Poirot Investigates（神探白羅系列）
1924　褐衣男子 The Man in the Brown Suit（神探雷斯上校系列）
1925　煙囪的祕密 The Secret of Chimneys（神探巴鬥主任系列）
1926　羅傑艾克洛命案 The Murder of Roger Ackroyd（神探白羅系列）
1927　四大天王 The Big Four（神探白羅系列）
1928　藍色列車之謎 The Mystery of the Blue Train（神探白羅系列）
1929　七鐘面 The Seven Dials Mystery（神探巴鬥主任系列）
1929　鴛鴦神探 Partners in Crime（神探湯米＆陶品絲系列）
1930　牧師公館謀殺案 The Murder at the Vicarage（神探瑪波系列）
1930　謎樣的鬼豔先生 The Mysterious Mr. Quin（神探鬼豔先生系列）
1931　西塔佛祕案 The Sittaford Mystery
1932　十三個難題 The Thirteen Problems（神探瑪波系列）
1932　危機四伏 Peril at End House（神探白羅系列）
1933　十三人的晚宴 Lord Edgware Dies（神探白羅系列）
1933　死亡之犬 The Hound of Death
1934　三幕悲劇 Three Act Tragedy（神探白羅系列）
1934　李斯特岱奇案 The Listerdale Mystery
1934　帕克潘調查簿 Parker Pyne Investigates（神探帕克潘系列）
1934　東方快車謀殺案 Murder on the Orient Express（神探白羅系列）
1934　為什麼不找伊文斯？ Why Didn't They Ask Evans?
1935　謀殺在雲端 Death in the Clouds（神探白羅系列）
1936　ABC 謀殺案 The A.B.C. Murders（神探白羅系列）
1936　底牌 Cards on the Table（神探白羅系列）
1936　美索不達米亞驚魂 Murder in Mesopotamia（神探白羅系列）

1937 巴石立花園街謀殺案 Murder in the Mews（神探白羅系列）
1937 尼羅河謀殺案 Death on the Nile（神探白羅系列）
1937 死無對證 Dumb Witness（神探白羅系列）
1938 白羅的聖誕假期 Hercule Poirot's Christmas（神探白羅系列）
1938 死亡約會 Appointment with Death（神探白羅系列）
1939 一個都不留 And Then There Were None
1939 殺人不難 Murder Is Easy/Easy to Kill（神探巴鬥主任系列）
1940 一，二，縫好鞋釦 One, Two, Buckle My Shoe（神探白羅系列）
1940 絲柏的哀歌 Sad Cypress（神探白羅系列）
1941 密碼 N Or M?（神探湯米＆陶品絲系列）
1941 豔陽下的謀殺案 Evil Under the Sun（神探白羅系列）
1942 五隻小豬之歌 Five Little Pigs（神探白羅系列）
1942 藏書室的陌生人 The Body in the Library（神探瑪波系列）
1943 幕後黑手 The Moving Finger（神探瑪波系列）
1944 本末倒置 Towards Zero（神探巴鬥主任系列）
1945 死亡終有時 Death Comes as the End
1945 魂縈舊恨 Remembered Death（神探雷斯上校系列）
1946 池邊的幻影 The Hollow（神探白羅系列）
1947 赫丘勒的十二道任務 The Labours of Hercules（神探白羅系列）
1948 順水推舟 Taken at the Flood（神探白羅系列）
1949 畸屋 Crooked House
1950 謀殺啟事 A Murder Is Announced（神探瑪波系列）
1951 巴格達風雲 They Came to Baghdad
1952 殺手魔術 They Do It with Mirrors（神探瑪波系列）
1952 麥金堤太太之死 Mrs. McGinty's Dead（神探白羅系列）
1953 黑麥滿口袋 A Pocket Full of Rye（神探瑪波系列）
1953 葬禮變奏曲 After the Funeral（神探白羅系列）

1954　未知的旅途 Destination Unknown
1955　國際學舍謀殺案 Hickory, Dickory, Dock（神探白羅系列）
1956　弄假成真 Dead Man's Folly（神探白羅系列）
1957　殺人一瞬間 4:50 from Paddington（神探瑪波系列）
1958　無辜者的試煉 Ordeal by Innocence
1959　鴿群裡的貓 Cat Among the Pigeons（神探白羅系列）
1960　哪個聖誕布丁？ The Adventure of the Christmas Pudding（神探白羅系列）
1961　白馬酒館 The Pale Horse
1962　破鏡謀殺案 The Mirror Crack'd from Side to Side（神探瑪波系列）
1963　怪鐘 The Clocks（神探白羅系列）
1964　加勒比海疑雲 A Caribbean Mystery（神探瑪波系列）
1965　柏翠門旅館 At Bertram's Hotel（神探瑪波系列）
1966　第三個單身女郎 Third Girl（神探白羅系列）
1967　無盡的夜 Endless Night
1968　顫刺的預兆 By the Pricking of My Thumbs（神探湯米＆陶品絲系列）
1969　萬聖節派對 Hallowe'en Party（神探白羅系列）
1970　法蘭克福機場怪客 Passengers to Frankfurt
1971　復仇女神 Nemesis（神探瑪波系列）
1972　問大象去吧 Elephants Can Remember（神探白羅系列）
1973　死亡暗道 Postern of Fate（神探湯米＆陶品絲系列）
1974　白羅的初期探案 Poirot's Early Cases（神探白羅系列）
1975　謝幕 Curtain: Hercule Poirot's Last Case（神探白羅系列）
1976　死亡不長眠 Sleeping Murder（神探瑪波系列）
1979　瑪波小姐的完結篇 Miss Marple's Final Cases（神探瑪波系列）
1991　情牽波倫沙 Problem at Pollensa Bay
1997　殘光夜影 While the Light Lasts

國家圖書館出版品預行編目（CIP）資料

順水推舟 / 阿嘉莎・克莉絲蒂（Agatha Christie）
著 ; 孟紅雲、周允程譯. -- 二版.-- 臺北市 : 遠流出
版事業股份有限公司, 2023.04
面 ;　公分. -- (克莉絲蒂繁體中文版20週年紀
念珍藏 ; 31)
譯自 : Taken at the Flood
ISBN 978-626-361-009-5(平裝)

873.57　　112002185

克莉絲蒂繁體中文版 20 週年紀念珍藏 31

順水推舟

作者 / 阿嘉莎・克莉絲蒂
譯者 / 孟紅雲、周允程

主編 / 陳懿文、余式恕　校對 / 呂佳眞
封面、內頁設計 / 謝佳穎　排版 / 連紫吟、曹任華
行銷企劃 / 舒意雯　出版一部總編輯暨總監 / 王明雪

發行人 / 王榮文
出版發行 / 遠流出版事業股份有限公司
地址 / 104005臺北市中山北路一段11號13樓
電話 / (02)2571-0297　傳眞 / (02)2571-0197　郵撥 / 0189456-1
著作權顧問 / 蕭雄淋律師

2002年12月1日 初版一刷
2023年4月1日 二版一刷
定價 / 新臺幣380元 (缺頁或破損的書，請寄回更換)

ISBN 978-626-361-009-5

遠流博識網 http://www.ylib.com E-mail: ylib@ylib.com
遠流粉絲團 https://www.facebook.com/ylibfans